漢字的魔方
中國古典詩歌語言學札記

葛兆光　著

責任編輯　李夢珂
裝幀設計　高　林
排　　版　黎　浪
印　　務　劉漢舉

出版　　中華書局（香港）有限公司
　　　　香港北角英皇道 499 號北角工業大廈一樓 B
　　　　電話：（852）2137 2338　傳真：（852）2713 8202
　　　　電子郵件：info@chunghwabook.com.hk
　　　　網址：http://www.chunghwabook.com.hk

發行　　香港聯合書刊物流有限公司
　　　　香港新界荃灣德士古道 220-248 號
　　　　荃灣工業中心 16 樓
　　　　電話：（852）2150 2100　傳真：（852）2407 3062
　　　　電子郵件：info@suplogistics.com.hk

印刷　　美雅印刷製本有限公司
　　　　香港觀塘榮業街 6 號海濱工業大廈 4 樓 A 室

版次　　1989 年 12 月初版
　　　　2022 年 10 月第 2 版
　　　　© 1989 2022 中華書局（香港）有限公司

規格　　32 開（195mm×140mm）

ISBN　　978-962-231-128-2

本書中文繁體字版由復旦大學出版社授權出版

漢字

中國古典詩歌語言學札記

中華書局

序

　　宋人蔣捷詞中說，到了老年兩鬢斑白時再聽雨聲，和少年聽雨、壯年聽雨的心情很不一樣，我很有同感。據說，好些人年輕時都愛文學，我也不例外，當年寫過小說寫過劇本，大學畢業後也曾經對古典文學很有興趣，居然一連出版過四本文學論著，就是《古詩文要籍敍錄》《想象力的世界》《唐詩選註》和這本《漢字的魔方》，可是，很快我就從文學轉到史學，差不多三十年再也沒有回頭。

　　最終沒有走上文學研究之路，現在想來是必然。1980年代末，自覺對文學閱讀還有感覺，對新文學理論也有興趣。那時，對傳統古典文學研究者凡講詩歌藝術，總是憑着印象談感受很不滿，覺得不僅和詩歌隔了一層，而且越俎代庖很像「嚼飯與人」，更對這種研究忽略中國詩的漢字特性相當有意見，所以寫了這麼一本書。原來香港中華書局1989年初版中有，而後來修訂本中被我刪去的，就有一小節叫「漢詩是漢字寫成的」，其實就是當初撰寫本書的初衷。那時候，我曾設想從漢字這個基礎上，重新建立一套可靠也可用的古典中國詩歌閱讀和分析方法。

　　那是上個世紀的八十年代末。那個時代，我似乎和很多朋友一樣，心太大，膽也太大，隨着時代變化領略了世道滄桑，所以從 1990 年起，我很少再碰文學。一方面有了自知之明，自己缺乏天馬行空的想像、細緻入微的觀察和體貼同情的體驗，早就不再做文學夢；另一方面隨着九十年代中國情勢的變化，少了一些文學的激盪感懷，多了一點對傳統與現實的理性認知，也許就是這個緣故，讓我更容易走上歷史學的道路。

　　不過，回看三十多年前這本小書，倒也不像揚雄那樣「悔其少作」，畢竟下過功夫，也用過心思。過去出版過本書初版的香港中華書局，願意再次出版它，讓我覺得很榮幸也很高興。想到這本書三十多年的歷史，我既要感謝現在的香港中華書局，也要感謝當年的香港中華書局，特別是讓我想起多年未見的鍾潔雄女士和危丁明先生。

　　是為序。

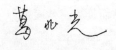

2022 年 7 月於上海

目錄

第一章

背景與意義

—— 中國古典詩歌研究中一個傳統方法的反省

　　閱讀一首詩時人們常常想到「背景」，這首詩是什麼情況下寫出來的？研究一個詩人時人們常常想到「背景」，他生活在什麼樣的環境裏？描述一代詩史時人們也常常想到「背景」，和詩史平行的是一個什麼樣的時代？「背景」成了一個既定思路（ready-madetrain of thought），幾乎每一個批評家都對它司空見慣，在評論詩歌時毫不猶豫地信手拈用，但很少有人對它似乎天經地義的權力提出質疑，問問它憑什麼充當理解詩歌意義的基礎。

　　語言學家說，「背景」一詞是舶來品，它譯自日文「はいけい」，而日文「はいけい」又來自英語 background[1]，

1　參見劉正琰、高名凱等《漢語外來語詞典》，上海辭書出版社，1984 年，第 39 頁。

在一般字典裏，background 這個詞下面有三個義項：某事物背後的情狀；照相、繪畫等主題背後的佈景或陪襯；背後支撐的勢力或靠山。毫無疑問在詩歌批評中人們運用的是第一種意思。不過，當背景被恰當地運用於批評時，第二種意思「佈景或陪襯」也成了合適的比喻，詩歌背景正好比攝影繪畫時人物背後的佈景道具，《世說新語·巧藝第二十一》記顧長康畫謝鯤，以為「此子宜置丘壑中」，丘壑即背景，謝鯤在丘壑中益現其精神風采[1]。同樣在批評家看來，「意義」與「背景」相關，詩歌在背景中更能顯出其本義，所以丹麥勃蘭兑斯《十九世紀文學主流·導言》即以取景作比，說那「一頭可以放大一頭可以縮小」的望遠鏡務必對準焦距[2]；可是，當焦距沒有對準時，第三種意思「支撐的勢力與靠山」也會滲進詩歌批評，因為在這個取景框裏背景清晰而主題模糊，就好比畫謝鯤卻畫了丘壑，人物畫成了山水畫，搭佈景卻搭了腳手架，被拍攝的主題只好戰戰兢兢倚依在支架上，詩歌批評家不得不依靠對背景的考證和蒐尋來重建詩歌的意義，於是背景真的成了詩歌意義的「支撐的勢力或靠山」，因為在這些批評

1　《世說新語校箋》卷下，中華書局，1984 年，第 388 頁。
2　《十九世紀文學主流》（中譯本）第一分冊，人民文學出版社，1980 年，第 1 頁。

家「尋找頭腦卻摸着帽子」的視界中，只有憑着帽子才能找到戴帽子的頭腦，儘管可能張冠李戴，但在他們看來，這就像只有憑山朵拉那只鞋才能找到山朵拉一樣，背景是唯一的破案線索。

一種批評方法背後總有一種批評觀念在，無論這種觀念形諸文字是在實際運用方法之前還是之後，它總是實際批評操作的指導，正如昆廷‧斯金納（Quentin Skiner）所說：「在我們可望鑒別的那個關係背景有助於解釋出手中作品意義之前，我們實際上已獲得了一種詮釋方式，這種詮釋方式提示我們：什麼環境最值得探討，什麼背景最能幫助我們解釋作品的意義。」[1]觀念的是非導致操作的是非，但方法的得失有時也能昭示觀念的得失，這就好比地圖的準確能導致行人迅速尋路，而行人按圖尋路走錯了方向也說明地圖的錯謬，在同樣以「背景」來推敲「意義」的過程中，有時如同攝影對準了焦距，批評恰如其分，像錢謙益解釋《哀王孫》「東來駱駝滿舊都」，以《史思明傳》「祿山陷兩京，以駱駝運御府珍寶於范陽」為背景，使人立即明白「駱駝」是實錄，而此句意義是追憶當時的慘狀[2]；有時卻仿佛伯樂之子按圖索驥把蛤蟆當跨灶良馬，

1　Quentin Skiner: *Hermeneutics and the Role of History*, p. 230, 1975.
2　《錢註杜詩》卷一，上海古籍出版社，1979 年，第 44 頁。

整個兒把意義弄個滿擰，如宋人把杜甫安史之亂前的少作《望嶽》看成安史之亂後哀傷「天子蒙塵」的輓歌，在戰亂背景下把「一覽眾山小」看成了諷刺「安史之徒為培塿之細者何足以上抗巖巖之大也哉」的政治漫畫[1]；有時詩人在詩歌裏暗示了意義和背景的關係，批評者可以順藤摸瓜，像杜甫《瘦馬行》「去年奔波逐餘寇」已指明寫於乾元元年（758）謫官華州之後，所以仇兆鰲《杜詩詳註》卷六可以判定，這首詩是「追述（至德二載）其事」；有時詩人自己並沒有說明背景，於是批評者不免瞞天過海強作解釋，像清姚文燮《昌谷集註》在序裏自認「善論唐史者始可註（李）賀」，但卷一註《李憑箜篌引》時卻從「李憑中國彈箜篌」的「中國」二字和《唐書》「天寶末上好新聲外國進奉諸樂大盛」的背景裏認定這是表彰國粹捍衛絕調的「鄭重感慨」，殊不知「中國」即「國中」即京城裏，而「箜篌」恰恰不是「中國之聲」而是外來樂器[2]。這些具體批評中的是是非非除了批評者自己的歷史知識有差異、鑒別眼力有高下之外，是不是也顯示了「背景」作

1 　《分門集註杜詩》卷四，四部叢刊本。

2 　參見楊蔭瀏《中國古代音樂史稿》上冊，音樂出版社，1944 年，第 229 頁；林謙三著、郭沫若譯《隋唐燕樂調研究》，商務印書館，1957 年，第 114 頁；田邊尚雄著、陳清泉譯《中國音樂史》，商務印書館，1937 年，第 185 頁。

為一種批評觀念本身的問題呢？雖然每一種批評方法的使用者都相信手握靈珠，惟有自己這一套能鈎玄索隱，但依我的理解，詩歌批評的每一種方法都有其利弊，不可能一勞永逸地解決「詩無達詁」這個難題。亞歷山大・蒲伯（Alexander Pope）說：

見解人人不同，恰如鐘錶，

各人都相信自己，不差分毫。[1]

但畢竟沒有一種見解能在詩歌批評中面面俱到分毫不差，「背景批評」也不能例外。

一、「背景分析」：真是一把萬能鑰匙嗎

本來，人置身的這個世界無所謂邊緣與中心、背景與對象的區別，世界對於人的眼睛實際上是「無限大」的，可是，人的視覺卻是以自我為中心，以注意點為對象，以對象周邊為背景的，因而它的範圍又不是「無限大」的。人依照自己所處的角度和意欲的視界來攝取「對象」，並以對象的焦距來確定「背景」，因為只有這樣才能確立對象的位置，批評家立足於一定的角度，從他的立場去攝

1　蒲伯《論批評》（*Essay on Criticism*）9—10 行。

取、去製作、去評價背景，因為只有這樣才能估價詩歌的意義。不過，在詩學批評中最有權威、最有理論意味的一些「背景」，卻仿佛是用了廣角鏡加長鏡頭，大都只是泛泛而論，儘管它常常在詩學或文學史專著裏被恭恭敬敬地放在卷首並佔了不少篇幅，但總是只給閱讀者提供似是而非的籠統暗示。像中國傳統的政治（時代）與思想（學術）背景，它不僅在詩歌評論中被奉為圭臬，而且在文、史兩界得到一致的首肯，但從「知人論世」到「文變染乎世情，興廢繫乎時序」再到「正變」「初盛中晚」論，實際上並不能落實到具體詩歌的詮釋之中，卻只是給詩歌批評附加了一些大而無當的詮釋前提[1]，舶來的「環境、民族、時代」背景和後起的「經濟－階級」背景自然給批評帶來

1　參見《孟子・萬章上》《文心雕龍・時序》：採用政治（時代）與思想（學術）作為文學的「背景」，是中國文學批評的慣用方式，大多數正史的「文苑傳」或詩人傳的序論及詩歌批評專著都是如此，直到 20 世紀仍不曾改變，像 1918 年中華書局出版的謝無量《中國大文學史》第一編第三章第二節《時勢與作者》《南社》第八集載胡縕玉《中國文學史序》、1931 年商務印書館出版陳鍾凡《漢魏六朝文學》第二章第一節、1933 年上海大東書局出版的童行白《中國文學史綱》卷首《凡例》四、五則等。1934 年商務印書館出版蘇雪林《唐詩概論》第一章討論唐詩的背景，首先即是「學術思潮之壯闊」「政治社會背景之絢爛」兩條。

了不少「理論」色彩和「實證」意味[1]，使傳統的「知人論世」
搖身一變，就仿佛店舖換了名稱叫公司，不止是掛了招牌
也擴大了業務，在原先八尺舖面外又添了新櫃檯，在舊商
品外還擺上了琳琅滿目的新花色，尤其是進口貨，20 世
紀經由東洋轉口的或直接來自西洋的這些文學批評理論就
好像那個時代充斥貨架的舶來洋貨，把原來格局陳舊的土
產貨棧變成了中外兼營的合資企業，但是，這種仿佛把帳
篷變成了蒼穹似的背景交代仍然廣袤而含糊，它們對於詩
歌好像採取了一個現代軍事方法作自己的策略，叫「圍而
不打」，它可以廣泛撒網把詩歌罩在自己的陰影之下，形
成一個詮釋的包圍圈，同時它又絕不直接攻擊詩歌王國的

1　外來的背景批評，一是法國斯達爾夫人（Madame de Staël,
　　1766—1817）的以南北地域批評文學的方法，劉師培《南北
　　文學不同論》、王國維《屈子文學之精神》很可能就受了她的影
　　響；二是泰納（H. A. Taine, 1828—1893）及勃蘭兌斯（G. M.
　　C. Brandes, 1842—1927）代表的環境、民族、時代背景批評，
　　1926 年商務印書館出版的顧實《中國文學史大綱》，1931 年上海
　　民智書局出版的陳冠同《中國文學史大綱》可能受到他們的影響，
　　1932 年北平樸社出版的鄭振鐸《中國文學史》（插圖本）更在《緒
　　論》中大量引述了上述二人的説法；三是通過日本和蘇俄傳來的經
　　濟階級背景批評，1935 年北平文化學社出版的張希之《中國文學
　　流變史論》可以作為代表，1935 年正中書局出版的楊啟高《唐代
　　詩學》第一章《綱領》中《唐詩背景》一節也有類似的分析。但這
　　些背景批評大都屬於籠而統之的泛泛而論，在具體作品分析中都似
　　乎消逝了，剩下來的仍是通常的作者介紹和印象鑒賞。

城堡以免損兵折將，只是遙遙地保持着它的矜持與高傲，以便宣稱自己是最終的勝者。這種「背景」仿佛園林的借景，只能遠遠眺望卻決不可把它當作園林的屏風，又仿佛「屠龍之術」，只能敬而遠之卻決不可把它當作詩歌詮釋的鑰匙。有時，當它直接參與詩人或詩歌的詮釋時，它那種大而無當常常會泯滅詩人或詩歌的個性特徵，就像茨維坦·托多洛夫《批評的批評》裏諷刺的那樣：「根據這種歷史決定論的觀點來看，所有的貓都是灰色的」[1]，因為這「背景」籠罩得太密，仿佛把白天變成黑夜，而「黑夜裏各色貓一概灰色」（La nuit tous les chats sont gris），但實際上詩人與詩歌總是多彩多姿的，就像同在盛唐的王維、李白、杜甫，承受着同一背景而各自風格迥異；有時，當它直接參與詩人與詩歌的詮釋時，它那似是而非的範圍總是給予使用者過多的「自由」，讓他在背景與意義之間草蛇灰線似續似斷的因果鏈裏任意組合拼接，結果是因人而異、人言言殊，就像斯達爾夫人和史雷格爾同樣以「北方精神」闡釋莎翁，一個看出了莎士比亞殘存的北方的「愚昧無知的文學原則」，一個卻看出了莎士比亞表現

1　托多洛夫《批評的批評》（中譯本），王東亮等譯，三聯書店，1988 年，第 46—47 頁。

的「後期的有教養的我們時代的北方」[1]。因此，儘管這種「背景」常常佔據了詩歌批評著作的大部篇幅，也有着看似整齊的理論陣容，但在實際闡釋詩歌時，人們使用的多是一種更「精確」的背景批評，這就是陳寅恪在《元白詩箋證稿》裏屢次説到的：

今世之編著文學史者，能盡取當時諸文人之作品，參定時間先後，空間離合，而總彙於一書，如史家長編之所為，則其間必有啟發[2]。

我們在這裏要討論的，也正是這種在中國古代詩歌批評裏廣泛使用的「背景批評」。

其實，陳寅恪這段話只是北宋呂大防在《韓愈年譜·識語》裏「次第其出處之歲月，而略見其為文之時」那段話的翻版[3]。至少在呂大防所處的時代，這一精細的背景批評已經超越了籠統「知人論世」的樊籬，編年詩集和詩人

1　斯達爾夫人《論莎士比亞的悲劇》，史雷格爾《作為北方詩人的莎士比亞》，分別作於 1800 年與 1812 年，中譯文收入《莎士比亞評論彙編》上冊，中國社會科學出版社，1979 年，第 367、319 頁。
2　《元白詩箋證稿》，上海古籍出版社，1982 年，第 13 頁，又參見第 45 頁。
3　《昌黎先生文集》附，轉引自《韓愈資料彙編》，中華書局，1983 年，第 132—133 頁。

年譜的出現表明了這種實際批評的成型，精細的歷史編次和詩人身世考證，則把這種實際批評推向成熟。它提供的較為準確的「背景」給批評家猜測詩歌意義提供了相對可靠的線索，也給詩歌意義的外延限定了一個闡釋的邊界，過去大而無當的背景好像安了鏡框，在這個鏡框裏佈景和主題之間密切了許多，過去模糊不清的鏡頭仿佛被調整了焦距，鏡頭拉近後雖然背景變小但也更加清晰，人們通過這些背景材料似乎瞭解了詩人，也似乎更有把握解釋他們的詩歌。像前面提到過的《錢註杜詩》卷一評杜甫《哀王孫》，錢謙益以《舊唐書》《通鑑》記載為依據考證天寶十五載六月九日潼關失守，十二日唐玄宗出逃後，「親王公主皇孫以下，多從之不及，平明，既渡渭，即令斷便橋」，「中外擾攘，不知上之所之，王公士民，四出逃竄山谷」，而杜甫此時也正往來逃竄，親眼目睹這一切，於是，《哀王孫》中「金鞭折斷九馬死，骨肉不得同馳驅，腰下寶玦青珊瑚，可憐王孫泣路隅」等句的意義，就在背景中豁然明朗起來[1]；又如朱鶴齡《李義山詩集箋註》卷中評《自南山北歸經分水嶺》，朱氏從詩題中考證出分水嶺在漢水，從史書中考證出令狐楚開成初年為山南節度使，從生平考證出李商隱當時正在令狐楚節度府，於是指出這

1　《錢註杜詩》，上海古籍出版社，1979 年，第 44 頁。

首詩是李商隱從漢中北歸途中所作，因而詩裏「那通極目望，又作斷腸分，鄭驛來雖及，燕臺哭不聞」等悼念令狐楚的意思，就在這一連串的考證中刹那顯現；再如清人王文誥所撰《蘇詩編註集成》，只要看一看《總案》卷三十七對蘇軾元祐八年十二月生活的記載：劉醜廝復父仇，來訴於庭，為記事；和子由詠清汶老諸什；寄王鞏紫團參詩；作中山松醪賦；⋯⋯二十五日寄鎦合刷瓶與子由；和劉燾蜜漬荔枝⋯⋯」就可以對蘇軾這一月所寫八首詩有一定瞭解，而進一步點明蘇軾本月被貶為定武安撫使，心境極壞這一背景，《寄鎦合刷瓶與子由》裏「老人心事日摧頹」的失望、「知我空堂坐畫灰」的寂寞及「約束家僮好收拾，故山梨棗待歸來」的悵歎，就在這細緻的背景交代中自然凸現。

很明顯，背景對於詩歌意義的闡釋是必要的，尤其是精細而準確的背景，它不像那種大而無當的籠統介紹，只說「人在大地上」或「魚在深海裏」這種無比正確而毫無意義的廢話，倒像是精確畫出了位置的大比例地圖，為蒐尋目標提供了依據；也不像含含混混的泛泛交代，只把物件畫了個朦朧含蓄的大概輪廓讓人無法琢磨，倒像是用細線五彩勾勒了一幅工筆人物，為查找失蹤者提供了線索。我們常聽到文學批評家振振有詞地教訓學生說：搞清楚了背景就掌握了理解意義的鑰匙，這讓人想起中國一句俗話

「一把鑰匙開一把鎖」和西方一句俗話「開門靠萬能鑰匙」（Open door by the master key）。可是，我們還得想一想，「背景」真是一把萬能鑰匙，確實能打開「意義」的大門嗎？

二、背景批評的難題與困境

首先，一個難題是詩歌寫作背景並不都能考證清楚。且不說史料「代遠多偽」[1]，就是不偽，正統的紀傳、編年、本末體史書又有多少篇幅來記載詩人？詩集的編年與年譜的修撰常常不得不依靠詩歌的提示，詩題的線索，語詞的象徵來猜測，可那些提示、線索、象徵又有幾分可靠？對古代詩人生平和詩歌精細的編年，雖然是很多學者的理想，但相當多的「考訂」卻仿佛在猜一個沒有謎底的謎，各抒己見卻莫衷一是，史料匱乏使背景考證常常捉襟見肘，只好付諸闕如，猜測自由又使編年系詩往往膽大妄為，憑着感覺強作解人。像上引杜甫《哀王孫》倒是內容明晰史料充足，不僅《唐書》《通鑒》可資參考，而且詩中那兩句「竊聞天子已傳位，聖德北服南單于」已把時間

1　劉勰《文心雕龍·史傳》；這個道理很多人都知道，就連宋代一個女詩人朱淑真《讀史》一詩裏都說過：「筆頭去取萬千端，後世遭它恣意瞞。」《朱淑真集註》前集卷十，浙江古籍出版社，1985年，第117頁。

交代明白，但如果換一首時間無從考證的詩又如何呢？比如《玉華宮》，它也有「不知何王殿，遺構絕壁下，陰房鬼火青，壞道哀湍急」的喟歎，是不是和《哀王孫》一樣寫安史之亂後的滄桑之感？浦起龍《讀杜心解》把它繫於至德二載（757）八月並說它是「隕涕時衰」「有黍離行邁之思」，是「因衰起興，淚灑當前」[1]，但玉華宮早在永徽二年（651）就廢為寺廟，杜甫早年也曾經過此地，為什麼偏要在這時才有黍離之思？黍離之思是中國古代詩歌的常見主題，幾乎每一個詩人面對殘垣頹壁都會發這種思古幽情，不一定非要等戰亂之後才「因衰起興」，假如它真是杜甫晚年的作品倒也罷了，可是萬一它是杜甫早年泛泛之作，那麼浦起龍所闡釋的一大堆意義豈非是向壁虛造？又如上引李商隱《自南山北歸經分水嶺》恰好詩題與地理、史事、傳記可以對證，便使闡釋者得以按圖索驥順藤摸瓜，可是如果沒有這個時空人事明白的詩題呢？比如那些《無題》，那句「又作斷腸分」是否會被解釋為男女之間的生離死別，那句「燕臺哭不聞」是否會被想像為閨中情人的哀怨悲絕，就像《無題》時而被當作李商隱與政治人物之間微妙關係的隱喻，時而被當作李商隱與女道士之間絕望戀情的追憶。在通常的編年考證中，人們常會對這種

1　《讀杜心解》卷一，中華書局，1981 年，第 39 頁。

無從措手感到煩惱，在諸多的考證著作裏，人們常會對意見分歧感到困惑，例如同一個李白，黃錫珪《李白編年詩目錄》和詹鍈《李白詩文系年》竟「相異十之七八，相同僅十之二三」，同一首《江夏別宋之悌》，有人說它寫於上元元年（760），有人說它寫於乾元元年（758），還有人說它寫於開元二十九年（741）之前，我們究竟應該相信誰？又如李賀《南園》十三首之八：「春水初生乳燕飛，黃蜂小尾撲花歸。窗含遠色通書幌，魚擁香鈎近石磯」，根本沒法搞清楚背景，那麼你應該相信這就是一首寫於「閑寂」之時「有隱處就閑之意」的抒情小詩，還是相信它是寫於「元和中徵少室山人李渤為左拾遺」時「譏其不終於隱……為貪餌卒罹羅網」的政治漫畫[1]？雖然說「一把鑰匙開一把鎖」，但是沒有鑰匙或者是給你一大堆鑰匙又不告訴你開哪把鎖，背景批評可能根本找不到大門或開錯了別家的大門。

其次，就算我們對詩歌創作的背景有了精細的瞭解，是不是就有權作詩人的代言人宣佈它的意義？顯然也還是不行。中國古代詩人沒有寫創作體會或創作日誌的習慣，在大多數抒情寫景詩裏詩人並沒有給予批評者任何提示，

1　見王琦《李長吉歌詩彙解》卷一，姚文燮《昌谷集註》卷一，《李賀詩歌集註》，上海古籍出版社，1978年，第 90、410 頁。

以至於批評家不能不根據背景與本文進行猜測，但猜測當然只是猜測，儘管它是最精確的猜測，只要詩人不曾死生肉骨站出來進行首肯，它依然不能自命為「意義」本身，背景是批評家視野裏重構的歷史，是按照批評家的理解與分析對一系列事件材料的排列組合與解釋，但它並不是真實的歷史本身，屬於歷史的那些事件早已逝去，屬於歷史的詩人也早已死亡，時間帶走了他們複雜的精神與微妙的心靈，留給批評家的只是詩歌本文和相關的一系列「歷史敍述」，但正如 H. 懷特《敍述的熱門話題》裏說的，歷史敍述早已將歷史事實剪裁（tailoring）過了，所以它並非事實，「而是告訴我們對這些事實應當向哪個方向去思考（in what direction to think）並在我們思想裏充入（charge）不同的感情價值」[1]。重構於批評家之手的背景，正如 M. 福科《知識考古學》所說的包含着荒謬（preposterous）的「精神產品」儘管靠近了詩人，但依然無法重現歷史的血色和心靈的生命，更何況詩人正屬於最複雜多變的那一類心靈，詩歌正擁有最微妙難測的那一類情感，把「背景」之因與「意義」之果硬疊合在一起難免犯刻舟求劍的錯誤。顯然，這種錯誤大半來自批評家對「可靠背景」的過分信賴，而這種信賴在古代中國又常

1　參看彭剛《敍事，虛構與歷史》，載《歷史研究》2006 年第 3 期。

被詩歌「怨刺說」膨脹成了批評定勢，浦起龍《讀杜心解》卷首《少陵編年詩目譜》說：「纘年不的則徵事錯，事錯則義不可解，義不可解則作者之志與其辭俱隱而詩壞」[1]，這話反過來說就是編年正確則背景正確，背景正確則意義顯現，於是詩人心理和詩歌意蘊就昭然若揭，這一過分自信大概可以追溯到劉勰《文心雕龍·時序》中的「原始以要終，雖百世可知」，但這一過分自信又常常會導致維姆薩特和比爾茲利所批評的「意圖謬誤」（intentional fallacy）[2]，如果詩人寫詩真的是都為時事而作倒也罷了，可是中國到底有多少「史詩」或「詩史」呢？很多詩人寫作只是「興會偶發」，不少詩人寫作又是「因題湊韻」，當詩人見月傷心、聞鈴墮淚寫抒情詩，當詩人倚馬立就即席詠哦寫應酬詩時，他與他周圍的那些「背景」有什麼關係？比如李賀《北中寒》一詩的確寫於唐德宗時，但他是否像陳本禮《協律鈎玄》卷四分析的那樣專為「德宗享國秕政尤多」而作，以「黃冰合魚龍死」暗示「肅宗昵張良娣，任李輔國，殺太子，遷上皇」，以「揮刀不入迷蒙天」諷刺「不知自省，歸咎天命」的皇帝？如果真是如此，李

1　《讀杜心解》卷首，中華書局，1981年，第60頁。
2　參見趙毅衡編《新批評文集》，中國社會科學出版社，1988年，第8頁。

賀就真的成了通曉史事的時事評論員，而《北中寒》則真
的成了可以刊諸報端的歷史評論了[1]；又比如李商隱《海上
謠》一詩被公認為大中元年（847）作於他任桂府掌書記
時，但在同一背景下，朱鶴齡《箋註李義山詩集》卷中看
出了「求仙」，馮浩《玉谿生詩箋註》卷三看到的是李德
裕之貶和鄭亞之危，張采田《玉谿生年譜會箋》卷三揣摩
出了李商隱對一生失意的傷感，而還有人則從背景史事及
「桂水寒於江，玉兔秋冷咽」等詩句中讀出了李商隱「影
射當時政局」[2]，在這首詩面前，編年正確背景清晰為什麼
不能使「意義」剎那呈現？再如杜甫《初月》一詩，的確
寫於唐肅宗即位後，它究竟是寫月色還是寫政治？要按仇
兆鰲《杜詩詳註》卷七的說法，儘管它作於此時，也只是
「在秦而詠初月……總是夜色朦朧之象」[3]，但要按蔡夢弼、
王嗣奭的說法，它產生在這個背景下「必有所指」，所以
「微升古塞外」是「肅宗即位於靈武」，「已隱暮雲端」是
「肅宗為張皇后李輔國所蔽」，「河漢不改色」是「猶夫舊

---

1 《協律鈎玄》卷四，清嘉慶年間刻本，參見金開誠、葛兆光《歷代
詩文要籍詳解》，北京出版社，1988 年，第 468 頁。

2 葉嘉瑩《中國古典詩歌評論集》，廣東人民出版社，1982 年，第
72—108 頁；同樣的例子可以參見錢謙益《錢註杜詩》卷四、仇
兆鰲《杜詩詳註》卷十、朱鶴齡《輯註杜工部集》卷七、浦起龍《讀
杜心解》卷二之二對《石筍行》的不同解釋。

3 《杜詩詳註》卷七，中華書局，1979 年，第 607—608 頁。

也」，「關山空白寒」是「失其望也」，至於「露滿菊團」當然就不是夜月微寒的單純景致，而是陰邪勢力壓倒正人君子，杜甫當然就不是一個能在閑暇中賞月吟詩的文人，而是時時預言政治形勢的專欄評論員[1]。清人吳雷發《説詩管蒯》有一段話説得很好：

> 詩貴寓意之説，人多不得其解，其為庸鈍人無論已，即名士論古人詩，往往考其為何年所作，居何地之作，遂蒐索其年其地之事，穿鑿附會，謂某句指某人，某句指某事……[2]

可是，這卻是中國古代詩歌批評的一大傳統，在這些信賴「背景」便是「意義」的鑰匙的批評家看來，只有這樣才能「明詩人所指，才是賈胡辨寶」，否則就是「一昧率執己見，未免有吠日之誚」[3]。當然，「讀詩心須細，密察

1 （清）王嗣奭《杜臆》卷二，上海古籍出版社，1983 年，第 74 頁；參見（清）李調元《雨村詩話》卷下，《清詩話續編》，上海古籍出版社，1983 年，第 1528 頁。

2 《説詩管蒯》，見丁福保編《清詩話》，上海古籍出版社，1978 年，第 903 頁。

3 （清）薛雪《一瓢詩話》，《原詩　一瓢詩話　説詩晬語》合編本，人民文學出版社，1979 年，第 100 頁。

作者用意如何」，可是，這種把批評家自己信賴的背景硬塞給詩人與詩歌卻毫不考慮這也是「一昧率執己見」的做法，是不是也會歪曲了古人而遭致「吠日之誚」？把詩人複雜的寫作心理簡化為背景到意義的機械過程，把詩歌廣泛的表現領域縮小為政治或時事的專門欄目，這對詩人與詩歌是「充分的理解與尊重」還是畫地為牢對他們的貶抑？

再次，即使我們再退一步承認這些背景批評的準確性，這些批評又能給我們帶來什麼？詩歌本來是要給人們以藝術美感享受的，而這種精確到有些殘酷的背景批評卻常常破壞這種樂趣，好像用 X 光透視機把美人看成骨骼，用化學分析把一朵花分解為碳、氫、氧，詩歌在背景批評中常常成了歷史事件的美文採訪，而歷史的「相砑書」倒在背景批評下成了詩歌的內在主題，讀着這種經「背景」過濾後的詩歌，人們非但不曾領略到美感，倒仿佛讀到了一份報急的時事報紙讓人心憂。不妨舉兩個例子。唐代宋之問詩《渡漢江》「近鄉情更怯，不敢問來人」，無須解釋，人們能感受到久離家鄉的歸鄉者的惴惴不安，這惴惴不安裏有對家鄉故人生死存亡的惦念，有對故鄉是否擁抱遊子的憂慮，還有若驚若喜的回鄉之情，這

1　（清）吳喬《圍爐詩話》卷四，《清詩話續編》，第 591 頁。

是一種人人心中都有的普遍情感，讀到它就勾起人對故鄉的一分眷念。可是，當精確的考據家們認定這是宋之問神龍二年（706）從流放地逃往洛陽，途經漢江所作時，那份美好的情感就頓時煙消雲散，在這個鐵案如山的背景下，「近鄉情更怯」成了被通緝的逃犯潛逃時的心理報告，「不敢問來人」則成了逃犯晝伏夜行鬼鬼祟祟的自我坦白，一首詩就這樣被「背景」勾銷了它作為「詩」的資格。同樣，唐代王昌齡《芙蓉樓送辛漸》：「洛陽親友如相問，一片冰心在玉壺」，末句晶瑩透徹，寫得很美，可是不少考據家根據《河嶽英靈集》卷中關於王昌齡「晚節不護細行，謗議沸騰」等記載，斷定這首詩的背景是王昌齡受到人格攻擊，所以要辛漸到洛陽為他表白心跡，這當然很可能，但是，這首詩的意義被背景框架限定後，「一片冰心在玉壺」不僅成了不太謙虛的自我標榜，還可能成了強詞奪理的自我辯白，這首詩便不成為「詩」卻成了押韻的「申訴狀」或「上告書」，未免大煞風景令人不快。

三、批評的傳統：以歷史的背景曲解詩歌的意義

據說，詩歌是經過喬裝打扮的演員的一齣戲，你在前排就座觀劇看到的只是假相，若要想識出演員真面目，就只有繞到後臺直闖佈景背後的化妝室去窺探卸裝後演員的模樣，「背景批評」就常常起這樣的作用，所以「真面目」

與「煞風景」兼而有之，「實在」與「謬誤」同樣可能。
不過，也有一種「背景批評」卻是從前臺一直窺入佈景
的，據說它同樣可以揭開前臺演員的面紗和背後導演的內
幕。如果說前一種方式是從背景到意義，這一方式則是從
意義到背景，它之所以能與前一方式並行不悖具有同樣的
效力，同樣是因為人們相信「背景」與「意義」之間有割
不斷撕不開的因果關係，仿佛從源頭可以順流而下，從下
游也可以溯源而上一樣，「背景」與「意義」之間可以通航。

　　這種方式更古老，它也許可以追溯到古代的一個制
度。《禮記・王制》：「天子五年一巡守……命太師陳詩以
觀民風。」孔子的一句話大概是這一方式的權威概括，《論
語・陽貨》中說：「詩……可以觀」[1]。這一方式的最早實踐
也許是《左傳》襄公二十九年的「季札觀樂」[2]，但在詩歌
批評裏大規模地付諸實用則要算《詩序》。在古代中國，
幾乎每一個詩人都遭受過這種剔肉剝皮式的透視，大量的

1　「觀」字後面的賓語被很多註釋者補出，像何晏《論語集解》引鄭
　　玄說是「觀風俗之盛衰」，邢昺《論語疏》說是「可以觀者，詩有
　　諸國之風俗、盛衰可以觀覽知之也」，朱熹《論語集註》的說法好
　　像與他們略有差別，不在觀察風俗而在觀察政治，所以說是「考見
　　得失」。
2　方孝岳《中國文學批評》第三節已指出它是以詩觀史的開端，「後
　　來人評論詩文，從這裏得到了許多法門」。世界書局，1936 年，
　　第 18─20 頁。

詩歌都遇到過這種刨根究底的索隱。舉兩個例子，像陶淵明，《述酒》一詩被人讀出了哀悼晉恭帝被弒的意味，所以「流淚抱中歎，傾耳聽司晨」的莫名悲哀就是晉恭帝等死的實錄，《停雲》一詩被人看出了不事二朝的遺民氣節，於是「競用新好，以招餘情」就是對變節者「相招以事新朝」的諷刺。由於陶淵明「所著文章皆題其年月，義熙以前則書晉代年號，自永初以來唯書甲子而已」，從這條並不太可靠的線索，宋人在陶詩裏看到的滿眼皆是晉、宋禪代的背景，在這個背景中一個眷念田園、追尋存在的詩人成了東晉王朝的不貳忠臣，一首首溫馨的田園詩成了易代之際堅貞絕毅的效忠信[1]。又如李白，他的《古風五十九首》所作並非一時，所詠並非一事，有實寫有抒懷，有隱逸學道，有人世匡時，但在清人陳僅眼裏，卻被統統劃入李白放逐後專講政治的作品，並從中讀出了「蒿目時事，洞燭亂源，而憂讒畏譏，不敢顯指」的背景，於是，本來零亂的詩篇頓時集體升格，成了「國風小雅之遺」，本來好幻想愛吹牛的李白也頓時形象一變，與杜甫並肩成了「忠愛」的楷模[2]。至於挑出單篇斷句來穿鑿附會

1　參見（宋）湯漢《陶靖節詩註》，清拜經樓叢書本；（明）何孟春《陶淵明集註》，清刻本。

2　（清）陳僅《竹林答問》，《清詩話續編》，上海古籍出版社，1983年，第 2260 頁。

的例子就更多了，謝靈運《登池上樓》的名句「池塘生春草，園柳變鳴禽」，前句因「池塘瀦溉之地而生春草」被看出背景是「王澤竭也」，後句因「一蟲鳴則一候」，所以被認定是政治「時候變也」[1]；王維《終南山》「太乙近天都，連山接海隅」是指「勢位蟠據朝野」的當權者一手遮天，「白雲回望合，青靄入看無」是指當權者「有表無裏」，「分野中峰變，陰晴眾壑殊」是指當權者濫用職權收買人心「恩澤遍及」，「欲投何處宿，隔水問樵夫」則是哀歎自己「托足無地」，八句則是交代了一個政治暗昧、分配不公的背景，清人吳喬明明知道這是「商度隱語」的穿鑿附會，卻又説「看唐詩常須作此想方有入處」[2]；韓翃《寒食》一詩以「春城無處不飛花」四句寫長安寒食習俗，但因「五侯」二字被詩論家一眼覷定，一口咬住這首詩的背景是「唐之亡國由於宦官握兵，實代宗授之以柄，此詩在德宗建中初，只『五侯』二字見意，唐詩之通於《春秋》者也」，輕輕「五侯」二字，泛泛一通議論，便把這首淡淡的風情小詩變成了濃濃的莊嚴歷史[3]；韓偓《落花》一詩只是哀憐落花，至多只是林黛玉葬花似的

1　參見（清）潘德輿《養一齋詩話》卷二，《清詩話續編》，第 2028 頁。

2　參見《圍爐詩話》卷三，《清詩話續編》，第 556 頁。

3　參見《圍爐詩話》卷一，《清詩話續編》，第 498 頁。

因花傷情感時思人，但清人卻說：「『眼尋片片隨流去』，言昭宗之出幸也，『恨滿枝枝被雨侵』，言諸王之被殺也，『縱得苔遮猶慰意』，望李克用、王師範之勤王也，『若教泥污更傷心』，恨韓建之為賊臣弱帝室也，『臨階一盞悲春酒，明日池塘是綠蔭』，悲朱溫之將篡弒也。」這一背景的建立，雖然頓時把韓偓那種傷感惆悵的文人情調改造成了大義凜然的忠貞胸懷，但也把一首精緻工巧的抒情小詩變成了乾癟刻板的政治讖語[1]。當然，被剝扯最甚的是杜甫，批評家看到他「每飯不忘君」的忠愛，便把他所有的休息時間都一概取消，不讓他有半刻喘息偷懶，時時把他黏貼在「安史之亂」的歷史背景下拷掠，於是每一句話都被擠榨出「背景」來，「沙上鳧雛伴母眠」的恬靜小景被說成是安祿山與楊玉環的私情寫照[2]，「誰憐一片影，相失萬重雲」的孤雁獨飛被說成是「君子淒涼零落」，「獨鶴歸何晚，昏鴉已滿林」的林間暮景被說成是「小人喧沓喧

1　吳喬《答萬季野詩問》，參見《圍爐詩話》卷一，《清詩話續編》，第 496—497 頁；又清末震鈞《香奩集發微》更是認為「一部《香奩》，全屬舊君故國之思」，並且一口咬定《香奩集序》裏說的年代都是「迷謬其詞以求自全」即瞞人耳目的，所以他乾脆另起爐灶，自己給這些詩編了年代安了背景，以便吻合諷刺黃巢、朱溫的意義。

2　參見王夫之《薑齋詩話》，《清詩話》，上海古籍出版社，1978 年，第 17 頁。

競」[1]。在這種銳利的手術刀下活人被當成了屍體，失去了他複雜微妙的情感和靈動活潑的生命，每一個詩人都仿佛只是歷史書頁上的符號，標示着背景的方向，在這種洞察幽微的透視中詩歌仿佛只是顯微鏡透明的鏡片，它放大了背景而自身卻在視界中消失。

古代詩歌批評家這樣詮釋自有他們的依據。其中一小半來自他們對某些詩歌語詞象徵意義的習慣性聯想，中國古代詩歌裏有一些語詞像「香草」「美人」經一個詩人之手有了特定的政治隱義，於是這些語詞便仿佛普遍被賦予了隱喻的專利權，詩人寫詩如果不繞開它們或偶爾不慎用了它們，批評家就有權把他的詩視為「背景」的諷喻。「漢武」一詞曾被用在唐代天子身上，於是，凡「漢武」一詞或與漢武帝有關的典故都可以被讀成唐代史事，李白《妾薄命》一詩藉漢武時事寫紅顏薄命，蕭士贇《分類補註李太白詩文集》卷四就說背景「在於明皇王后也」，儘管唐玄宗廢王皇后事在這首詩寫作的二十年前；「牽牛織女」曾被用在李隆基、楊玉環身上，所以仿佛一寫「牛女」都可以扯到天寶年間，杜詩「牛女年年渡，何曾風浪生」兩句就成了「刺明皇幸貴妃以致亂」，清李調元《雨村詩

1　（宋）羅大經《鶴林玉露》甲編卷四《孤雁獨鶴》，又卷五《浦鷗》，中華書局，1983年，第61、87頁。

話》卷下還説：「因有七夕牽牛事，故不嫌穿鑿」[1]，儘管七夕長生殿李、楊密語的傳聞產生在數十年之後。由於這種習慣性聯想，詩歌意義和歷史背景之間就好像有了一條暢通便利的溜索，批評家一見到那類語詞就可以很方便地沿着那條捷徑，讓「背景」一一對號入座。當然，對號入座更大一半來自他們對「背景」的預先調查與瞭解，像上面所舉的那幾例，批評家事先已經知道陶淵明生活在晉宋禪代、政權更迭之時，李白創作於安史之亂世事淆亂之際，謝靈運《登池上樓》寫作時正是「王澤竭」「時候變」，王維《終南山》寫作時正值權臣弄權，韓翃《寒食》問世的時代宦官已經握有兵權，韓偓《落花》問世的時代唐王朝已經氣息奄奄，所以，在那些似曾相識，仿佛藏有隱喻的語詞的啟發下，他們好像一眼看破了內幕，識透了這些詩歌中埋藏的隱衷，甚至忘記了「內幕」和「隱衷」只不過是他們藉助「背景」的知識和「語詞」的引導，自己安放在詩裏的，還以為是自己憑着智慧「密查詩人用意」，從詩歌裏挖掘出來的。這些批評家就好像丟失了斧頭的那個疑神疑鬼的主人，心裏先存了個「鄰人竊斧」的念頭，便把鄰人看得虛虛鬼鬼祟祟，背景先橫亙心中，便把詩歌

1　（清）李調元《雨村詩話》卷下，《清詩話續編》，上海古籍出版社，1983 年，第 1527 頁。

看得句句都包含了背景，儘管有人認為這種背景與本文的循環論證乃是「一種詮釋循環的例證而不是一種不負責的批評」[1]，儘管解釋學認定「理解的主體不可避免地受到語境預先的影響」使「前理解成為主題」[2]，但這種鑿空虛造的循環詮釋總讓人覺得不那麼可信。這讓人想起瑞恰慈（I.A.Richards）《實用批評》裏介紹的那個實驗[3]，十三首隱去作者、題目、日期的詩在劍橋大學受過良好訓練的學生眼裏全亂了套，贋品被當作珍品，佳作被視為劣作，如果同樣選十三首中國古典詩歌隱去作者、題目給這些批評家去評判，他們能從單純的詩歌本文裏看出「王澤竭」「時候變」或「宦官握兵」「朱溫篡弒」麼？錢玄同《隨感錄》曾講過一個故事，他讀一首詞中，有「故國頹陽，壞宮芳草」二句，便覺得「有點像遺老的口吻」，讀到「何年翠輦重歸」一句，似乎又感到「有希望復辟的意思」，他與幾個朋友談過，大家都説沒有猜錯，便懷疑為遺老遺少所

1　參見霍埃（David Couzens Hoy）《批評的循環》（中譯本），蘭金仁譯，遼寧人民出版社，1987 年。

2　哈貝馬斯《解釋學要求普遍適用》，高地譯，載《哲學譯叢》1986年第 3 期。

3　瑞恰慈《實用批評》，載《北平晨報》「詩與批評」22 — 23 期，1934 年 5 月 3 日、14 日。

作，可是最後一查，這個作者恰恰是一個「老革命黨」[1]，這個被「語詞象徵意義的習慣性聯想」和「背景的事先瞭解」引向錯謬的詮釋事例，倒可以說明不少問題。

四、詩歌：是自給自足的文學文本，還是依賴背景支撐的歷史文本

看來，對「背景批評」的討論仿佛要把我們引入「視界融合」（horizontverschmelzung）的理論爭辯，「背景」與「意義」之間好像真的有伽達默爾（H.G.Gadamer）所說的「解釋循環」，似乎只要你一涉及背景與意義，你就必須身兼歷史學家與詩歌批評家二者於一身。一方面用歷史背景知識參與「對本文所談及的主題進行瞭解」，一方面又用本文去「探明本文以外的某些事情」[2]，不得不陷入一場自己嘴巴咬自己尾巴的兜圈遊戲。其實，問題並不在這裏，背景與意義之間的這種尷尬局面是由一個「決定論」即背景決定意義的錯誤造成的，由於人們相信背景與意義之間有一種鐵鏈般的因果關係，人們才苦苦地尋找背

1　《隨感錄》（五五），見《錢玄同文集》第二冊，中國人民大學出版社，1999 年，第 22 頁。又見於《中國新文學大系・文學論爭集》，上海良友圖書印刷公司，1935 年，第 265 頁。

2　霍埃《批評的循環》，蘭金仁譯，遼寧人民出版社，1987 年，第 187、190 頁。

景穿鑿本文，但是，如果我們取消或淡化這條因果之鏈，嘴巴與尾巴之間的互相追逐又有什麼必要？因為所謂「背景」只不過是另一些稱作歷史學家的人們對歷史記憶的追憶，層層的轉化早已使它不成為真實事件本身，而只是對事實的解釋，正像 M. 海德格爾所說的，它只是「歷史解釋」並早已向「理解的方面轉化」[1]，客觀早已成了主觀。相反，本文的延續卻使詩人的創作成了實實在在的存在，可以說主觀早已成了客觀。所以，二者之間並沒有誰決定誰的因果鏈條，「背景」只是闡釋者藉以理解詩歌的途徑之一，意義的歷史和語言的歷史、審美的歷史一樣，並非是當時的真實而是現時的理解。所以我們應當再次追問的只是：詩歌的意義是不是由背景限定的，或離開了背景詩歌是不是就不能被理解？或者說，詩歌是一個自給自足的文學文本還是不得不依賴背景支撐的歷史文本？

　　顯然，首先我們應當承認詩歌本身是一個自給自足的文本，它是由詩歌的特殊語言構成的傳情達意的藝術品，儘管語言的「指涉性」使文本「像許多引文的鑲嵌品，任

1　M. 海德格爾《存在與時間》五章三十二節《領會與解釋》裏說「解釋一向奠基在一種先行具有（vorhabe）之中」，這種「先行具有」當然是主觀世界早已決定的觀念。三聯書店，1987 年，第 183 頁。

何文本都是其他文本的吸收和轉化」[1]，但背景歷史卻只是
「其他文本」之一，相當多的詩歌並不需要背景的支撐為
靠山就可以擁有完足的意義。特別是那些歷久彌新、傳誦
不絕的抒情詩歌，它並不傳達某一歷史事件、某一時代風
尚，而只是傳遞一種人類共有的情感，像自由、像生存、
像自然、像愛情等等，它的語言文本只須涉及種種情感與
故事便可為人領會，一旦背景羼入，它的共通情感被個
人情感所替代，反而破壞了意義理解的可能，正像尼采在
《歷史的使用與濫用》（*The Use and Abuse of History*）
裏說的，有時人們不得不學會忘卻，因為有時過多的記憶
損害了人的自身創造力[2]，而在文學裏，過多的背景記憶正
妨礙了詩歌欣賞的自由，使閱讀者在歷史專制下不得不被
背景耳提面命。像李商隱《無題》，當批評家用窺探王茂
元家婢女或窺探入道女冠的「背景」參與解釋時，詩歌就
失去了永恆的魅力而只成了隱私的實錄[3]，「美」作為代價
償付了「真」，而「善」也有可能在「真」的道德尺度下

1　朱麗婭‧克利斯蒂瓦（Julia Kristeva）《符號學：意義分析研究》，
　　1969 年，第 146 頁。
2　尼采《歷史的使用與濫用》（中譯本），陳濤等譯，上海人民出版
　　社，2005 年。
3　參見馮浩《玉谿生詩集箋註》，上海古籍出版社，1979 年，第
　　135—136 頁；劉學鍇、余恕誠《李商隱詩歌集解》，中華書局，
　　1988 年，第 392—400 頁。

被無情勾銷；又像王維《鳥鳴澗》《辛夷塢》，當批評家用王維安史之亂後被貶的「背景」參與理解時，那種恬靜淡泊又充滿生機的詩境，就被憂讒畏譏、消極逃避的衰頹心境取代，人們只好承認王維的暗淡情緒，而把詩看成是他心理隱患的診斷書或自供狀。可是，人們讀詩是為了讀詩而不是為了通曉歷史，既然詩歌是一種文學文本，充其量有一些虛構的歷史痕跡，那麼，我們為什麼一定要讓「歷史」來取代它呢？

其次，既然詩歌是「特殊語言構成的一個傳情達意的藝術品」，那麼，它在寫作時就包容了極其複雜的心理活動，這種心理當然受到歷史環境、個人經歷的種種影響，政治形勢、學術思潮、地理民俗、民族心態、經濟環境，換句話說整個文化都會在詩人心裏留下痕跡，但是，這一切都必須經由一連串的「移位」（displacement）才能滲入創作，並受到詩人個人的稟賦、氣質、性格這一磁場的扭曲，受到具體創作時極微妙的心境變形，往往迂迴曲折，才在本文中留下極其含糊的「印跡」（trace），很難想像像陸機《文賦》說的「來不可遏，去不可止，藏若景滅，行猶響起」的靈感和「精騖八極，心游萬仞」的構思，只出自對「背景」的細細審視和對處境的反躬自問，也很難想像劉勰《文心雕龍‧神思》說的「神居胸臆而志氣統其關鍵，物沿耳目而辭令管其機樞」式的創作只是外

部世界的單純反射，就連極重視文學與社會關聯的批評家也不會同意背景批評的這種簡化方式，像宣稱「生活是根，作品是果」的保爾‧貝舒尼在與托多洛夫對話中就說：「我從來不是一個原來意義上的 —— 即以法則的存在為前提，主張因果自然連接的 —— 決定論者」，詩史上顯而易見的一個事實是，一個盛世的詩人未必總寫快樂爽利的頌詩，一個衰世的詩人未必總寫愁苦哀怨的諷刺詩，沒有誰能規定陶淵明只寫田園詩和隱逸詩而不寫《詠荊軻》或《閑情賦》，也沒有誰能規定杜甫一天到晚盯着政治而不能稍事休息。把「背景」看成是一種必然性規定性的「勢力」或「靠山」至少犯了兩種毛病，一是把複雜的詩歌活動簡化為一種「刺激‐反應」模式，仿佛把活生生的詩人都當成了牽線木偶，把一齣靈動萬變的人生大舞臺看成了死樣呆氣的牽線傀儡戲；二是把文學降格為歷史學的附庸而根本忽略了文學的個性存在，只有歷史賦予的意義，而沒有語言技巧與審美經驗賦予的意義。

再次，既然詩歌創作包容了「極其複雜的心理活動」，那麼，作為詮釋手段之一的「背景」就不必指望獨攬意義的解釋權。毫無疑問，背景批評應當被允許存在並

1　托多洛夫《批評的批評》（中譯本），王東亮等譯，三聯書店，1988 年，第 142 頁。

作為探尋意義的一個途徑，尤其是詩歌主題與歷史背景相關密切的時候。但是，意義畢竟是由詩歌本身的語言文本提供的，我們不應讓背景替代人們的閱讀與理解，更不應讓背景越俎代庖地取代審美主體的感悟，換句話說，「背景」不應當成為「壓倒」（crushing）的力量成為解讀詩歌的唯一鑰匙，詩歌是一個開放的國度，這裏沒有大門，沒有關閉大門的鎖，更沒有手持武器檢查通行證的衛兵，克萊曼（Wolfgang Glemen）在《莎劇意象之發展》（_Development of Shakespeare's Imagery_）裏說：「把詩歌與歷史現象劃分為一個個鴿籠般的系統，再把每一首詩上貼個標籤，這樣仿佛我們的理解便達到了最終目的，這是一個很奇怪的錯誤。這一刻板的分解的分類破壞了有活力的感悟，使我們領會不到詩歌的整體魅力和多彩的豐富性」，同樣，背景之於意義也不是標籤，而只是參考性的「提示」——還必須是焦距對準時才是——在這裏切忌犯「決定論」的毛病，把一種壟斷的專制的權力輕易地交給了「背景」，卻阻塞了其他通向「意義」的途徑，以享有特權的歷史學家的外在權威取代了詩人及作品的內在權威，在面對詩歌的時候，批評家還不如先行承認那句雖然令人尷尬但也令人輕鬆的古老箴言：「詩無達詁。」

第二章

語言與印象

—— 中國古典詩歌語言批評中的一個難題

一、難題：語言與印象的糾纏

我在一篇書評裏曾談到詩歌批評中語言分析與印象感受的互相糾纏[1]，這種糾纏給試圖建立「純粹」的詩歌語言學批評的人出了一個難題，即詩歌語言學批評能不能擺脫主觀印象的滲透而成為真正客觀的文本研究。

正像大多數學者公認的那樣，中國詩歌批評歷來是重印象而輕語言的，這種傳統不僅來歷久遠並擁有「言不盡意」這樣深奧的哲學背景，而且受到詩人與批評家兩方面的共同擁戴。宋人陳與義《春日二首》之一「朝來庭樹有

---

1 《語言學批評的前景與困境 —— 讀〈唐詩的魅力〉》，原載《讀書》
1990 年第 12 期。現已收入本書「附錄」。

鳴禽，紅綠扶春上遠林。忽有好詩生眼底，安排句法已難尋」，後兩句把「安排句法」說得仿佛是寫詩時煞風景的罪魁禍首；龔相《學詩詩》之二：「學詩渾似學參禪，語可安排意莫傳。會意即超聲律界，不須煉石補青天」，後兩句把「聲律」貶抑為塵世俗界，詩人仿佛真的可以「得魚忘荃」拋開語言直上「意」的境界。而詩論家幾乎眾口一詞的「含不盡之意，見於言外」[1]「詞必不能生意」[2]，則幾乎把詩歌與語言剝離開來，仿佛真的可以「不着一字，盡得風流」。即使他們承認字句的存在，也不過如王夫之、袁枚那樣，把字句視為帥下小卒或主之奴婢，誰要是認真對這批兵卒或奴婢進行點名操練，就馬上會被視為鄉塾腐儒，而絕不會被看作用兵如神的孫武[3]。於是，傳統的詩歌批評常常聽任印象 —— 包括批評家的體驗感受與知識儲備 —— 橫衝直撞以至於語言被冷落一旁，批評的表述也常常是來自印象的象徵式語詞，即使是評論純粹語言問題，像宋人魏泰《臨漢隱居詩話》對兩個不同版本中王維

1 （宋）歐陽修《六一詩話》引梅堯臣語，《歷代詩話》，中華書局，1981年，第267頁。薛雪《一瓢詩話》稱，「此詩家半夜傳衣語」，人民文學出版社，1979年，第131頁。
2 （清）張謙宜《絸齋詩談》卷三，《清詩話續編》，上海古籍出版社，1983年，第810頁。
3 （明）王夫之《薑齋詩話》卷下，（清）袁枚《續詩品·崇意》，見《清詩話》，上海古籍出版社，1978年，第8、1029頁。

詩「種松皆作老龍鱗」和「種松皆老作龍鱗」的差異進行
比較，也絕口不提語序而只說後者「尤佳」[1]。清人馮班評
王安石《登大茅山頂》全然不合構詞習慣的「疑隔塵沙道
里千」和「紛紛流俗尚師仙」，也絕不多加分析而只是很
省力地用了個形容詞「不渾成」[2]，讓人搞不清楚為什麼前
者的顛倒「尤佳」，而後者的顛倒卻「不渾成」。當然，
作為讀者的批評家無疑有權擁有自己的印象，問題是，作
為批評的讀者卻有權要求批評家說明這種印象有幾分來自
詩歌語言文本之內、有幾分來自語言文本可容許的詮釋範
圍之外。

　　按清人錢謙益《香觀說書徐元歎詩後》引述一個隱
者的說法，「觀詩之法，用目觀，不若用鼻觀」[3]，按黃子雲
《野鴻詩的》的說法，讀詩要「以我之心求無象於窅冥惚
恍之間」，那麼這種來自「鼻」「心」的印象常常已經超
越了詩歌語言文本所提供的限度。同樣一個問題是，這種
印象的表述有幾分可以得到詩歌語言文本的印證，有幾分
可以擁有理解上的共性？像清人紀昀評朱慶餘《和劉補闕
秋園五首》之五「蟲絲交影細，藤子墜聲幽」時說：「三四

1　《歷代詩話》，中華書局，1981 年，第 336 頁。

2　參看《瀛奎律髓彙評》卷一，上海古籍出版社，1986 年，第
　　30—31 頁。

3　《牧齋有學集》卷四十八，上海古籍出版社，1996 年，第 1567 頁。

細緻」，我們根本無法知道他說的是語詞、語法上的「細緻精緻」還是意境內蘊上的「細緻入微」[1]，而施補華《峴傭說詩》批評「石壓筍斜出，巖重花倒開」時，則乾脆只引了另兩句杜詩放在一邊說它「近纖小」，讀者幾乎沒法瞭解這兩句在「煉字着色」上為什麼就不如「綠垂風折筍，紅綻雨肥梅」。

顯然，詩歌要求語言學來矯正這種過分印象化的批評，因為這種批評很容易隨隨便便地望文生義把語義理解引入歧途，也更容易夾帶私貨以假亂真，把對時代背景、詩人人格和作者意圖等的「印象」帶入詩歌卻不必負任何責任。不過，詩歌的語言學批評並不是學院裏純粹的語言學研究，現在中國的語言學與文學之間，常常像睦鄰一樣友好互不侵犯，也像陌生人一樣隔膜互不越界。按照通常的慣例，語言學家只管語義、語音、語法以及修辭，於是對詩歌的語言學研究便總是對格律、句法、語詞和修辭技巧的歸納類比，從王力《漢語詩律學》到近年出版的蔣紹愚《唐詩語言研究》就是這麼做的[2]。但是，這種語言研究至今仍只是「語言的研究」而不是「詩歌語言的研究」，

1　《瀛奎律髓彙評》卷十二，第 431 頁。

2　王力《漢語詩律學》，上海教育出版社，1979 年，新 2 版；蔣紹愚《唐詩語言研究》，中州古籍出版社，1990 年，第 1 版。

至少現在沒有人把它們列入文學批評專著，如果我們認為
這就是詩歌語言批評，那麼它們就全然違背了「詩關別
材」「詩另有法」的原則。在他們面前，詩歌和其他體裁
文字一樣只是語言學手術刀解剖的對象，他們面對詩歌猶
如醫學院教授面對病理解剖的屍體，屍體沒有性格、心
理、情感的不同，只有肢體與器官的一致，解剖刀下只有
精確的分類切割而沒有情感體驗與印象參與，儘管他們如
高明的庖丁，解牛只見牛肉不見全牛，但畢竟這種語言
學研究沒有給讀者提供任何詩歌的生命與活力。當然，
這倒很吻合 W.K. 維姆薩特和 M.C. 比爾茲利在《感受謬
見》裏一再強調的把詩歌文本與詩歌閱讀結果嚴格區分以
避免「印象主義和相對主義」的原則 [1]，但是，且不說這不
算詩歌批評，就算它是詩歌批評，它告訴了我們什麼？難
道能指着一幢樓房說這是一堆磚與一堆木料的組合嗎？但
當他一旦試圖告訴我們一首詩的意蘊時，他就滲入了他的
理解並瓦解了自己捍衛的純語言學立場，比如李商隱《無
題》「春蠶到死絲方盡」一句，顯然不能因為它的字面意
義就認定它講的是桑蠶之事，即使在語言學家可以允許的
範圍內可以說它是修辭學中的比喻與雙關，但它比喻的是

1　參見趙毅衡編《「新批評」文集》，中國社會科學出版社，1988
　　年，第 227—249 頁。

什麼、雙關的又是什麼呢？只要你一説是愛情，這裏就立刻滲入了理解，如果你又説是絕望的愛情，這裏就馬上羼進了印象，你對詩人身世的知識，對詩人情感的體驗及對愛情的理解一古腦兒都跟着印象捲入詩中，這是沒有辦法的，因為你把它當詩歌來閱讀了，難道你能把它和下一句「蠟炬成灰淚始乾」拆開分別塞進動物學教程及物理學課本？極力把文本語言與讀者印象分離以保持語言分析客觀性，其實忘記了批評家也是一個讀者，當他介入詩歌語言之初，他就無計躲避印象與語言的糾纏。

其實，只要是詩歌批評，無論是重「印象」的古代中國詩論家還是重「語言」的現代西方新批評，都無法否認語言與印象的糾纏。《師友詩傳續錄》裏王士禛既説詩歌是「意為主」而「辭輔之」，又説「煉意」就是「安頓章法慘淡經營處」[1]，《絸齋詩談》卷三裏張謙宜雖然斷定「詞必不能生意」，但又承認「煉句琢字雖近跡象，神明即寓其中」[2]，這就背面敷粉似的證明那些重視印象的古人也意識到讀詩時印象感受與語言無法分離；儘管從俄國形式主義到英美新批評一再強調文學研究的「科學性」和「客觀性」而批評「19 世紀批評家所創立的這些方法：印

1　見《清詩話》，上海古籍出版社，1978 年，第 151、158 頁。
2　見《清詩話續編》，上海古籍出版社，1983 年，第 810—811 頁。

象主義的欣賞、歷史學的解釋和現實主義的比較」[1]，但在實際批評中卻無法實現「把詩歌從象徵主義那裏奪回來」的抱負，完全避開一切「印象」[2]。如埃爾德・奧爾森分析 W.B. 葉芝詩時雖然尖刻地批評「通常詩歌批評僅注意個別語詞所引發的讀者的心理聯想」，但新批評派大將 C. 布魯克斯在分析約翰・多恩《聖諡》詩時卻仍告誡閱讀者或批評家不要輕易放棄情感體驗的印象，因為「僅僅把灰倒進倒出、稱來稱去或化驗其化學成分」，詩裏真正的美感就「仍然留在灰燼之中，人們得到的最終只是灰燼，卻白花費了這許多氣力」[3]。

閱讀也罷，批評也罷，都是通過文本語言與詩人對話。毫無疑問，在大多數情況下閱讀者無法將詩人喚來對簿公堂讓他一一招供，因此只能通過文本語言的顯現與指示去重構詩人心靈話語，在這場跨越時空的對話中，文本的語言是唯一的憑據，所以批評家應當捍衛語言批評的合理性並劃出詩歌批評的限度，儘管大多數詩人不能出庭抗

1　韋勒克《二十世紀文學批評的主要趨勢》，金言譯，載《當代西方文藝批評主潮》，湖南人民出版社，1987 年，第 1 頁。

2　霍克斯《結構主義與符號學》，瞿鐵鵬譯，上海譯文出版社，1987 年，第 157 頁。

3　布魯克斯《精製的甕 —— 詩的結構研究》（*The Well-Wrought Urn：Studies in the Structure of Poetry*，1947），第 47 頁。

辯，但也決不允許越俎代庖地由批評家替詩人當代言人，任意招供或辯護。可是，文本語言又是一個開放的符號系統，不僅對詩人來說是一個隱藏全部情感與理智活動的載體，而且對閱讀者來說也像是一個沒有上鎖的無主貨艙，只要有人願意，它就能攜帶任何讀者的個人私貨，萬一讀者形諸筆墨成了批評者，它又能使批評成為夾帶私貨者的一面之詞，由於無人起訴而永遠有理。因此，我們實際上很難建立一個純粹客觀的語言批評體系來限定詩歌語言批評應有的範圍與限度。

所以我們只好再退一步提問題：詩歌語言批評能在多大程度上容忍主觀印象的侵入？讓我們看一些實例。

二、實例分析：從語義到語音

清人王應奎《柳南隨筆》卷三講了這麼一個故事：「古之詠雪者多矣⋯⋯近日湖上某禪師亦有一絕云：『朔風陣陣寒，天公大吐痰。明朝紅日出，便是化痰丸。』讀之尤堪絕倒。」[1] 按照語言學的說法，「大吐痰」「化痰丸」都是比喻，以痰喻雪、以丸比日，這首詩的比喻並沒有錯，即使依照俄國形式主義文論家什克洛夫斯基（Viktor Shklovsky）關於文學語言即「陌生化」

1　《柳南隨筆》卷三，中華書局，1983 年，第 48 頁。

（defamiliarization）語言的理論，這種粗鄙滑稽卻前無古人的比喻也是一個「陌生」（ostranenie）的語詞，可是大多數閱讀者卻批評它「鄙俗」而覺得它不像詩；民國初年王敬軒批評白話詩時，曾舉了胡適一首詩為例說：「兩個黃蝴蝶」應改成「雙飛」，「天上盡孤單」的「天上」應改成「凌霄」，「不知為什麼」應改成「底事」。從語言學角度看，語詞只是標示事物的符號，標示同一事物的不同符號之間並沒有多大差別，可是王敬軒覺得改後的「雙飛凌霄底事」才「辭氣雅潔遠乎鄙俗」，而劉半農卻相反，覺得一改之後卻成了「烏龜大翻身的模樣」[1]。

舊的語言學中有比喻、誇張、沿襲、點化等等關於詩歌語詞技巧的研究，新的語言批評中又增添了張力（tension）、反諷（irony）、含混（ambiguity）等等有關詩歌語詞的術語，舊的加上新的再加上來自形式邏輯的內涵（intension）與外延（extension），卻仍然對這些「雅」「俗」無能為力。可是，這些語詞在人們心目中還是

1　王敬軒（實際上是錢玄同之化名）《文學革命之反響》，《新青年》四卷三號，1918 年 3 月。劉復《覆王敬軒書》，同上。胡適原詩作於 1916 年 8 月，全文如下：「兩個黃蝴蝶，雙雙飛上天，不知為什麼，一個忽飛還，剩下那一個，孤單怪可憐，也無心上天，天上盡孤單。」按：錢玄同化名王敬軒寫這篇文章，實際上是與劉復一唱一和，為文學革命張目，並不是反對白話文。

存在着感覺上的雅俗差異。古代詩論家在語詞分析中常常就談到「雅」和「俗」，像蘇軾《新城道中》著名的兩句：「嶺上晴雲披絮帽，樹頭初日掛銅鉦」，清代紀昀就說，「絮帽、銅鉦究非雅字」，並毫不客氣地說這兩句不好[1]；現代詩論家在語詞分析中也沒有忘掉雅俗之別，像徐志摩《俘虜頌》用「玫瑰」「牡丹」形容「血」，《別擰我，疼》標題四字以情人軟語來形容親昵，有人就批評他前者不分「慘」與「美」的分別，後者是「肉麻當有趣」，並下一斷語曰「俗」[2]。這些雅或俗無疑和比喻、誇張、反諷、張力都沾不上邊，那麼是不是詩歌語詞中天生就有「雅」與「俗」的分別可以列入語義學範疇中去呢？顯然不是，杜甫詩用「烏鬼」、用「黃魚」、用「個」、用「吃」，在當時分明是販夫走卒口中的俗詞，但宋張戒《歲寒堂詩話》卷上卻說「非粗俗，乃高古之極也」，另一個盧仝同樣以民俗口語寫了「不喞嚠鈍漢」「七碗吃不得」，張戒卻大罵他是「信口亂道，不足言詩」[3]，但同樣是「烏鬼」「黃魚」等詞，雖然在張戒那裏「高古之極」，在清人施補華《峴傭說詩》裏又成了被譏諷的對象，施補華不僅說它們「粗

1 《瀛奎律髓彙評》卷十四，上海古籍出版社，1986年，第523頁。
2 周良沛《徐志摩詩集·編後》，載《新文學論叢》，1980年第4期。
3 《歷代詩話續編》，中華書局，1983年，第450—451頁。

俗」，而且特意說明「雖出自少陵，不可學也」[1]，同樣，「綠垂風折筍，紅綻雨肥梅」兩句中的「紅」「肥」，在王士禛看來是「纖俗」，覺得不可以因為它是杜甫的名句而輕易模仿[2]，可翁方綱卻激烈反駁道：「『綠』不聞其俗，而『紅』獨俗乎？『折』不聞其俗，而『肥』獨俗乎？」並挖苦王士禛好用「清雋之字」成了嗜痂之癖[3]。顯而易見，語詞除了它屬於語義學領地中那些可觸可摸可分析的確定意義外，還有一些隱藏在語義背後因人而異的東西在。清人冒春榮《葚原詩說》論「用字宜雅不宜俗」時云：「四十個賢人，着一個屠沽兒不得」，仿佛語詞本身有雅有俗[4]；但王士禛《然燈記聞》曾以女人比喻語詞說：「譬如女子，靚妝明服固雅，粗服亂頭亦雅，其俗者，假使用盡妝點，滿面脂粉，總是俗物」，則表明雅俗應在語詞之外，就仿佛女人的內在氣質一樣不在頭面服飾之中。那麼，批評家靠什麼來分辨這種語詞的雅俗呢？

語詞的這類差異不僅存在於一國語言中不同的詞與詞之間，而且存在於一國語言與另一國語言相同的詞之間，

1　《清詩話》，上海古籍出版社，1978 年，第 975—976 頁。

2　《詩友詩傳錄》，《清詩話》，第 138 頁。

3　《石洲詩話》卷六，《清詩話續編》，上海古籍出版社，1983 年，第 1487—1488 頁。

4　《葚原詩說》卷一，《清詩話續編》，第 1582 頁。

喬治‧桑塔耶納在《美感》中曾指出英語 bread 譯不出西班牙語 pan（麵包）的人情味的強度，希臘語 Dios 又傳達不了英語 God（上帝）那種莊嚴神祕的意義[1]；米‧康‧阿克曼也曾提到德語裏 sinnlich 和 erotisch 這兩個形容詞在《德漢詞典》裏的漢語釋文都不能傳達它們的微妙感覺甚至弄反了它們的褒貶[2]。同樣，中國古代詩人陶淵明筆下的「園田」和英語裏的 countryside 甚至 homestead 意味都不大一樣，homestead 由 home 和 stead 合成，home 當然是「家」，stead 源於古英語的 stede，相當於 place（地方），home+place 即農莊與村落，雖然也有「家園」之意，但它在中國讀者心中有陶淵明「園田」一詞的溫馨感與歸宿感嗎？當我們讀潘恩（J.H.Payne）的《家，可愛的家》（Home，Sweet Home）中末節時，總不覺得它有「守拙歸園田」的味道，因為英語中無論是 return 還是 go back to，都不曾有中國古詩裏「歸」字那種攝人心魄的召喚力，前者仿佛只是單純的「返回」，而後者蘊含了《老子》「夫物芸芸，各復歸其根」的宇宙哲理，「復得返自然」的人生情趣與對「舉世少復真」的失望之心。

1　喬治‧桑塔耶納《美感》，繆靈珠譯，中國社會科學出版社，1982年，第 113 頁註文。

2　《赫‧黑塞作品翻譯競賽研討會開幕詞》，載《世界文學》1990 年第 4 期，第 120 頁。

因此，「歸園田居」就不像今人說「回鄉村住」或 C.Budd 和 A.Waley 譯的 On Returning to a Country Live 或 Returning to the Fields 那麼淡如白水，漢字中這個「歸」字，不僅包含了《說文》中所說的「女嫁也」，不僅包含了《詩經》中「牛羊下來，雞棲於塒」時的回家，甚至不僅包含了「土反其宅」的安頓，而且是帶有尋找精神家園和靈魂歸宿的意味。宋人周紫芝《亂後並得陶杜二集》詩裏說：陶令無詩不說「歸」，而後人對這個讓人感觸良多的「歸」字的領悟裏實際上已經隱含了來歷久遠內涵豐富卻只可意會的印象。

H.S. 坎比（H.S.Canby）在《論英文寫作》裏代表作者們說了一句話：「感情上的千頭萬緒，思想上的痛苦掙扎，均與修辭學無關」，這種斬釘截鐵地謝絕語言學幫忙的話仿佛常常也會出自詩歌批評家的口，這並不是說詩歌批評家天生就蔑視語言學方法，而是語言學方法的力不從心常常使詩歌批評家有苦難言，語言學無能為力之處不僅有上述的「語詞」，還有下面將要提及的「語句」。我們將會看到，古代詩論家句法理論中講到的反插、實接、錯綜、顛倒，現代語法學中開列的主謂賓定狀補，以及當代西方語言學批評中常常提到的各類「語碼的組合」都有鞭長莫及的遺憾，人們可以把「香稻啄餘鸚鵡粒」算在「顛倒錯綜」一類句法中，也可以把「海日生殘夜，江春入舊

年」算在「特異反插」一類句法中，拆開來重新組合。可是語言學方法是否對這一類句法有些力不從心[1]？因為語句一旦成為「詩歌的」語句，它就不再限於它自己的字面意義。以前面提到的李商隱《無題》兩句為例：

春蠶到死絲方盡，蠟炬成灰淚始乾。

這兩句語法很平凡，但我們不能把它看成是簡單陳述句，當然，我們可以進一步視其為比喻，就像約翰・多恩《聖謐》中的「由你罵吧／是愛情把我們變得如此／你可以稱她和我是兩隻飛蛾／我們也是蠟燭，自焚於火」。但李商隱《無題》中並沒有明確的「愛情」「她與我」等字樣，所以或許應該說這是「隱喻」，而當我們稱之為「隱喻」時，閱讀者便開始成了一個沒有提示也沒有謎底的「謎語」的猜謎者。沒有提示迫使閱讀者不得不動用自己的「知識儲備」尋繹謎面的思路，沒有謎底則迫使閱讀者不得不憑藉自己的印象與感受為自己來評判是非。你憑什麼說它是對「愛」的隱喻？當然是閱讀者在詩歌語言文本之

1　冒春榮《葚原詩說》卷一說：「句法有倒裝橫插，明暗呼應，藏頭歇後諸法」，但這些句法就已經不是語言學可以解釋的了。《清詩話續編》，上海古籍出版社，1983 年，第 1579 頁。

外得到的啟示，這種啟示動用了閱讀者的知識，包括對李商隱身世的瞭解，也包括對語句「來歷」的知曉，當人們讀這兩句詩時，就在印象熒屏上預先放置了詩人戀愛的底片作為背景，並在詩句出現的同時引入了「春蠶不應老，晝夜常懷絲，何惜微軀盡，纏綿自有時」[1]，與「唯燭之自焚以致用，亦猶殺身以成仁」[2]，未參與闡釋，而當你說這謎底是一種「絕望的愛情」時，也許你已經把「投身湯水中，貴得共成匹」的堅毅決絕[3]，「百絲纏中心，悴憔為所歡」（《那呵灘》）的纏綿悱惻，「憶啼流膝上，燭焰落花中」（梁簡文帝《和古意詠燭》）的傷感哀婉，「蠟燭有心還惜別，替人垂淚到天明」（杜牧《贈別》）的依依別情，都化入了閱讀之中，於是對蠶與燭的隱喻內涵、對「思」與「絲」的雙關暗示、對「到死」與「成灰」、「乾」與「盡」的對稱互涉就有了刻骨銘心的感受，而這種感受已遠遠超出了「純粹」與「客觀」的語言學闡釋限度。

也許，這個實例還可以勉強用「語境」（context）來解釋，瑞恰慈（I.A.Richards）認為，一個語詞的理解不

1　梁樂府《作蠶絲》，載《樂府詩集》卷四十九，中華書局，1979年，第 720 頁。

2　（晉）傅咸《燭賦》，《全晉文》卷五十一，《全上古三代秦漢六朝文》，中華書局，1958 年，第 1753 頁。

3　梁樂府《作蠶絲》，中華書局，1979 年，第 720 頁。

僅要涉及上下文，還要涉及它出現時「有關的一切事情或
與此詞有關的全部歷史」[1]——請注意，即使如此也並不是
純粹語言學的「客觀立場」——那麼，我們再來看一個與
「語境」全然無關的實例。現代詩人王獨清有一首《蒼白
的鐘聲》：

　　蒼白的　　鐘聲　衰腐的　　朦朧
　　疏散　玲瓏　荒涼的　朦朧的　谷中
　　——衰草　　千重　　萬重
　　聽　　永遠的　　荒唐的　　古鐘
　　聽　千聲　萬聲

這裏的中心詞是「鐘聲」，詩人用了很多話來描述鐘聲，
我們完全可以把這些修飾的定語和表述的謂語進行分別解
剖與安排，從語句中剔理出鐘聲的節奏、音量、距離，按
照一般修辭學的理論來理解鐘聲的暗示意味甚至情感色
彩。但是，事實上閱讀者不僅得到了上述「語言」所顯示
的成分，還感受到了一種「語言」之外的蕭疏渺茫，仿佛
這鐘聲在閱讀者心中引起一種異樣的漣漪，蒼茫的感覺瀰

1　I. A. Richards: *The Philosophy of Rhetoric*, p.128（1936）. 轉引自
　趙毅衡《新批評》，中國社會科學出版社，1986 年，第 125 頁。

漫開來，按王獨清《譚詩》的説法，這才是詩的真正境界，「在人們神經上振動的可見而不可見、可感而不可感的旋律的波，濃霧中若聽見若聽不見的遠遠的聲音」中包含着「若講出若講不出來的情腸」。可是，這種「若講出若講不出」的印象是怎麼傳遞到閱讀者心中的呢？若講不出，人們如何領悟，正如一句古話：「子非魚安知魚之樂？」若講出，那麼它又在哪一句話裏？顯然它是在語言之內又在語言之外，比如中國人聽鐘聲鈴聲一貫不願把自己與聲音置在一處而一定要遠遠地隔開，近處的鐘聲聒耳仿佛瓦釜雷鳴只能令人震驚煩躁，而遠處的鐘聲卻悠渺蒼茫可以令人想入雲外，像「溪上遙聞精舍鐘」（郎士元）、「卻聽疏鐘憶翠微」（趙嘏）、「鐘聲隔浦微」（姚鵠）、「遠寺聽鐘尋」（祕演）、「隔塢聞鐘覺寺深」（蔡肇）、「疏鐘隔塢聞」（陸游），人們在遙遠渺茫的鐘聲中得到靜謐感受，而這種感受積存在人們心靈深處從古到今，所以戴望舒《印象》一詩，頭一句就寫到「是飄落深谷去的／幽微的鈴聲」，這種感受雖然由詩人在字句中隱藏但必須由讀者在字句外領悟。同樣，人們對於詩歌中一枝伸出牆外的春枝也常有異樣感受，像杜甫《送韋郎司直歸成都》「為問南溪竹，抽梢合過牆」、《嚴鄭公同詠竹得香字》「綠竹豐含籜，新梢才出牆」、吳融《途中見杏花》「一枝紅杏出牆頭」、曾布妻《菩薩蠻》「隔岸兩三家，出牆紅杏花」、

李建勛《梅花寄所親》「玉鞭誰指出牆枝」、林逋《梅花》之二「屋簷斜入一枝低」,為什麼一枝出牆的竹、杏、梅能觸動人的心靈而許多就在牆外滿滿的花枝卻不能擁有同樣的印象引起同樣的感受?這恐怕就不是語言分析能解決的,而必須動用閱讀者積澱在心中的審美習慣與人生體驗來參與感受了。

　　自然,詩歌語言批評還要涉及一個看來很「純粹」的語言學領地,這就是包含了節拍、韻腳和語音對稱在內的格律。W.P.萊曼《描寫語言學引論》甚至認為從語言學的觀點看來,文學的定義就是「選擇一些語言成分並加以限制而組成的一些篇章」,而所謂「限制」即語音結構 ——「根據韻律原則選擇材料」[1] —— 西方的抑揚、輕重、長短律及中國古詩的平仄相間對稱形式,都是「一首詩的圖案」[2],這個圖案雖然由語音構成卻並不是為了顯示語音本身甚至不僅僅是為了顯示節奏的抑揚頓挫迴旋繚繞,而是在暗示語音之外的意義和情感,錫德尼《為詩辯護》中說音節的抑揚「適合於生動地表達各種熱情」,羅曼·雅各布森也說「相同的格律、頭韻,對仗的周期再現,相同的

1　《描寫語言學引論》(中譯本),金兆驤、陳秀珠譯,上海外語教育出版社,1986年,第352頁。

2　參見凱塞爾《語言的藝術作品》(中譯本),陳銓譯,上海譯文出版社,1984年,第313—330頁。

音或相反的音，長音或短音的再現」等等能凸出符號的
「可感知性」，於是，這種本屬聽覺管轄的語言特徵便轉
換成了心靈或視覺的對象，這種轉換不是一種天生的「通
感」可以一言蔽之的，即使是「通感」，難道它不曾羼入
閱讀者的主觀印象嗎？在所有語言成分中語音是最抽象最
不具備意義與情感的，如同音樂，有誰能在不羼入體驗與
印象的情況下看出「豆芽菜」或阿拉伯數字構成的樂譜中
的田園牧歌、英雄史詩、呢喃私語？可偏偏稍具感覺的人
卻總能在聆聽音樂時浮想聯翩，這難道說只是標誌音量大
小、音高音低、節奏快慢的符號給予聽眾的？如果音聲可
以單獨存在並實現其自身意義，那麼為什麼在聽一首樂曲
時每個聽眾感覺不同？同樣，中國詩的格律中，「雙聲宜
避，疊韻宜更，輕重不可逾也，濁清不可淆也，若夫平頭
上尾蜂腰鶴膝之類，尤當諄諄考辨」[1]，這也並不僅僅是為
了作繭自縛在聲韻譜系上嵌字填空，也並不僅僅是為了炫
耀在鐐銬中跳舞的本領去玩語音遊戲，因為中國文字四聲
平仄各類字音在中國詩人看來潛含了某種情感指向或意
義內涵。「清輕者上為天，重濁者下為地」[2]，平聲清揚而紆

1　（清）王應奎《柳南續筆》卷三，《柳南隨筆　續筆》，中華書局，
　　1983 年，第 186 頁。

2　《列子·天瑞》，《列子集釋》卷一，中華書局，1979 年，第 8 頁。

緩，可以暗示平和的感覺，仄者重濁急促，常常象徵了淒
迫的心情，所以冒春榮《葚原詩說》卷一說「仄起者其聲
峭急，平起者其聲和緩」。《爾雅・釋樂》稱宮、商、角、
徵、羽各有其義，郝懿行《義疏》也說宮聲「厚重」、商
聲「敏疾」、角聲「圓長」、徵聲「抑揚遞續」、羽聲「低
平掩映」，都不僅僅局限於語音的範圍。《悉曇輪略圖抄》
說「平聲者哀而安，上聲厲而舉，去聲清而遠，入聲直而
促」，但這哀厲清直、安舉遠促卻並非語音的術語而是一
種印象的象徵，所以，明人謝榛《四溟詩話》卷三說：「非
悟何以造其（四聲）極，非喻無以得其（四聲）狀。」[1]「悟」
「喻」二字正好說明「聲韻」與「印象」的關係並不能一
刀兩斷，閱讀者必須運用感覺的悟性去參與體驗，批評者
必須借用象徵的語詞來表述印象。至於近人謝雲飛《文學
與音律》第四章所說的「佳咍」韻的字開口大，適於發泄
而有悲哀情感；「微灰」韻的字有氣餒抑鬱感覺；「蕭肴豪」
韻的字有輕佻妖嬈意思，這雖然不免有「右文說」的嫌
疑，但證之以劉師培《正名隅論》與王力《漢語史稿》中
發現的一些韻字與意義相關的「通例」，至少也證明了看
似純粹語音學的韻律與看似來自主觀印象的體驗之間總是

1　《四溟詩話》卷三，《歷代詩話續編》，中華書局，1983 年，第
　　1186 頁。

有那麼一點微妙的關聯。就以孟郊《秋懷》之二中極能顯示他風格的兩句為例：

冷露滴夢破，峭風梳骨寒。

第一句五字連續仄聲，中間的「滴」字又是入聲，就顯示了一種冷露敲擊急促、令人驚悸的感覺，第二句中用「峭」形容風，用「梳」比擬風吹在身上的感覺，這兩個聲母分屬「清」（ts'）、「山」（s），從齒間艱澀流出的字就在音、義兩方面蘊含了一種類似瓷片刮碗底的感覺，與「寒風」「刺骨」一比，「峭風」「梳骨」更讓人感到難受，而下一句以平聲為主的較緩節奏與上一句以仄聲為主的較促節奏又形成對比，仿佛秋夢驚破令人驚悸只是幾滴秋露的清響，而峭風梳骨的難受感覺卻停滯了很久（同樣的例子還有李賀《金銅仙人辭漢歌》裏的「東關酸風射眸子」的「酸」與「射」）。當然，這是閱讀者融合了語義、語音而得出的印象，可是試想，如果僅僅從純粹語音範圍歸納出「仄仄仄仄仄，平平平仄平」來，閱讀者能得到什麼？假若閱讀者在分析語句的聲韻中添加了「印象」，那麼語音又增加了什麼？

三、還是難題：詩歌語言批評怎麼辦

顯然，以上的分析並不是慫恿人們憑着印象任意說詩，真正的詩歌語言批評既不能把詩歌語言本文中沒有的東西硬塞進去，聽任批評者疑神疑鬼胡亂猜度或天馬行空馳騁想像，也不能對詩歌語言本文任意詮釋，指鹿為馬地把語言變成一套自行設計的密碼，弄成沒有共通性的古怪符號，語言批評必須確立語言的中心地位，依照一種有憑據的、為人共同承認的闡釋手段來解讀詩歌。

通觀詩歌批評的歷史，至少有三種「印象」必須剔除在語言批評門外，以免它們橫生枝節把閱讀者引入歧途。

—— **穿鑿的背景印象**。這是一種來頭頗大又來源久遠的批評方式，自從孟子的「知人論世」說以來，中國傳統詩歌批評就習慣於「自歷史找根源及結論」，當人們習慣於用這個套路對付詩歌以後，詩歌就成了背景的附庸或者在背景下改變了本意，最粗糙最簡單的歷史教科書常常成了開啟詩歌精義大門的「萬能鑰匙」，而最精細的歷史考據則往往成了解讀詩歌本義的「必經通道」，亂世之詩是諷刺政治，香草美人是比喻君臣，「池塘生春草」是「王澤竭也」，「園柳變鳴禽」是「時候變也」[1]，

1　（清）潘德輿《養一齋詩話》卷二，《清詩話續編》，上海古籍出版社，1983 年，第 2028 頁。

劉長卿的「閑花落地聽無聲」是指貶官[1]，韓偓《落花》的「眼尋片片隨流去」則是指「昭宗出幸」[2]，王昌齡《青樓曲》明明「寫富貴景色絕無貶詞」，卻有人硬從「言外」看出它是諷刺「奢淫之失、武事之輕」，而另一首寫祝捷的《塞下曲》明明是「雄快之凱歌」，卻也被挖掘出「譏主將」的深意[3]。也許，這種背景印象能給解釋詩歌提供一些「言外之意」而不至於「泥於字句」，但它常常帶來理解的失誤或造成詩意的消失，像李白《蜀道難》，有人就憑着對唐史的印象斷定它是諷刺唐玄宗逃往四川，結果把作於安史之亂以前的寫景詩說成了寫安史之亂的政治諷喻詩，把一個詩人變成了未卜先知的預言家，而宋之問《渡漢江》，則有人根據精審的歷史考證斷定它寫的是宋之問從流放地逃回家鄉之事，可是這樣一來卻把「近鄉情更怯，不敢問來人」讀成了潛逃的罪犯的心理報告。

—— **迂腐的人格印象**。《周易·繫詞下》的一段話似乎是這種「印象」的先聲：「將叛者其辭慚，中心疑者其辭枝，吉人之辭寡，躁人之辭多」，中國古代詩歌批評裏

1　（清）汪師韓《詩學纂聞》，《清詩話》，上海古籍出版社，1978年，第462頁。

2　（清）吳喬《答萬季野詩問》，《清詩話》，第31頁。

3　（清）潘德輿《養一齋詩話》卷二，《清詩話續編》，第2025頁。

經由語言去揣摩詩人人格，也憑着對詩人的印象去解釋語言，前者如對李商隱的不公正批評，後者像對《燕子箋》過分苛刻的譏諷。似乎人們特別相信「言，心聲也」[1]，於是杜甫的每首詩似乎都能看出「忠君」、陶淵明的每首詩似乎都能讀出「隱逸」。反過來，則「蔡京書法，荊公文章，直不可寓目」，不管好不好，反正「高閣從來不一看」[2]，即使看也只是看出其「惡」。按照這個標準，「人高則詩亦高，人俗則詩亦俗」[3]，白居易為人「和平樂易」，所以詩歌「無一句不自在」，王安石為人「拗強乖張」，所以詩歌「無一句自在」[4]，仿佛血緣遺傳決定階級成分一樣，對詩人人格的印象成了判決詩歌的法律依據。其實，清人潘德輿《養一齋詩話》卷一已經説過，「人與詩有宜分別觀者，人品小小繆戾，詩固不妨節取耳」[5]，這才是通達的見解。

　　—— **偏執的意圖印象**。清薛雪《一瓢詩話》有句名

1　（漢）揚雄《法言》卷六《問神》，《二十二子》本，上海古籍出版社，1986 年，第 815 頁。

2　（清）李調元《雨村詩話》卷下，《清詩話續編》，第 1535 頁。

3　（清）徐增《而庵詩話》，《清詩話》，上海古籍出版社，1978 年，第 430 頁。

4　（清）袁枚《隨園詩話》卷一，人民文學出版社，1960 年，第 21 頁。

5　《養一齋詩話》卷一，《清詩話續編》，上海古籍出版社，1983 年，第 2008 頁。

言：「看詩須知作者所指」，吳喬《圍爐詩話》卷四也有同樣説法：「讀詩心須細，密察作者用意如何」。這種推斷作者意圖來確定詩歌意蘊的做法即《文心雕龍‧知音》裏讚許的「世遠莫見其面，覘文輒見其心」和新批評派諷刺的「從寫詩的心理原因中推導批評標準」。這種來自「印象」的批評常常忘了批評家並不能越俎代庖説出詩人的內心想法，於是常常把「意圖」和「意義」混為一談，「意圖」實際上是批評家想當然的理解，「意義」則是批評家理解的結果，可是他們卻用「意圖」來發掘「意義」，又用「意義」來證明「意圖」，最終陷入自己證明自己的怪圈，稍一不慎，就落入謬誤。舉一個最荒謬的例子，王嗣奭《杜臆》是最能「揣摸老杜之心」的，可卷三論《石壕吏》卻説這首詩的意圖是表彰「女中丈夫」，那位老嫗沉痛的訴説是「胸中已有成算」，「一半妝假」，於是杜甫筆下的沉痛哀婉就在想入非非中變成了狡猾機智，把生離死別的悲劇想成了《沙家浜》裏「智鬥」的諧謔。而錢玄同讀到「故國頹陽」「何年翠輦重歸」，便猜度「有希望復辟的意思」，因而懷疑此詞是遺老遺少所作，可是偏偏謎底揭穿後，卻是一個「老革命黨」的作品[1]，於是「意圖」和「意義」就

1　《隨感錄》，載《中國新文學大系‧文學論爭集》，良友圖書公司，1935 年，第 265 頁。

成了以子之矛攻子之盾。

　　然而，唯有詩歌語言本身引發的印象卻不能剔除在外，佛教把語詞喚作「名」，《俱舍論》卷五說「名謂作『想』」，意思正是說語言引起了人的想像與回憶，所以《同光記》卷五說「名」有「想」，便有「隨義、歸義、赴義、召義」，人們常「隨音聲歸赴於境，呼召色等」，就好像讀到「糖」覺口甘生津，聽到「梅」便腮酸齒軟。詩歌語言的理解比這種直接反應更微妙複雜：一方面含蓄的語詞、斷裂的句法使每個閱讀者可以讀出不同的意義，即如《華嚴經疏抄》卷十六「朗月流影」一喻所說：「澄江一月，三舟共觀，一舟停住，二舟南北，南者見月千里隨南，北者見月千里隨北，停住之者見月不移」；另一方面時代的變遷使今人失去了詩人時代的話語（discourse），他們的話語中隱藏了那個已經消失的時代的感受密碼和表現密碼，對詩歌的批評雖然也試圖解讀這一密碼系統，重建這種「語境」，但畢竟新的解讀也總是添加了新的感受。鍾惺《詩論》說的「詩，活物也……說詩者盈天下，屢變屢遷……後之視今，亦猶今之視昔，何不能新之有」，正表明詩歌語言在解讀中可以不斷產生新的意義。因此，完全恪守語言的自身意義而排除主觀想像和體驗是不可能的，無論按照《文心雕龍‧知音》「觀文者披文以入情」的古訓還是按照福科（Michel Foucault）「知識

考古學中尋找話語編成密碼的知識」[1]，我們都必須體會詩歌語言中所蘊含的情感與哲理，用我們的感受去把摸詩人的感受，用我們的印象去領略詩人的印象；我們也都必須追尋詩歌語言中的「歷史」和「暗示」，因為詩人大多已逝去，他們的感覺與印象只凝聚在語言之中，我們只有憑藉我們的感受與體驗才能把它們從語言的「歷史」和「暗示」中尋覓出來。

還是那句老話：詩歌的語言批評必須確立語言的中心地位。但是，當剔除了語言之外那些容易將我們的理解引向歧途的「印象」之後，我們仍將容許語言引發的「印象」的存在，我們的詩歌語言批評不應當死守舊的語言學教條，而應當對語言兼有註釋與闡釋的雙重功能，前者是 explanation，應當指出語言在它被使用於詩歌那個時代的意義範圍，使我們閱讀者瞭解它的語義變化，「訓詁」這個詞的本來意義就表明了這個企圖；後者卻是 hermeneutic，則應當通過消失了的時間尋找那個時代普遍的文化精神與審美感受在語言中的痕跡，通過閱讀者對這些語言的「印象」來確立那種文化精神與審美感受在

1　《文心雕龍註譯》，人民文學出版社，1981 年，第 518 頁。Michel Foucault: *Archéologie du savoir*(1969); 中村雄二郎日文譯本《知の考古學》，序論，河出書房新社，東京，1981 年。

現代人心目中的反應，前者或許傳統意義上的語言學可以勝任，後者卻不可避免地要引入印象。因此，當我們試圖建立一套既有別於純粹學院式語言學又有別於傳統印象鑒賞的「詩歌語言批評」方法時，應當謹記羅曼‧雅各布森（Roman Jakobson）的一段話，他認為：

　　對語言的詩歌功能充耳不聞的語言學家和對語言學毫無興趣、對其方法一無所知的閱讀者，均為不合格的詩歌批評者[1]。

1　《語言學與詩學》，轉引自羅伯特‧休斯《文學結構主義》（中譯本），劉豫譯，三聯書店，1988 年，第 34 頁。

第三章

意脈與語序

—— 中國古典詩歌中思維與語言的分合

「語序」不須解釋，而「意脈」卻有必要説明。「意脈」
並不是杜撰而是一種來頭頗早的詩歌概念，從劉勰《文心
雕龍》以來，就有過「義脈」「血脈」「語脈」「筋脈」「氣脈」
等等不同的稱呼，但中國古人不屑於對概念作精確界定的
老毛病，卻使得這一概念始終缺乏一個確定的意義範圍。
人們有時憑藉漢字「望文生義」的陋習總是把它用得超過
了它本身可能有的最大限度，在詩歌評價領域裏橫衝直
撞，越俎代庖，有時又由於「顧名思義」而過分小心翼翼
地把它局限在「意指內容」的圈子裏，不肯越雷池半步，
生怕被扣上「偷越國境」的帽子而遭致誤解。那些把人體
解剖學的名詞用到詩論裏的評論家們所謂的「詩有肌膚，
有血脈，有骨骼，有精神」，「大凡詩自有氣象，體面，

血脈，韻度」，聽起來好像指的是詩的「血管」，似乎缺了它，詩就面色蒼白；而那些頗有三家村夫子氣味的詩論家們所謂「從首至尾，語脈既屬，如有理詞狀」，聽起來好像指的又是詩的邏輯，似乎沒有它，詩就一團浮腫，反正，總讓人覺得有那麼點兒夾纏不清[1]。中國詩論裏的名詞總是「道可道非常道」似的含含糊糊，以至於古往今來愛偷懶的評論家和沉湎於玄妙感受的評點家總可以順手牽羊地用來用去而不犯一點錯誤。且不說「氣」「道」「韻」之類形而上的詞眼，就連「含蓄」「放蕩」「沖淡」「自然」之類的形容詞，也搞得人們不敢限制它們的領地，於是很寬容地放縱它們在各類詩論裏搶地盤爭座次，還害得不少研究家寫了洋洋大文來「論」「辯」它們各自本來的界限和意義。

所以，在使用「意脈」一詞時，我們不得不「委屈」它進入我們可以「言傳」的範圍，把它定義為：

詩歌意義的展開過程，或者換句話說，是詩歌在人們感覺中所呈現的內容的動態連續過程。

1　（宋）吳沆《環溪詩話》卷上，清刻本；（宋）姜夔《白石道人詩説》，《歷代詩話》，中華書局，1981 年，第 680 頁；（宋）魏慶之《詩人玉屑》卷六，上海古籍出版社，1978 年。

而我們要討論的，是它 —— 意脈 —— 與語序的關係，即在中國古典詩歌裏，思維之流與語言之流的分離錯綜與同步和諧問題。

一、詩的語序：老話題的新詮釋

從古老的格言「言為心聲」到現代的理論「語言是思維的表述」，大概都會使人產生一種誤解，即除了有意偽飾或故為謊言外，人都是「怎麼想怎麼說」的，因此，語言之流應當和思維之流有一種基本的對稱關係，換句話說，就是語言之流的順序與思維之流的順序應該是平行而同步的。尤其是漢語，一位中文名叫戴浩一的外國語言學家曾斷言，在所有的語言中，漢語的 ——

語序並不是聯繫語義和句法的任意的抽象性質的機制……它的語序跟思維之流完全自然地合拍。[1]

也就是說，比起諾姆·喬姆斯基為西方語言所總結的「世界語法」來，漢語的語序更自然，更吻合說話人感覺世界中的「事實程序」，這位語言學家稱之為「時間順序原則」

1　戴浩一《時間順序與漢語的語序》，黃河譯，載《國外語言學》1988 年第 1 期，第 11 頁。

（the principle of temporal sequence），而另外一些語言學家則從漢語並不非得遵循西方語言主語句的「主、謂、賓」順序不可，而可以把主體感覺中最緊要的主題放置在句首加以提示這一點上感到，漢語的語序在相當大的程度上受說話人的意識中對所要強調對象的關注左右，所以他們又稱漢語為「主題化」（topicalization）語言，就像 W.P. 萊曼在《描寫語言學引論》裏所提到的：

> 直到最近，我們……才清楚，主語（句）不過是（西方）幾種語言的特徵，在許多別的語言裏，例如漢語，居突出地位的是主題而不是主語。[1]

無論是戴浩一氏的「時間順序原則」，還是 W. P. 萊曼的「主題化」，都是在解釋一種日常漢語，正確與否我們可以把它交給語言學家日後去辨別。但是，語言學家煞費苦心為漢語尋找的這些原則，在中國古典詩歌中卻失去了它的一般通用性。當人們審視中國古典詩歌並試圖也為它尋找一些「語言通則」時，人們發現，所有語言學家所提供的鑰匙都捅不開這把古老的鎖，就好像一個手持「世

1　萊曼《描寫語言學引論》，金兆驤等譯，上海外語教育出版社，1982 年，第 240 頁。

界通用銀行」的信用卡的人卻闖進了以物易物的原始部落
一樣，儘管卡上明白無誤地印着「世界」與「通用」字樣，
卻偏偏兌不出一文鈔票，因為中國古典詩歌的語序既不是
按時間順序原則展開的思維流動來安排的，也不是有意強
調的主題前置。比如劉長卿《秋杪江亭有作》：

寒渚／一孤雁／，夕陽／千萬山。

和人們所熟知的「枯藤／老樹／昏鴉」一樣，十個字四個
平列的意象，有什麼主題化？又比如杜甫《陪鄭廣文遊何
將軍山林》：「綠垂風折筍，紅綻雨肥梅」，詩句錯綜，有
什麼時間順序？難道說是詩人先看到綠色、下垂，然後感
到風，看到折，最後才看清楚筍麼？顯然，用「通用」的
語序來討論詩歌無疑是圓鑿方枘。

　　但是，語法通則畢竟是從語言現象中抽象出來的一
種「程序」，人們總是憑藉這種「程序」來領會語言的意
義與表達思維的結果的，按理說，不遵循這種既定「程
序」，對談有可能就變成了「兩股道跑車」或「三岔口打
架」，就像面對一盤剪得寸寸斷裂又拼得亂七八糟的磁
帶，無論你有多高的音樂修養也還是七葷八素地聽了個莫
名其妙，不知所云。然而，為什麼像「客病留因藥，春深
買為花」（杜甫《小園》）、「日照虹霓似，天清風雨聞」（張

九齡《湖口望廬山瀑布水》）、「柳色春山映，梨花夕鳥藏」
（王維《春日上方》）這樣語序顛倒的句子出現在詩裏並
不會引起人的誤解？為什麼「細草／微風／岸，危檣／獨夜／
舟」（杜甫《旅夜書懷》）、「白花／籬外／朵，青柳／檻
前／梢」（杜甫《題新津》）這樣省略錯綜的句子出現在
詩裏並不會讓人感到彆扭？同樣，杜甫《秋興八首》那
一聯「香稻啄餘鸚鵡粒，碧梧棲老鳳凰枝」，實在不成
句子，而王嗣奭卻覺得它「非故顛倒其語，文勢自應如
此」[1]，所謂「文勢自應如此」，就是説這兩句詩的語序完
全正常，讀起來就像「坂上走丸」或「水到渠成」那樣
順溜。可是，按照魯道夫‧阿恩海姆的研究，「語言是語
詞在一個維度上（直線性的）的連續排列，因為它被理
性思維用來標示各種概念出現的前後次序」，所以它和
能夠同時顯示各種意象的共時性狀態的繪畫或能夠混融
伴生的「二重唱」或「四重唱」不一樣，寫在紙面上的
詩句文字只能「一個接一個地按順序結合在一起」[2]，既然
如此，那麼像這種錯綜顛倒得不成文句的詩歌本來應當
像一堆撒落地面的鉛字一樣，無從尋繹它的肌理和意脈，

1　《杜臆》卷八，上海古籍出版社，1983 年，第 277 頁。
2　魯道夫‧阿恩海姆（Rudolt Amheim）《視覺思維》（*Visual
　　Thinking*），滕守堯譯，第十三章《語言應有的位置》，光明日報出
　　版社，1987 年，第 361 頁。

可是，為什麼在宋代，沈括卻能毫不費力地把它排列成合符語法的「鸚鵡啄餘（之）香稻粒，鳳凰棲老（於）碧梧枝」，而趙次公又能自信地把它想像成「香稻（則）鸚鵡啄餘（之）粒，碧梧（乃）鳳凰棲老（之）枝」的「倒裝法」呢？似乎他們都覺得正常語序的破壞並不妨礙他們與詩人的對談，這是因為「文勢自應如此」，詩自有詩的「錯綜句法」呢，還是因為美學上的考慮，有意地「語反而意奇」呢？

古往今來的許多人都試圖解釋這種現象，語言學家特意開闢「顛倒」和「省略」專節來收容這一溢出了語法規則的句式，文學鑒賞家千方百計用玄虛的讚詞含糊地稱頌這一奇特的詩歌語句。前者企圖把語法規範的領地再拓寬一路，給它一個容身之處，藉承認它的合法「身份」來維持自己語法「家族」的大團圓；後者則在無法解釋的窘境下，承認它「違反」語法卻說它「意奇」，就好像俗話說「啄木鳥打筋斗賣弄花麗屁股」——反是反了，但很好看。顯然前者的寬容只是搪塞而後者的搪塞近乎是哄騙。因此，為了避免舊詮釋的缺憾，我們不得不扯遠些，從「思維－語言」本源上來尋找新的詮釋途徑。

如果我們承認喬姆斯基「表達意指的深層結構是所有語言共有的……它是各種思維方式的一種簡單反映，使深層結構向表層結構轉變的轉換規則則會因語言而異」這

樣一種理論[1]，那麼，首先我們應當指出，所謂「深層結構」
（deep structure）乃是思維最初剎那所印在腦海中的一組
具象事物及動態印象，人生活在一個由時間、空間共同構
成的四維世界裏，而世界又「是以萬花筒般的『印象』展
示出來的」，因此「思維 - 語言」最初捕捉到的只是若干
個共時性也就是在時間上平行呈列的組合印象，美國所謂
「垮掉的一代」代表詩人艾倫・金斯堡說的「從乳腺癌病
毒到搖擺舞影視這樣一些壓根兒毫不相干的事會突然反射
在大腦屏幕上……誰也不明白，下一瞬間，什麼閃念會
在頭腦中浮現，或許與廷巴克圖有關，或許是熱狗、夾鼻
眼鏡或照相機」[2]，也許近乎癡人說夢，但赫爾德（Herder）
在那部《論語言的起源》中所描述的視覺世界的複雜混
亂微妙與心靈世界的狹仄單一整齊，卻告訴我們那個「共
時性世界」的確存在[3]，當然經過焦點的調整與選擇，它只
剩下了若干個被感覺到「有意味的」印象，這些印象就是
「思維 - 語言」深層結構的本相（true features）。儘管

1　轉引自《哲學與語言》，見《哲學譯叢》1987 年第 1 期。

2　《詩人的追求》，中譯文載《文藝報》1989 年 2 月 4 日。這種感覺
　　早在 40 年代中國詩人那裏已經有所表現，參見鄭思《秩序 ——
　　向北方的詩人們寫的一篇報告》，載《希望》1946 年 10 月，第 2
　　集第 4 期。

3　赫爾德《論語言的起源》，姚小平譯，商務印書館，1998 年。

這些共時性的「塊狀」印象是經過思維的「打包」「捆綁」才整理出意義過程的，儘管這些單個詞彙是經過思維的「轉換」才表述為句子的 —— 就像魯道夫・阿恩海姆所說的，思維 - 語言的理性機制迫使被陳述的事物按照語法式樣變成「一種線性的序列」—— 但依然是那些印象決定意義，因為它們才是説話的「內容」，它們才限定了句子的「意指範圍」，所以喬姆斯基説：

隱藏在實際表述之中的深層結構……才傳達了句子的語義內容。

從不合語序的「深層結構」向符合語序的「表層結構」的轉換，一方面是一個歷時性問題，儘管喬姆斯基只願意用兒童能無師自通地把握語序規範的「先天語言習得機制」（1anguage acquisition device）來解釋「轉換」的由來，但事實上這種能力並非僅僅由 DNA 基因、核糖核酸的「遺傳」，而是由於歷史的積澱，在人類學與歷史語言學所提供的資料中可以看到，沿着「思維 - 語言」演化歷程越往上回溯，語法越簡略、破碎，這一點，殘存的古埃及象形文字與古中國甲骨文均可以作證，而當代原始部落語言的調查也可以作證；另一方面則是一個共時性問題，從思維轉換為語言也就是從深層結構轉換為表層結構

的過程，在人們腦海中實際上是理性對「印象」的「編碼」
過程，正像 B. 沃爾夫所說的，世界像萬花筒，「因此需要
我們的意識加以組織 —— 這就是說，需要我們的語言系
統去編碼」，在這一編碼過程中，共時呈現的印象被迫改
編為線性呈現的。一串名詞、動詞、形容詞，這些詞又被
迫按照一定順序依次排列，可是，理性要求這些印象又不
能不交代它們的時、空、因、果關係，因此，越是需要清
晰而準確地表達，就越要加進「如果、因為、像、雖然、
就、在、的、是」等等連詞、介詞、副詞等表示「邏輯
鏈」的成分來參與演示[1]。由於這些並不表示任何實存印象
的虛詞的參與和語序的整理，思維才「轉換」成語言，平
行的「印象」才編碼為直線的句子。但是，正像喬姆斯基
所說的「轉換規則會因語言而異」，各民族「思維 - 語言」
天然不同，所以或精密準確，或朦朧含糊，或連貫，或跳
躍，儘管或語序完整而繁瑣，或語序簡略而利落，但應當
指出，這並不妨礙對談的進行，因為一方面深層結構中決
定語義內容的基本因子已經限定了意指範圍，一方面每個
人對母語都能憑藉習慣與語感來理解對談的內容。

1　關於這一點，語言學家對失語症的調查也許有助於我們理解，患失
　　語症的人能夠說出詞彙，但不能構成句子，這就是邏輯思維障礙，
　　參見《語言與文字的生理基礎》，《語言學論叢》，第十一輯。

於是我們有了三點結論：

第一，「思維－語言」並不是先天就存在一套語序規則的，所謂「語法」，只不過是人們思維和語言理性化精密化的產物，和語言學家煞費苦心地抽象歸納的結果，它並不能削足適履地將語言現象截長補短，更不能硬性宣判什麼句式和語序屬於「非正常」，像原始「思維－語言」就很難被納入這種後天的框架 —— 而詩的思維恰恰與原始思維相近而拒斥理性思維。

第二，當作為「深層結構」中「塊狀」因子的印象以實詞的形態直接呈現時，句子的意指在一個寬泛的範圍內已經顯現，當然由於語法的不完整與語序的不整飭，時空、因果、主客等邏輯關係不明確，意義比較含糊朦朧 —— 而詩歌語言追求的正是這種效果。

第三，語言使共時的平行的世界轉換成一種直線性的詞彙系列，越是準確精密的、語法完整的語言越使世界的本相「變形」，相反，那種語序省略錯綜的語言卻表現的是深層結構即思維本初的原貌 —— 而詩人希望的正是恢復這一體驗世界。

據說，中國古代的思維方式是一種原始思維孑遺極濃重的思維方式 —— 這樣說絕沒有貶低中國人的意味，因為各種不同思維方式之間並非線性的歷時性關係 —— 這在兩件趣事上可以得到說明：列維－布留爾那部大名鼎

鼎的《原始思維》竟是在看了《史記》後受啟發而寫的；
C.G. 榮格則從《周易》中發現了思維的「因果性原則」（西
方的）、「同步性原則」（中國的）[1]。而這種思維方式投射在
中國古典語言文字上，又使中國古典語言尤其是書面文字
呈映出以下特徵：一是它保存了原始文字的圖畫性，文字
直接表示事物，就像 L. R. 帕默爾所說的「漢字不過是一
種程式化了的簡化了的圖畫的系統」，或者像 E. 龐德所驚
詫的，漢字就像一幅幅連綴起來的畫面，它無須經由語音
便達成意義 —— 而西洋文字卻總是「隔」了一層 —— 並
保留着鮮明的視覺印象；二是由於它的圖畫性，每個漢字
都是獨立完足的，並不需要上下文來確定它的「所指」，
因此，它無論安放在句子的任何位置，那種直接呈現意義
的視覺印象總使人不至於誤解；三是因為圖畫式的文字已
經決定了語句的意指，限定了話語的語義範圍，而傳統的
「以意逆志」式的閱讀習慣又自動組合了這些「塊狀」的
文字，使它們不言自明地呈現着意義，因此它保存了原始
「思維 - 語言」的那種簡略性。正如中西兩位語言學大師
不約而同所說的那樣：

1　參看《原始思維》，中譯本《譯後記》，丁由譯，商務印書館，
　　1981 年，第 498 頁。榮格《心理學與文學》，馮川等譯，三聯書
　　店，1987 年，第 248—250 頁。

在漢語的句子裏，每個字排在哪兒要你斟酌，要你從各種不同的關係去考慮，然後才能往下讀。由於思想聯繫是由這些關係產生的，因此這一純粹的默想就代替了一部分語法。（洪堡德語）

國語底用詞組句，偏重心理，略於形式，詞句底形式既不像西文那麼完備，若非多用圖解法，那心理的表象定多「疑莫能明」。（黎錦熙語）

只要倫理（邏輯）的關係保持清楚，任憑文學方面（修辭）怎樣移動變更，可以毫無限制。（黎錦熙語）

因此，漢語詞彙不定位，能任意轉換它在句中的位置，語法簡略而鬆散，伸縮舒捲的隨意性強，這正表明中國古典語言文字比西洋表音文字更多地殘留了思維的深層結構原貌，而這又正是中國古典語言文字的特色所在。

漢語的優劣且交給語言學家去評判。這裏應該指出的是，恰恰因為漢語與漢字的這一特色，它非常地適用於詩歌。詩人面對着的是一個五彩繽紛、眾相雜陳的生動世界，而不是一個由冷冰冰的邏輯鏈條綴合起來的抽象世界，所以漢字的充分視覺性、圖畫性和漢語非直線性組合的特徵使它正好成為詩人直接觸摸與描述世界的天然質料；詩人的思緒有如兒童 —— 正如維柯所説的原始民族和兒童天然地是詩人一樣，因為他們的思維都淡化了邏

輯性而富於跳躍性 —— 所以漢字塊狀地拼合與語法的簡略鬆散在詩人那裏恰好是詩思的直接呈現；詩人的體驗乃是一個朦朧混沌的境界，所以漢字語法的省略錯綜恰好在他試圖表現這種境界時，是一種避免確定與限制的極佳工具；最後，詩人希望於讀者的正是追求多義性即多向的意會，所以漢字構成的詩句由於詞彙間的「脫節」「顛倒」所引起的歧義，恰好是啟發讀者「純粹默想」以神遊詩境的手段。以溫庭筠那一聯著名的「雞聲茅店月，人跡板橋霜」為例，如果我們採取簡單的方式，可以把它分為六個名詞性詞彙，它們都是平行陳列的聽覺意象和視覺意象，互相之間並無關聯：

雞聲／茅店／月／人跡／板橋／霜

除了第一個「雞聲」之外，平列的五個視覺意象構成了一個「全景圖」，使讀者似乎在瞬間就領略了詩境。但是，如果我們按照現代人的習慣來表述的話，那麼就不得不添加若干成分，使它「轉換」為：

〔我聽見〕雞聲，〔知道天將破曉〕〔我抬頭看見〕茅店〔上空的〕月，〔我低頭看見〕人跡〔在〕板橋〔上〕，〔因為橋上有〕霜。

此外，恐怕還得補上一句潛臺詞：「行人何等辛苦。」可是，在詩人直接呈現思維深層結構的詩句中，只有那些看見的與聽見的意象，但你能說它沒有規定語義範圍麼？你能說它的意脈沒有貫穿這些孤立呈現的意象並使它們流動起來麼？可是，語法所必需的那些粘連成分，卻都隱沒不見，正如《麓堂詩話》所說，它「不用一二閑字，止提綴出緊關物色字樣」[1]，而「意象具足」，因為它以深層的本相直接呈現，待讀者「以意逆志」，把它們再度轉換組構成形。

因此，語序的話題如果追尋它的「思維-語言」本源的話，那麼，它乃是中國傳統思維及其賴以表述的漢字所決定的，這語序無論如何「省略」與「顛倒」都「毫無限制」，並且人們都能接受，乃是由中國人的思維及閱讀習慣所決定的。因此這漢字，好像是天然的詩歌質料，它可以由詩的建築師隨心所欲地挪來移去地建造詩境，而這思維，乃是天然的「詩性思維」，它那似乎漫無統緒的「積木」盡可等待詩的設計師天馬行空地任意設計「八寶樓臺」——因為詩的欣賞者與它的創造者一樣，有着同樣建構的大腦，有把握這種質料與成果的天然能力。宋人范溫

1　（明）李東陽《麓堂詩話》，《歷代詩話續編》，中華書局，1983年，第 1372 頁。

在《潛溪詩眼》中説：

> 古人律詩亦是一片文章，似語無倫次，而意若貫珠。[1]

這「意」既是詩人之「意」，也是讀者之「意」，他們憑藉如絲如縷的「意脈」，以意逆志似的把意象的珍珠串成一條項鍊，無論它如何「大珠小珠落玉盤」般地散亂無序也無妨。因為這「美麗的混亂」正是詩歌 ——

藝術的象徵。

二、陌生化：意脈與語序的分離及詩歌語言的形成

當然，中國古人講話並不全是七顛八倒，讓人自己去猜去想的；中國古人寫文章也並不是完全沒有語法，讓人如讀天書般地丈二金剛摸不着頭腦的；同樣，中國古代詩人一開始也並不是那麼自覺地利用語序來製造詩歌的。至少，在古人心目中尚未有自覺的詩歌語言觀念，在詩歌還沒有完全脫離應用性質而成為純文學形式之前，詩歌語言還是與散文語言相似的：意脈清晰流貫，讓人一讀之下便

1　郭紹虞《宋詩話輯佚》，中華書局，1980 年，第 318 頁。

理解了詩人的思路；語序正常平直，使人讀來毫不感到彆扭難過。詩與文之間的區別只在於文無韻而詩有韻，文多虛字而詩少虛字，文句不齊而詩句齊，只不過人們在讀詩時先存了個「詩」的念頭，所以便在心裏把它讀出了詩歌節奏而已。

我們不妨隨意看一些例子。《詩經》多用「之」「乎」「焉」「也」「者」「云」「矣」「兮」「而」之類「語助之字」的特點，雖然劉勰《文心雕龍・章句》一再迴護它是「據事似閑，在用實巧」，而宋人洪邁《容齋五筆》卷四卻已看出了它與散文的相通，說「至今作文者亦然」[1]，費袞《梁谿漫志》卷六雖然指出「（詩）用語助太多或令文氣卑弱」[2]，可是他並不曾明確意識到當時詩歌與散文在語言上並沒有分家，如：

關關雎鳩，在河之洲。窈窕淑女，君子好逑。

詩人的思維之流很自然地從鳴叫的雎鳩站立河洲這樣一個外在視境流向窈窕淑女匹配君子這樣一個內在視境，而語序也同樣很自然地吻合人的習慣，「關關雎鳩，在河之

1　（宋）洪邁《容齋隨筆》，上海古籍出版社，1996 年，第 847 頁。
2　（宋）費袞《梁谿漫志》卷六，上海古籍出版社，1985 年，第 63 頁。

洲」是一句完整的句子，定語在前，補語在後，「窈窕淑女，君子好逑」，雖然缺少繫詞，但同樣吻合先秦人語言習慣，如果直譯為白話，就是：

關關（叫）（的）雎鳩在河之洲，窈窕（的）淑女（是）君子（的）好配偶。

除了現代漢語必不可少的繫詞「是」、連詞「的」外，幾乎沒有什麼變化。又如漢樂府《長歌行》末四句：「百川東到海，何時復西歸？少壯不努力，老大乃傷悲」，如果加上少許虛詞，就成了散文句：

百川東到海，何時復西歸耶？少壯若不努力，老大乃傷悲矣。

意脈依舊，語序依舊，顯然當時詩文之間語序相差無幾；至於被鍾嶸譽為「古詩第一」，被皎然稱為標準「東漢文體」的《古詩十九首》，就像《文鏡祕府論》南卷《論文意》說的那樣，「語近而意遠……不以力制，故皆合於語而生自然」[1]。我們只要借用明代謝榛《四溟詩話》卷三的一段

1　《文鏡祕府論》，人民文學出版社，1980 年，第 141—142 頁。

評語就可以明白它的語序也和散文相似──

　　平平道去，且無用工字面，若秀才對朋友說家常話，略不作意。[1]

然而古詩語言與散文語言的難分難捨造成了它自身的窘境，它的語序由於過分吻合人們的「約定俗成」而使意脈過分清晰，它的語序由於過分完整正常而使意義過分明確，雖然這種符合人的思維與語言習慣的詩句容易讓人感到自然、質樸、親切、熟悉，但是它也使詩歌的獨立品格受到損傷。當人們習慣了這種平直流暢的詩句之後，不免又會由習慣變為淡漠。它吻合人的思維之流，因而聽了順耳看了順眼，並沒有什麼特異驚人之處；它符合人的理解順序，因而聽得明白看得清晰，並沒有什麼扞格陌生之處。可是，順耳順眼難免會令人倦怠而忽略，明白清晰難免會讓人覺得「不過如此」，就像玩膩了的玩具讓兒童討厭甚至像「傑米揚的湯」令人倒胃口。那麼，怎樣才能使詩歌變得更像詩歌，怎樣才能更好地構造一種與散文全然不同的詩歌語言世界呢？

1　《四溟詩話》卷三，《歷代詩話續編》，中華書局，1983 年，第1178 頁。

　　從謝靈運、齊梁永明詩人的探索到唐初近體詩律的
形成，令人想起俄國形式主義詩論家 V. 什克洛夫斯基
（Viktor Shklovsky）的「陌生化」（defamiliarization）
理論。謝靈運詩的「典麗新聲」已經開始對古代詩歌質
直、自然語言習慣的有意矯正，雖然苛刻的嚴羽曾經用翻
了個兒的標準批評他不及建安詩人那麼「全在氣象，不可
尋枝摘葉」，但這種「尋枝摘葉」的詩歌語言正好是對過
於凸現意義而埋沒語言本身的日常語言的刻意違反 ——
關於這一點我們將在後面詳細論述 —— 他的詩裏越來越
少用虛字，多用對語，講究韻律，善鑲麗字等趨向，及與
他同時的顏延之、謝莊等人對「直尋」式的詩歌語言的違
背，使詩歌語言大大變形，並影響了一代詩風；沈約、謝
朓、周顒、劉繪等人「務為精密」的努力與「八病」說的
提出，更進一步使詩歌語言與散文語言分道揚鑣，逐漸完
成了對日常語言與散文語言的「陌生化」過程。什克洛夫
斯基認為，詩歌語言是「歪斜」「彆扭」「彎曲」了的語
言，「詩歌的目的就是要顛倒習慣化的過程……『創造性
地損壞』習以為常的、標準的東西，以便把一種新的、童
稚的、生機盎然的前景灌輸給我們」[1]，因此，當古詩經過

1　特倫斯・霍克斯《結構主義和符號學》（中譯本），瞿鐵鵬譯，上
　　海譯文出版社，1987年，第61頁。

漫長歲月仍以它一成不變的、與散文語言相近而不能引起人們新奇感的語序講述着各種內容時，人們就感到了變革詩歌語言習慣的意義。

同時，正如韋勒克和沃淪在《文學理論》中所說的那樣，「多數詩歌的理性內容往往被誇大了，如果我們對許多以哲理著稱的詩歌作點分析，就常常會發現，其內容不外是講人的道德或者是命運無常之類的老生常談」[1]。中國古詩的主題確實多集中在人與社會（道德與功業）、人與自然（死亡與永恆）、人與人（愛情與仇恨）這些「老生常談」裏，如果意象與形式再重複而陳舊，詩歌便將衰亡。因此，從謝靈運以來的詩人們在意象更新（自然山水中的生命意識與人生情感）的同時，也開始了對語言形式的開拓。謝榛《四溟詩話》卷三在稱讚了《古詩十九首》「平平道出，且無用工字面」之後，曾用極不屑的口吻調侃說「魏晉詩家常話與官話相半，迨齊梁開口，俱是官話。官話使力，家常話省力，官話勉然，家常話自然」[2]。如果我們拋開明代詩論家這種對陳年老窖的偏愛和對自然的誤解而從歷史主義角度來理解詩歌語言的話，那麼，

1　《文學理論》（中譯本），劉象愚等譯，三聯書店，1984 年，第113 頁。

2　《四溟詩話》卷三，《歷代詩話續編》，中華書局，1983 年，第1178 頁。

我們應當追問：「使力」與「勉然」不正是詩歌創作的一種「陌生化」追求麼？如果都圖省力，詩人何必苦思？如果都圖自然，詩人何不作打油釘鉸詩？家常話固然親切，聽多了卻令人生膩，就好比說車轆轆話成天嘮叨令人討厭一樣。六朝以來詩人正是意識到了這一現象，因此，他們不斷對習慣了的語言形式進行改造，他們追求意象的密集化，儘可能少用虛字，他們追求字詞的錯綜，儘可能地使句式變化，他們追求音韻的雜錯，在句內、句間甚至雙句間尋求對稱而參差的聲韻效果……逐漸把詩歌語言與散文語言的距離拉開，形成了一整套獨立的詩歌美學形式，而語序的省略與錯綜正是構成這一形式的重要內容之一。

　　詩人的思維之流是沒有變的，變的只是語言形式。而語言形式的變化中，首先是省略（如古詩中常見的「我」「汝」等主語代詞，「於」等時空位置介詞，「乃」等判斷繫詞、「之」等助詞，「乎」「也」「焉」等句尾虛詞）¹，由於中國傳統思維方式常常使人能以意逆志似的補足句子的省略部分，使意脈在若干跳動的點之間潛存，由於漢字自我完足地具有意義與形象，可以脫離句法結構顯示意指內

1　清人徐文靖《志寧堂稿·序》中就說過：「世稱語助者七字：之乎也者矣焉哉，詩家所希用，尤律詩所禁用也。蓋自漢魏以來，樹幟騷壇，馳騁藝苑以自命為不朽者，初未嘗假途七字……」見《徐位山六種》，清代志寧堂刻本。又，參見本書《論虛字》一章。

容，所以使省略成為可能。而省略不僅使詩句詞彙整齊化
與意象化，具備了音步整飭與節奏有序的前提條件，而且
使詩歌意蘊複雜化。副詞、介詞在詩中的逐漸消失，使時
空位置模糊了，因而「直線的過程」還原為「平列的組
合」，時間空間一下子變得無限廣闊；主語性代詞的逐漸
消失，使詩句的視覺角度模糊了，讀者可以從這邊看那
邊，可以從那邊看這邊，這種「視角轉換」即視點游移構
成了電影蒙太奇的奇異效果，使詩境處於一種不斷的疊變
之中。其次是詞序，省略使詩句結構關係鬆散，關聯詞逐
漸消失，就像本來環環相扣的鏈條一下子鬆散開來一樣，
詞彙與詞彙之間的關係鬆動了，因而詞彙可以互相易位，
這種詞序的錯綜，更使得本來就朦朧的詩境變得更加曲折
多變，意蘊複雜，包容了多種組合的可能性與意義的互攝
性。以比較早的兩聯詩為例：

　　百年／積／死樹，千尺／掛／寒藤。（何遜《渡連圻》
二首之一）

　　風／窗／穿／石竇，月／牖／拂／霜松。（江總《入龍
丘巖精舍》）

你能說清楚是「百年（間）積（的）死樹，千尺（崖上）
掛（的）寒藤」還是「死樹積（了）百年，寒藤掛（下）

千尺」嗎？你能説得清是「風穿（過如）窗（的）石寶，月（光）（透過）牖拂（照）松（如）霜」呢，還是「風穿（過）窗（如穿過）石寶，牖（外）月（光）拂霜松」呢？這種被重新排列組合得錯綜顛倒的詩句整個兒地改變了人們的閱讀習慣，使原來依次呈現的直線過程變成了平行呈列的疊加印象，而怎樣疊加，怎樣組合，則全可憑讀者的審美經驗。這樣的詩句在唐代近體詩中就更多，如：

> 慣看賓客兒童喜，得食階除鳥獸馴。（杜甫《南鄰》）
> 聲早雞先知夜短，色濃柳最佔春多。（白居易《早春憶微之》）

特別是杜甫《旅夜書懷》中的：

> 細草 / 微風 / 岸，危檣 / 獨夜 / 舟。

詩人的所思所見，依照日常語序，應是 ——

> 微風（吹動）岸（上）細草，
> 舟（上的）危檣（在）夜（中）獨（自聳立）。

或者是 ——

微風（吹動着）細草（之）岸，
獨（立）夜（中的）危檣（之）舟。

或者是──

岸（上的）細草（在）微風（中擺動），
舟（上的）危檣（在）夜（中）獨（立）。

這裏，省略的成分不僅有表示處所的介詞「在」，表示方位的「上」「中」，表示從屬關係的「的（之）」，還有謂語動詞「吹動」「矗立」，這樣，詩境便「還原」為物象平列雜陳的這種「生成轉換」為語言之前的視覺印象，並由此發生了理解的歧義，平列錯陳的視覺印象使讀者更貼近詩句中的自然境界，理解的歧義則給讀者留下了藝術想像的「空白」，而詩的魅力不就在於這種真切的境界與朦朧的意味麼？沒有必要擔心讀者對「意脈」的誤解，歐陽修《六一詩話》引梅聖俞評「雞聲茅店月，人跡板橋霜」時云：

作者得於心，覽者會以意，殆難指陳以言也。[1]

---

1 《六一詩話》，《歷代詩話》，中華書局，1981 年，第 267 頁。

既然能「會以意」，顯然就不至於誤解，縱然誤解，那麼也是在那幅已經「給定」了的視境中的誤解。既然視境已經「給定」，意義範圍就有了限制，那麼，在這個範圍中能多出若干種理解與體驗，恰恰是詩歌語言所追求的藝術效果，正像特倫斯·霍克斯所說：

　　詩人意在瓦解「常規的反應」，創造一種昇華了的意識：重新構造我們對「現實」的普通感覺。[1]

三、埋沒意緒：意脈與語序分離的意義

　　中國古典詩論對意脈與語序的錯綜有過種種說法。劉勰所謂「外文綺交，內義脈注」似乎比較簡切，一個「交」字和一個「注」字把語序的錯綜和意脈的流貫形容得很清楚；而相傳為司空圖的所謂「似往已回，如幽如藏」，把人體的「脈」改為大地的路，用人的行走來表示語序的流動，卻不如姜夔「血脈欲其貫穿，其失也露」那麼來得乾脆，姜夔的意思就是說，意脈既要連貫暢通得像人身上的

1　《結構主義和符號學》（中譯本），瞿鐵鵬譯，上海譯文出版社，1987年，第61頁。

血管，又不能像剝了皮的豬羊一樣血管暴露在外[1]；用清人方東樹《昭昧詹言》的話來說，就是「草蛇灰線，神化不測，不令人見」，如何不令人見？就得把意脈像埋自來水管一樣埋在地下，用錯綜的語序當花斑草皮，一塊塊地蓋上，方東樹還告訴人們，語序的錯綜並不妨礙意脈的流動，「苟尋繹而通之，無不血脈貫注生氣，天成如鑄，不容分毫移動，昔人謂之『無縫天衣』」，只不過在錯綜的語序掩護下，「意」隱藏得很深，不容易輕易地讓人摸着「脈」，他還挺風趣地用了兩句詩來形容：

美人細意熨帖平，縫裁滅盡針線跡。[2]

這和皎然《詩式·明作用》裏「拋針擲線，似斷而復續」差不多，似乎省略和錯綜的語言就好像游擊隊埋地雷時的大竹掃帚，儘管地雷和長長的導火線埋下了地，但兩掃帚一掃，地上挖的土痕與人的腳印就全沒了。

這些說法實在是太玄乎太微妙，古代詩論經常使用的這些象徵語言和印象詞彙雖總能「意會」到它有那麼點味

---

1 以上分見周振甫《文心雕龍註釋》，人民文學出版社，1983 年，第 375 頁；署名司空圖《二十四詩品》，《歷代詩話》，中華書局，1981 年，第 42 頁；《白石道人詩說》，《歷代詩話》，第 680 頁。

2 （清）方東樹《昭昧詹言》，人民文學出版社，1961 年，第 27 頁。

兒，卻也讓人費了大力仍琢磨不出準確「邊界」，我們舉個具體例子，宋人陳善《捫虱新話》卷八記載：王安石讀杜荀鶴《雪詩》「江湖不見飛禽影，巖谷惟聞折竹聲」後，認為兩句後三字應該顛倒次序為「禽飛影」和「竹折聲」，又讀王仲至《試館職詩》「日斜奏罷《長楊賦》，閑拂塵埃看畫牆」後說，前一句後五字應該改為「奏賦長楊罷」。為什麼呢？王安石只說了四個字：「如此語健。」又《麓堂詩話》曾舉杜甫詩中「風」字倒用的幾句「風簾自上鈎」「風窗展書卷」「風鴛藏近渚」為「詩用倒字倒句法」，稱讚道「乃覺勁健」，而「風江颯颯亂帆秋」則是極致，評語也只有四個字：「尤為警策。」[1]究竟什麼叫「語健」「勁健」或「警策」？實在很難說清楚，從上面第一例來看，「飛禽影」改為「禽飛影」似乎不違背正常語序，而「折竹聲」改為「竹折聲」則未免不那麼通；第二例「奏賦長楊罷」就更不符合語言習慣；至於杜甫那句「風江颯颯亂帆秋」，就乾脆無法分辨它的主謂賓定狀補次序，簡直是一團亂麻了，但是，為什麼這樣就「勁健」「警策」，而不這樣就不「勁健」、不「警策」呢？是不是語序與意脈的分離就能造成所謂的「勁健」「警策」效果呢？顯然，

1　（明）李東陽《麓堂詩話》，《歷代詩話續編》，中華書局，1983年，第 1393—1394 頁。

躺在古人現成評語上搪塞不是辦法，而乞靈於現代「鑒賞家」們內心獨白式的印象主義或象徵主義也不是辦法，我們毋寧老老實實地從意脈與語序的關係說起。

第一，由於省略簡化和錯綜顛倒所造成的意脈與語序的分離，引起了詩歌意象的密集化。

沃爾夫岡・伊塞爾曾説過：

讀者是以一種游動的視點在「文本」之內進行閱讀的。[1]

他之所以用「游動的視點」這個詞，大概是指閱讀詩歌時人們腦熒屏上依字詞的次序複製視境，在人們對習慣對象的閱讀過程中，視點確實是以一種吻合心理秩序的順序流動的，人們閱讀時都有一種「心理期待」，讀上一個詞時，心裏就在預期下一個詞，讀上一句詩時，心裏就在預期下一句詩，而期待的範圍常常來自自己的閱讀經驗，正如英伽登所説的：「一旦沉浸於思想的流動，我們在完成句子的意思之後，就在期待『延續部分』」[2]，如果期待到

1　W. 伊塞爾《閱讀活動：審美反應理論》（W. Iser: *The Act of Reading: A Theory of Aesthetic Response*. P. 48; London, Routledge and Kegan Paul, 1978.）。

2　R. 英伽登《對文學作品的認識》（R. Ingarden: *The Cognition of the Literary Work of Art*. P. 32; Evanston: Northwestern University Dress,1973.）。

了，與經驗相符，那就順暢而輕鬆，反之，則彆扭而難受。通常，人們習慣於日常的普通語言，古詩的自然語序當然使人感到舒服，比如：

客從遠方來，寄我雙鯉魚。呼童烹鯉魚，中有尺素書。

正像《四溟詩話》卷三說的「若秀才對朋友說家常話」，人們讀它時可以感到，語序像「家常話」那麼完整而順暢，視點也按「客來」「鯉魚」「烹鯉魚」到「尺素書」這樣一個正常順序流動，確實沒有凸出的「字面」造成思維之流的障礙。可是，正如法國詩人 P. 瓦萊里（P.Vaiéry）在《詩與抽象思維》中所說的那樣[1]，熟悉而普通的話語「往往使語言完全失其本身意義」，因為「如果你懂了，這些詞語就已經從你心中消失，而由它們對應的事物取代」，一首詩太自然地「流」，於是就「流」過去了，語詞即意象便消融在整體結構之中而不再被人注目。可是，當省略與錯綜的語言使意脈這條本來流得很順暢的小溪突然梗阻曲折的時候，小溪便流得似乎澀滯起來，省略了連詞、介

1　瓦萊里《詩與抽象思維》，見《二十世紀文學評論》上冊，鄭敏譯，上海譯文出版社，1987 年，第 429—443 頁。

詞甚至動詞的意象的錯綜組合，使本來很順暢的心理小溪曲折迴環，不像一座通往「意義」彼岸的平直橋梁，卻像散亂鋪設在河中的石塊，使你不覺得此岸與彼岸來去那麼便當，卻無可奈何地要去注視那錯雜的石塊中哪些可以通往對岸。於是，意象被凸現了，而凸現的意象又顯得密集了。像杜甫《重經昭陵》的「風塵三尺劍，社稷一戎衣」分明是從庾信《周祀宗廟歌》「終封三尺劍，長捲一戎衣」中脫化而來，可是，當「終」「長」這種狀語和「封」「捲」這種謂語從詩中被剔出，兩組意象密集地出現在你眼前的時候，你就不得不同時注視着四個平列的意象，力圖從中找出意脈的關聯來；而《復齋漫錄》說，呂吉甫的「魚出清波庖膾玉，菊含寒露酒浮金」比蘇舜欽「笠澤鱸肥人膾玉，洞庭桔熟客分金」好，就在於「人、客兩字雖無亦可」[1]，也是因為「人」「客」二字充當了下半分句的明確主語，使意脈和語序都吻合了人的習慣，因而意象變得疏落；《詩人玉屑》卷八裏記韓子蒼把曾吉甫「白玉堂中曾草詔，水晶宮裏近題詩」改為「白玉堂深曾草詔，水晶宮冷近題詩」，於是「迥然與前不侔」[2]。乃是因

1　（宋）胡仔《苕溪漁隱叢話》後集卷二十四，人民文學出版社，1981 年，第 176 頁。

2　（宋）魏慶之《詩人玉屑》卷八，上海古籍出版社，1978 年，第 173 頁。

為曾詩中的「中」「裏」二字把「白玉堂」「水晶宮」當作了方位而失去了意象的獨立品格，變成了「草詔」「題詩」的方位，於是人們只注目了草詔、題詩而顯得意象單薄，而韓子蒼的改動則使每句各有兩個平行呈列的意象，便顯得綿密繁富起來。《四溟詩話》卷三記載一則故事說，有王氏父子向謝榛請教作詩方法，謝榛便讓父子二人改寫李建勛「未有一夜夢，不歸千里家」，父子二人便先後寫成了：

歸夢無虛夜。

夜夜鄉山夢寐中。

當父子二人向謝榛請教為什麼要改李建勛詩時，謝榛就說：「建勛兩句一意，則流於議論，乃書生講章：『未』嘗『有一夜』之『夢』，而『不歸』乎『千里』之『家』也。」在引號外的字固然是散文所有，就連那十個引號內原有的字也顯得囉嗦而不像詩歌語言。因此，詩人不能不痛加刪除，使意象真正地密集凸現。謝榛很得意地稱這種詩法為「縮銀法」。是否這意味着詩人把非具象詞語像丹士煉銀時

1　（明）謝榛《四溟詩話》卷三，《歷代詩話續編》，中華書局，1983年，第 1197 頁。

排除雜質一樣剔理出去，只剩下密集而脫節的組合意象供人涵詠體驗？仇兆鰲在註杜甫《衡州送李大夫七丈赴廣州》「日月籠中鳥，乾坤水上萍」時說：

> 須添字註釋，句義方明……不如「乾坤萬里眼，時序百年心」「身世雙蓬鬢，乾坤一草亭」語意明爽也。[1]

那麼添什麼字呢？王嗣奭《杜臆》是這樣分解的，「日月（照臨之下），（身如）籠中（之）鳥，乾坤（覆載之中），（跡若）水上（浮萍），（此垂老飄零之狀）」，添了括號中的字，意脈便流動通暢，意義也確實「明爽」起來，可是，去掉括號中的字之後呢？便只剩下四個擠得緊緊的意象，它們平行地呈列在讀者眼前，讓人不得不專注地盯着它們去尋繹意蘊所在[2]。

意象密集化在中國古典詩歌史上是伴隨着詩歌語言的獨立過程而來的。鍾嶸《詩品》所謂「顏延、謝莊，尤為繁密」，「（顏延之）體裁綺密」「（謝靈運）頗以繁蕪為累」，其實都是以「皆由直尋」的古詩為比較基準的批評，在這種姑且不論是非的批評背後，我們也能看出顏、

1　《杜詩詳註》卷二十二，中華書局，1985 年，第 1942 頁。
2　《杜臆》卷十，上海古籍出版社，1983 年，第 375 頁。

謝詩歌中業已顯露的意象密集化特徵，至於謝朓「微傷細密」，任昉、王融「句無虛語，語無虛字」，沈約「詞密於范」，其實已經蔚為風氣，語序與意脈的分裂已經成了大勢之趨。省略簡化的結構與錯綜顛倒的語序把意脈切割成似乎互不關聯的幾組意象而把意義的「鏈」埋藏起來，並把意象一古腦兒呈列在讀者面前，使讀者在這拼接砌合的「八寶樓臺」前目不暇接，就像快速轉換的蒙太奇鏡頭一樣在腦熒屏上映出一幅（而不是如連環畫似的若干幅）重重疊疊的（而不是一個接一個的）畫境，至於這畫面應該如何結構佈局，由於省略和顛倒的語序既沒有標誌從屬關係、方位關係，也沒有給定時間順序，密集而鮮明的意象便只有擠在一起互相碰撞，像魔方一樣，任讀者自行組合。

第二，意脈與語序的分裂顯然拓寬了詩歌閱讀與理解的空間，使詩歌語言贏得了日常語言所沒有的「張力」（tension）。

詩人生活在一種與科學論證的世界或日常活動的世界全然不同的情感世界裏，正如蘭色姆（John Crowe Ransom）所說的那樣，科學的世界是「簡化的，經過刪削的、易於處理的世界」，而日常活動的世界則往往又被種種實用性意義變得非常庸俗，因此，詩歌「旨在恢復我們通過自己的感覺和記憶淡淡地瞭解那個複雜而難以複製

的世界」[1]。可是，如果詩人把他所見所聞所思用日常語言
描述出來的話，那麼，讀者所能領略的只不過是經過詩人
「理性語言」之網篩過或濾過的清晰意義。

就像結巴終於説出了「張三找李四」一樣，中國古人
「言不盡意」的慨歎，在詩歌語言中也可以理解為詩能表
達得太少而心裏想得卻太多。因此，要想使詩歌傳遞更多
甚至超過詩人自身的思緒，除了靠大音希聲式的「默然無
語」或不立文字的「以心傳心」，只有採取這種破壞日常
語言習慣的形式，前者在意義交流中不過是幻想，而後者
在傳播中卻是可行的方式。禪宗那顛三倒四的公案機鋒之
所以有誘人的魅力，似乎可以移來解釋中國古典詩歌何以
要使意脈與語序分家。因為當詩人省去了表明視角出發點
的主語時，詩歌的視境便如畢加索筆下變形的圖畫一樣，
「橫看成嶺側成峰」，不僅有了搖曳變換的視角轉移，而
且有了視境重合式的疊加，詩人那種固定的視點就在閱讀
中被消解為讀者想像的游動視點。當詩人省去了標誌時
間、空間、因果的虛字時，詩歌意象就不再是被限制的圖
案而是讀者任意構造組合的世界。「八寶樓臺，拆碎下來
不成片段」是貶語恰好也是讚語，在讀者可以比較自由地

1　《新批評》，中譯文引自《新批評文集》，中國社會科學出版社，
　　1988 年，第 74 頁。

以詩歌意象組織畫面時，他就不再是那個語言世界的被動接受者而是那個真實世界的主動參與者，就好像不再從電視屏幕上「看世界」而身歷其境地「遊世界」一樣。當詩人把語序顛倒錯綜，埋沒了詩人自己的意緒時，詩人給讀者外加的那一道語言之堤也瓦解了，讀者可以任從自己的思路去重建詩歌的境界。例如：

日照虹霓似，天清風雨聞。（張九齡《從湖口望廬山瀑布水》）

如果不看詩題，你既可以理解為「日照似虹霓，天清聞風雨」，又可以理解為「虹霓（紅得）似日照，風雨（小得）聞（起來像）天清」，或「日照虹霓似（什麼），天清風雨聞（起來像什麼）」。又比如：

竹喧歸浣女，蓮動下漁舟。（王維《山居秋暝》）

雖然大多數人都理解為「（因）浣女歸（而）竹喧，（因）下漁舟（而）蓮動」這樣的因果句，但是否也可以看成是「（聞）竹喧（而知）浣女歸，（見）蓮動（而知）漁舟下」呢？表面上似乎並沒有區別，但前者是純客觀的冷靜敍述，後者是發自主體內心的熱切期待，不僅視角不同，情

感的力度也不同。再如：

柳色春山映，梨花夕鳥藏。(王維《春日上方》)

後一句如果寫成「梨花（中）藏夕鳥」就沒有什麼好說的了，可是「梨花夕鳥藏」，卻可以想像為白色的梨花叢中點綴着黃昏的鳥影，也可以想像為黃昏鳥兒飛入了白色的梨花中去，還可以想像為白色的梨花顯現在黃昏鳥群的暗影中。由於沒有處所位置的限定，梨花夕鳥如何「藏」，便全憑讀者想像，由於沒有單數複數的指明，夕鳥梨花構成的圖像大小便可以任意設計，而語序的錯綜更使梨花夕鳥究竟何為主、何為賓、何為背景、何為焦點的關係完全自由。於是，視境得到解放，而詩歌也就贏得了更廣袤的空間，語言也獲得了超出「字典意義」的更大的「張力」。

如果我們僅僅從詩歌語言技巧角度來思考這種語言現象的話，那麼，也許分析可以就此結束。但是如果我們進一步從詩歌的本質來理解詩歌語言的話，那麼還應該指出 ——

第三，語序省略簡化、錯綜顛倒的詩歌拆除了人與世界之間的一堵高牆 —— 語言之牆，使人們通過詩歌更直接地投入活生生的世界。

人們曾驚異於 M. 海德格爾這樣一位哲學家對荷爾德

林詩歌的熱心研究。為什麼哲學家會對詩歌發生興趣？在《荷爾德林與詩的本質》一文中，海德格爾指出了奧祕所在：原來，詩的語言與日常語言不同，後者威脅着存在，因為自從人類理性覺醒以來，過分的理性製造了一個天衣無縫的邏輯世界，同時又把這個世界用語言顯示出來，當人們通過語言去思考、去認知、去表達周圍一切的時候，語言便使人們落入了一個精心編織的陷阱而忘記了自己與世界之間並沒有任何障礙，也忽略了自己是可以用心靈與感官去感受和觸接世界的。於是，人們常常匍匐在語言之下，語言給萬物命名卻使萬物隱去而只以名稱顯示，語言告訴我們「是」，我們就「是」，語言告訴我們「不是」，我們就信以為真地當作「不是」，所謂「甄士隱去，賈雨村言」，正使人喪失了對世界的直接感受力，於是概念代替事物就像廣告取代商品，使人們在未見真貨時便從腰包掏錢，而邏輯代替感受就像指路牌取代眼睛，使人們儘管南轅北轍仍堅定不移。所以，哲學家們試圖在擺脫了邏輯的另一種語言 —— 詩的語言 —— 中為人們尋找一種與世界發生直接關聯的工具，因為 ——

　　寫詩是一種遊戲，一無羈絆的，詩人發明了他自己的那個意象（images）世界，而又沉浸在一個想像國度中，這種遊戲因而逃避了決斷的嚴肅性。

也正如施太格繆勒所説的那樣，一個「超越世界」（des Transzendieren über die Welt）只有通過「邏輯上的矛盾，循環論證，以及取消［範疇］」等等「失敗的思想活動」，才能「在一瞬間出現在面前」[1]，所謂「失敗的思想活動」其中就包括詩歌，因為它不受人的邏輯理性擺佈，不被因果、時空、主客等因果束縛，而是以「原初直觀」——即先於理性的直覺感受——面對世界，因此在它這裏，人才不會被語言「魔圈」套住。當我們讀到「階前／短草／泥／不亂，院中／長條／風／乍稀」（杜甫《雨不絕》）、「捲簾／殘月影，高枕／遠江聲」（杜甫《客夜》）、「雙雙／歸／蟄燕，一一／叫／猿群」（韓愈《晚泊江村》）、「漁浦／南陵郭，人家／春谷溪」（王維《送張五諲歸宣城》）等詩句的時候，我們確實能感到詩人並沒有在我們的視境外加上邊框，當我們看到「雨中／黃葉樹，燈下／白頭人」（司空曙《喜外弟盧綸見訪》）、「寒渚／一孤雁，夕陽／千萬山」（劉長卿《秋杪江亭有作》）及「樓船／夜雪／瓜洲渡，鐵馬／秋風／大散關」（陸游《書憤》）時，我們也能感到這詩中沒有束縛我們的時空、因果等邏輯鏈條，似乎在那詩句中呈現的是一幅平面的開闊

1　《當代哲學主流》第五章（中譯本），王炳文等譯，商務印書館，1986 年，第 234 頁。

的印象畫，而這畫面究竟該如何「經營位置」，這意脈又究竟該如何貫通印象，卻完全聽憑自己的心靈，沒有「理性」在那裏指手畫腳地指揮我們，甚至詩人也隱沒不見，因而我們是自由的。我們腦熒屏裏出現的那個世界是我們自己想像的產物而不是別人通過語言一一指示的結果，所以它「逃避了決斷的嚴肅性」而以「遊戲」的輕鬆賦予自我一個「想像的國度」，一個活生生的世界，在某種意義上說，它是一個比語言所構造的世界更「真實」的世界。

　　喬治・斯坦納在《通天塔》一書中介紹說，「在近代釋義學中，荷爾德林的詩作、書信和譯作具有特殊地位，海德格爾的語言本體論在一定程度上就是以荷爾德林的這些材料為依據的」。因為 ——

　　（荷爾德林）使用顛倒語序，把謂語與賓語分開，把名詞與前面或後面的定語分開，打破謂語和定語的對稱等修辭手段，製造了一種講德語的人能懂的「德語 —— 希臘語」。[1]

遺憾的是，海德格爾沒有讀到中國古典詩歌，在中國的古

1　《通天塔 —— 文學翻譯理論研究》，莊繹傳譯，中國對外翻譯出版公司，1989 年，第 83—84 頁。

典詩歌尤其是近體詩中，語序的省略簡化和錯綜顛倒，意脈——詩人的思維之流——的潛藏埋沒與屈曲變形，使得詩人與讀者都擺脫了語言的牢籠，造成了一種既「能懂」又不能毫無孑遺地窮盡意義的語言效果，它使「意象」不加限定地平行呈列在人們眼前，讓讀者透過這漢字直接觸摸到詩人思維的原初本相，把語言「世界」直接還原為印象「世界」，在沒有任何「理念」——包括詩人的理念——的干預下自我完足地在腦熒屏上製造着屬於自己的意象世界。這不正是 20 世紀哲學家們所期望的那個「超越世界」麼？也許，這也是 20 世紀詩人們所追求的那個世界呢！因為艾略特曾說到過：

我們現存的這樣一個文明包含了巨大的多變性和複雜性，而這種複雜性通過細緻的感受，自然會產生複雜的結果，因此詩人必須更具有暗示性，以迫使——必要時甚至錯亂——語言來達到意義。[1]

1　艾略特《玄學派詩人》（1921），中譯文還可以參考《艾略特文學論文集》，李賦寧譯，百花文藝出版社，1994 年，第 24 頁；《新批評文集》，裘小龍譯，中國社會科學出版社，1989 年，第 43 頁。

第四章

論格律

—— 中國古典詩歌語言結構的分析

　　説到格律，不免讓人想到三個比喻。一是刑律，清人王應奎《柳南續筆》卷三引馮氏語説，「律」如「法律之律，則必貫首尾，句必櫛字，對偶不可舛也，層次不可紊也」[1]。寫詩的人仿佛被關在一間狹小的牢房，頭上安枷腳下鎖鐐，行為受到限制，所以宋人葉夢得《石林詩話》卷中便不無苦澀地説：「自唐以後，既變以律體，固不能無拘窘。[2]也讓 20 世紀的新詩人常常聯想起「鐐銬」一詞，説寫詩是「帶着腳鐐跳舞」[3]。

1　《柳南隨筆　續筆》，中華書局，1983 年，第 186 頁。
2　《石林詩話》卷中，《歷代詩話》，中華書局，1981 年，第 426 頁。
3　《詩的格律》，《聞一多全集》第三冊，三聯書店，1982 年，第
　　113 頁。

　　二是圖案，「圖案」（pattern）似乎是舶來品，沃爾夫岡・凱塞爾《語言的藝術作品》裏就有「韻律的意義是一首詩的圖案」之語[1]，不過古代中國並非沒有類似的説法，陸機《文賦》所謂「暨音聲之迭代，若五色之相宜」，就用視覺上的色彩錯綜來比喻聽覺上的音聲鏗鏘，而歐陽修《新唐書》卷二〇二《宋之問傳》總結近體詩律，也用了「錦繡成文」四字來比擬「回忌聲病，約句准篇」[2]。比起陸機的説法，「錦繡成文」似乎更具有格律是精緻的人工編織圖案的暗示意味。

　　三是建築，用「建築」二字説詩，似乎是聞一多《詩的格律》一文最先提出，而這意思卻早已被古人道着，如果説，劉勰《文心雕龍・熔裁》中「繩墨之外，美材既斫，故能首尾圓合，條貫統序」這段話還不能算數，那麼宋人范溫《潛溪詩眼》評杜詩所謂「蓋佈置最得正體，如官府甲第廳堂房室，各有定處，不可亂來」[3]，大概可以首獲專利。所以，此後論畫、論曲、論戲乃至論小説者，無不借用這一比喻來引申，如明人王驥德《曲律》卷二以「造宮室……必先定規式」來比喻「作曲章法」，《紅樓夢》

1　沃爾夫岡・凱塞爾（Wolfgang Kayser）《語言的藝術作品》，陳銓譯，上海譯文出版社，1984 年，第 315 頁。

2　《新唐書》，中華書局，1975 年，第 5751 頁。

3　郭紹虞《宋詩話輯佚》上冊，中華書局，1980 年，第 325 頁。

第四十二回薛寶釵論畫大觀園，也把遠近疏密、主賓高低用於論畫，居然頭頭是道。李漁《閑情偶寄·詞曲部·結構》則從「何方建廳何方開戶」說到「必俟成局瞭然，始可揮斤運斧」，以告誡作傳奇者「不宜卒急拈毫」，而佚名評《儒林外史》第三十三回時也說：「凡作一部大書，如匠石之營室，必先結構於胸中，孰為廳堂，孰為臥室，孰為書齋灶廄，一一佈置停當，然後可以興工。」至於清代那個很出名的詩論家葉燮，在《原詩》一書中至少三四次反覆使用了這個比喻，如漢魏詩「如初架屋」，六朝詩「始有窗櫺楩櫨」，唐詩則「於屋中設帳幃牀榻器用」，又如作詩者應當「得工師大匠指揮之，材乃不枉，為棟為梁，為柱為楹」等等[1]。

不過，詩歌 —— 我指的是以近體為代表的中國古典詩歌 —— 與曲、畫、傳奇、小說畢竟不同，與西洋講求韻律的詩歌也不同，它自齊梁以來迄於唐宋，已經形成了一整套精緻周密的結構，即五言四句、七言四句的絕句和五言八句、七言八句的律體[2]。這並不僅僅是字數和句數的外形，在這結構中，包括了音（韻律）、義（意義）、形（結構）三者的規範，這規範如此嚴格、精巧、整飭，的

1　葉燮《原詩》，《原詩　一瓢詩話　說詩晬語》合刊本，人民文學出版社，1979年，第62、18頁。

2　比較特殊的排律和數量較少的六言律暫時不在我們分析的範圍。

確有如「刑律」「圖案」與「建築」，而它的範圍又如此廣泛，以至於近體詩歌的基本技巧差不多毫無孑遺地被它籠罩，顯出井然有序的「程式化」，使詩人別無選擇地就範。在一千多年中，詩人都要按照它嚴格的「刑律」來撰寫詩歌，按照它現成的「圖案」來編織語言，在它固定的「建築」中佈置意義，而不需要重新「籌劃」和「設計」，那麼，這是否說明它已經是一個完美的圖案，就像中國古代宮室到明清紫禁城總是沿用依中軸線兩翼展開、左右對稱、前後整齊的圖式來象徵權威一樣？這種沿用了千年的格律，是否就是古代詩歌語言自然選擇與淘汰的結果？如果不是，那麼如何解釋心靈深處崇尚「自然」美學原則的中國古代文人總是採用它的格式寫詩？如果是，那麼它是否確實是一個具有合理的美學原則與有效的美感效應的完美的詩歌語言形式？

一、語音序列：從永明體到律絕體

一首由文字所表達的意義構成的詩歌也是一個由文字所顯示的聲音構成的序列，而文字的聲音序列究竟是散亂緩慢還是整齊鏗鏘，既是這首詩能否產生美感的因素之一，也是它的文字意義能否感染並深入人心的因素之一。中國古典詩歌雖然從先秦以來就是押韻的，但是，作為一首詩即一個聲音序列的節奏構成，押韻的韻腳一般只能起

到「句間」節律的作用 —— 由於韻字在句末有規律地重複出現，詩歌就有了迴環重疊的聲音節奏 —— 人們讀詩時，要到一句終了，韻腳出現，才能在心理及生理上感覺到一次節奏的搏動，如一首四句的詩歌，那麼讀來只能感覺到四次間頓和重疊，而在句內卻由於聲音缺乏規律的組合而顯得漫漶。因此，六朝詩人尤其是永明詩人為了追求詩歌的音樂效果，經過長期探索，汲取了漢魏以來審音與審美的兩方面經驗，也從隨佛教而傳來的梵文聲韻規律中得到了啟發，對中國詩歌的整體音聲序列進行了巧妙的設計，他們把握住了漢字的特性，通過詩歌的字與字之間、句與句之間、兩句與兩句之間的語音（包括聲與韻）變化，設想了一整套聲律樣式，試圖由此形成詩歌語音的錯綜和諧，這一設想就是所謂的「四聲八病」說。

有關「四聲八病」，下面的兩段話也許是最重要的。其中沈約《宋書·謝靈運傳論》的一段話可以說是這一聲律格式構想的概括敍述：

　　夫五色相宣，八音協暢，由乎玄黃律呂，各適物宜。欲使宮羽相變，低昂舛節，若前有浮聲，則後須切響。一簡之內，音韻盡殊，兩句之中，輕重悉異，達此妙旨，始可言文。[1]

1　《宋書》卷六十七，中華書局，1974 年，第 1778 頁。

而《南史‧陸厥傳》中的另一段話則具體地指明了「宮羽相變，低昂舛節」的方法——

> 為文皆用宮商，以平上去入為四聲，以此製韻，有平頭、上尾、蜂腰、鶴膝。五字之中，音韻悉異，兩句之間，角徵不同。[1]

據說，這就是齊永明年代沈約、王融、謝朓、周顒等詩人所提出的詩歌聲律樣式的基本構想。但是應當指出的是，這個基本構想雖然包括了「四聲」和「八病」兩個部分，但是，「四聲」即中國古代漢語中所有的平、上、去、入四種聲調是人們語言行為中本來存在的事實，沈約等人指出了這一漢語聲調的通則，只是使詩歌用字在聲調上有更清晰的分類標準，這在語言學上應該說是一個很重大的發現，但是，它在詩學上卻還只是聲律問題的一個基礎。而「平頭」「上尾」「蜂腰」「鶴膝」以及「大韻」「小韻」「正紐」「旁紐」等八病說，才是在詩歌語言的聲、韻、調各方面，以提出避免缺陷的規則的方式，為詩歌創作建立的一個範式。就像磚瓦木石本來就堆放在那裏，看見它並不等於建築了廳堂樓閣，而建築師的「設計」才決定了它

---

1 《南史》卷四十八，中華書局，1975 年，第 1195 頁。

們變成如何的廳堂樓閣一樣,「八病」說就是詩人的「設計」,它具體而微地規定了詩歌中幾乎每一個字的聲韻調的範圍,並試圖用這樣的規定,使詩歌顯出鏗鏘抑揚、變化和諧的節奏效果來。

當然,「四聲」的發現,對於詩歌聲律樣式的建立是有極其重要的意義的。我們知道,漢代以來審音能力的提高使人們對於漢語聲音構成的認識逐漸精細,但是,相比較而言,人們對聲、韻的認識由於反切的普遍使用而較早成熟,而對於「調」的認識卻相對比較模糊,史料中常見的用音樂中五音 —— 如宮商角徵羽 —— 的借喻與來自實際感受體驗 —— 如飛沉、放殺、浮切 —— 的形容,雖然都可以表明人們對聲調的注目,但對聲調的實際分別卻是隔了一層,因為宮商角徵羽畢竟是音高而不是聲調[1],五音與四聲畢竟也不能完全對應,所以儘管李登以「五聲命字」而作《聲類》,呂靜以「宮商角徵羽各為一篇」作《韻集》,詩人們用音樂術語來說明詩歌語言必須和諧中律,都不免失之粗疏,對實際的聲調分類無法作出準確的概括,所以沈約《答甄公論》才會有「經典史籍,唯有五

1　四聲之間當然也有音高的區別,但是四聲之間的根本區別卻不在音高,這一點,語言學界也有不同看法。

聲，而無四聲」這樣的自負[1]。而佛教徒們在梵唄中的「起
擲盪舉」「遊飛卻轉」「反疊嬌弄」以及「平折放殺」，與
詩人們平時讀詩時感受到的「飛沉」「浮聲」「切響」「疾徐」
等等，雖然在感覺上已經觸及聲調變化對誦讀效果的影
響，但這種感覺畢竟只是感覺，並不能對詩歌語言如何引
發美感起一種規範作用，所以沈約才會有「靈運以來……
此祕未睹」這樣的誇耀。的確，由於四聲的發現，過去對
於聲調的模糊感受有了一個準確的分類基礎，使「累萬」
之「文字」有了一個精確的歸屬原則，正如劉善經《四聲
論》中所說的：

> 夫四聲者，無響不到，無言不攝。[2]

至此，人們對用於漢詩的漢字聲、韻、調，才有了明晰而
準確的辨識和劃分，而對漢字聲、韻、調的辨識與劃分，
又為「五字之中，音韻悉異，兩句之間，角徵不同」，「一
簡之內，音韻盡殊，兩句之中，輕重悉異」的聲律節奏構
成提供了基礎。

1　遍照金剛《文鏡祕府論》天卷《四聲論》引，人民文學出版社，
　　1980 年，第 32 頁。
2　《文鏡祕府論》天卷《四聲論》，第 25 頁。

　　「八病」説正是在「四聲」基礎上建立的詩律規範。我們知道，五言詩每句五字，兩句十字，詩人希望在兩句內造成參差變化、抑揚頓挫的效果，於是，他們構想這樣的一種句式，即每句中的每個字聲音都有差異，而兩句之間每一對字也都有差異，通過這樣前後、上下的差異，使句中與句間的聲音形成參差對應的和諧變化，編織出一種類似於圖案的聲律樣式來。所謂「平頭」「上尾」「蜂腰」「鶴膝」「大韻」「小韻」「正紐」「旁紐」，就是以消極避免的方法，從反面提出的詩歌聲律樣式構想。根據《文鏡祕府論》的記載，我們可以知道，貫穿「八病」的一個基本原則就是儘量避免聲、韻、調的重複雷同，其中尤其應當避免的就是聲調上的單調重複。

　　首先，五言詩一句是五個字。在詩人看來，這五個字不應當是單調呆滯的聲調連綴，而應當是「五色相宣」「音聲迭代」的聲音序列，高低緩急、平折放殺的聲音配置在一起，才能夠引起心理上的節奏感應，造成誦讀時的抑揚頓挫。在齊梁詩人看來，「五言之中，分為兩句，上二下三」，因此，如果一句之中，第二字與第五字聲調相同，就造成「同分句之末」的聲音重複，像「竊獨（入聲）自雕飾（入聲）」「徐步（去聲）金門目（去聲）」，人們在誦讀時注意力往往被兩個重複聲調的字所吸引，其餘的字則顯得很輕，所以叫「蜂腰」。顯然，「蜂腰」的規定，

是為了在一句中造成「音韻悉異」的效果。

其次，五言詩兩句有十個字，前五個字與後五個字是兩組互相對應的整齊結構。如果前一組頭兩字與後一組頭兩字聲調相同，讀來就必然單調，像「今（平聲）日（入聲）良宴會，歡（平聲）樂（入聲）具難陳」「芳（平聲）時（平聲）淑氣清，提（平聲）壺（平聲）臺上傾」，這就叫「平頭」。如果前一組的末字與後一組的末字 —— 如果它們不是押韻字的話 —— 聲調相同，兩句讀來沒有抑揚輕重的變化，如「西北有高樓（平聲），上與浮雲齊（平聲）」「衰草蔓長河（平聲），寒木入雲煙（平聲）」，這就叫「上尾」。顯然，「平頭」與「上尾」的意義，就在於造成兩句之中「輕重悉異」「角徵不同」的對稱變化。

再次，雖然齊梁詩人在概括性的敍述中經常談到的只是「一簡之內」「兩句之中」，但實際上他們已經考慮到四句二十個字的音韻配置問題，所謂「鶴膝」，按照沈約本人的說法，就是「第五字不得與第十五字同聲」[1]，像「客

---

1 宋曾慥《類說》卷五十一引《詩苑類格》《詩人玉屑》卷十一引，上海古籍出版社，1959 年、1978 年，第 234 頁。又，宋人《蔡寬夫詩話》引述一種說法說，「鶴膝」是「首尾皆清而中一字濁」，但此說出現較晚，見郭紹虞《宋詩話輯佚》下冊，中華書局，1980 年，第 380 頁。因為《文鏡祕府論》引劉善經及傳魏文帝《詩格》已指明「鶴膝」為第五字與第十五字之間的關係，所以我在這裏採用較早的說法。

從遠方來（平聲），遺我一書札。上言長相思（平聲），下言久別離」中的「來」「思」都是平聲，「撥棹金陵渚（上聲），遵流背城闕，浪蹙飛船影（上聲），正掛垂月輪」中的「渚」「影」均上聲，齊梁詩人認為這樣使讀詩時會「喉舌蹇難」，就像「暗撫失調之琴，夜行坎廩之地」一樣違背了「脣吻流易」的聲律美感原則。因為第一句與第三句，實際上就轉到了另一輪更寬範圍內的兩個對應結構了，所以它們之間——甚至於「第三句與第五句」「第五句與第七句」之間——也不應當顯出聲調的單一重複來。

此外，除了聲調，齊梁詩人對於詩歌用字的聲、韻也作了規定，所謂「大韻」「小韻」就是在兩句十字中，儘可能避免重複使用既同調又同韻的字，所謂「旁紐」「正紐」，就是在一句或兩句中儘可能避免重複使用雙聲字，當然，有意地使用雙聲疊韻詞作對偶不在此列。

上面就是「四聲八病」說的基本構想，關於這個聲律構想的基本內容，從《文鏡祕府論》到近現代文學史研究者的論著中都有許多詳細而準確的闡述，這裏只是一個簡單的說明，我想強調的無非是這樣一個事實：雖然這種基本構想在形式上不很簡捷實用而多少有些繁複瑣細，在所持角度上不是正面的積極規定，而是消極的病犯之說，但它的確把握了漢字在聲、韻、調各方面的特徵，指明了中國古典詩歌在聲律上發展的方向，即在單音節的漢字所構成的，字

數整齊的五言詩歌中，語音應當追求變化與和諧，避免單調與重複。這就是沈約《答甄公論》中所謂的：

作五言詩者，善用四聲，則諷詠而流靡，能達八體，則陸離而華潔。[1]

然而，構想中的聲律樣式並不等於實用中的聲律規範，就像一幅建築設計圖並不等於一幢大廈，一個文學劇本並不等於分鏡頭劇本一樣，從構想到實用畢竟還有一段距離。沈約等人的設計沒有達到「閉門造車，出門合轍」的水準，乃是由於他們犯了兩個致命的錯誤：第一，人們對於語音的感受往往不像對音樂的感受那樣細微，而是依賴一種「對稱」的感覺來引發心理與生理快感的，因為一方面人們在讀詩時要把一部分注意力「分配」給語義的辨認，不可能像對待音樂一樣全力體驗音聲的高下低昂長短緩急。另一方面，人們對於語音的感受也受到人們普遍的二元對立的思想習慣的制約，就如中國人古來就有「清輕者上為天，重濁者下為地」之類的想法，所以儘管也許早就有「平聲哀而安，上聲厲而舉，去聲清而遠，入聲直而

1　《文鏡祕府論》天卷《四聲論》引，人民文學出版社，1980年，第32頁。

促」的説法，人們實際上也還是習慣於語音的「二分」。
無論是江洪《詠歌妓》中「浮聲易傷歎，沉唱安而險」的
欣賞感覺，還是劉勰《文心雕龍·聲律》「聲有飛沉，響
有雙疊」的理論陳述，都説明了以高低、長短、輕重分別
的語音效果遠比四聲分別的語音效果來得明顯，就連沈約
自己在《謝靈運傳論》的那段話裏，也總是用「低昂舛
節」「浮聲切響」「輕重悉異」而不是用「平、折、放、
殺」這樣的形容詞來表述自己的構想。第二，四聲的分別
與錯綜未免過分苛細，從唐代以來對永明聲律説的無數批
評似乎都表明詩人對這一點的反感，殷璠《河嶽英靈集》
所説的「夫能文者，匪謂四聲盡要流美，八病咸須避之，
縱不拈綴，未為深缺」[1]，似乎口氣還比較委婉，而皎然《詩
式》所説的「沈氏酷裁八病，碎用四聲，故風雅殆盡，後
之才子，天機不高，為沈生弊法所媚，懵然隨流，溺而不
返」[2]，則以一「酷」一「碎」表示了直率的斥責。而後人
更是以子之矛攻子之盾，臚列了沈約自己的《白馬篇》《緩
聲歌》，來諷刺他是「蕭何造律而自犯之」，就連陰鏗那
首被胡應麟讚許為「平頭上尾，八病咸除，切響浮聲，五

---

1 《河嶽英靈集·集論》，《唐人選唐詩十種》，上海古籍出版社，
　 1978 年，第 41 頁。
2 《詩式·明四聲》，《歷代詩話》，中華書局，1981 年，第 26—27 頁。

音並協，實百代近體之祖」的《安樂宮》詩，也被人們發現了問題，它的前四句「新宮實壯哉，雲裏望樓臺。迢遞翔鷗仰，聯翩賀燕來」，第一句與第四句的第二字與第五字「宮」「哉」「翩」「來」都是平聲，恰恰犯了「蜂腰」的毛病。

然而，成熟是從不成熟而來，完美也只是從不完美而生。當「沈侯、劉善之後，王、皎、崔、元之前，盛談四聲，爭吐病犯，黃卷溢篋，緗帙滿車」時，人們就會逐漸察覺「四聲八病」說的弊病並設法彌補它。於是在唐代，苛細的「四聲」便逐漸向寬泛的「平仄」轉化，消極的「八病」便逐漸向積極的「格律」轉化，就像把那些弄得人手足無措的無數繁瑣「禁令」改成了簡單明瞭的一條「準則」一樣，四聲的「二元化」使詩歌語音序列的設計一下子簡化了，因此，枷鎖變成項鍊，手銬變成了手鐲。

我們現在不能準確地考證出平、上、去、入這種純粹語言學意義上的四聲是什麼時候被改造成為詩歌語言學上的「平」「仄」的。有人曾經根據梁代慧皎《高僧傳》中有「側調」「飛聲」[1]，《文選》卷二十八謝靈運《會吟行》

1　《高僧傳》卷十三「智欣善能側調，慧光喜飛聲」，湯用彤校點本，中華書局，1992 年，第 502 頁。程毅中《唐代俗講體制補說》中幾次提到「平」「側」「斷」，但均對其意義採取存疑的態度，是很明智的，見《敦煌語言文學研究》，北京大學出版社，1988 年，第 74 頁。

詩李善註引沈約《宋書》中有「第一平調」「第五側調」[1]，斷定齊梁時代已經有「平」「側（仄）」的概念，這種按圖索驥的查戶口方式雖然有可能歪打正着，卻未免有些膠柱鼓瑟，且不說這「平」「側」不一定是那「平」「仄」，就從時代上來說，也不能讓人相信在沈約大倡「四聲」的時候就另有「平側」在一邊受冷落，顯然他們沒有注意到音樂上的「調」是不能與語音上的「調」混為一談的，否則「以宮商角徵羽」來分別聲類的呂靜和李登豈非早已是「四聲」或「五聲」的發明者，何必等着沈約、周顒等人來諷刺「自靈均（屈原）以來，此祕未睹，或暗與理合，匪由思致」呢？也有人據劉勰、沈約等人的「響有飛沉」「低昂舛節」「輕重悉異」「浮聲切響」等等說法，認為齊梁時代雖然沒有「平」「仄」之名，卻已經有了「平」「仄」之實，這種見解似乎比較公允，但有一點必須注意，「飛沉」「低昂」「輕重」「浮切」的感覺，的確說明四聲二元化趨向的潛在，但它們的精確內涵是否與「平」「仄」相對應，卻還是一個謎。感覺畢竟只是感覺，如果這種感覺可以成為語音分類的依據，那麼漢代司馬相如論賦時說的「一宮一商」以及《淮南子》高誘註說的「緩氣」「急氣」，《公羊傳》何休註說的「長言」「短言」都可以被稱

---

1 《文選》卷二十八，中華書局影印本，1977年，第401頁。

為有「平」「仄」之實了[1]。其實，真正可以相信為詩歌語言學上一直沿用至今的「平」「仄」概念要在中唐才出現，當然這並不意味着「平仄」之分在中唐才用於詩歌，因為依「平仄」而不是依「四聲」寫詩的感覺與習慣，最遲在初盛唐之際就已經使後世所謂的律詩形成。再說得早些，就連南朝後期的庾信、江總以及唐初的唐太宗、李百藥、上官儀等人的詩，也已經有意無意地依照平仄佈置節奏，只是我們現在不知道他們是沈約說的「暗與理合，匪由思致」，還是已經先知道平仄因而寫來「合轍」，也不能斷定當時沒有留下關於「平仄」的論述，是因為時代久遠史料遺缺，還是他們認為「理當如此，不必細說」而不屑於寫下這種論述。因此我們現在能夠看到的最早記載，只是中唐人殷璠的《河嶽英靈集》及日本僧人遍照金剛《文鏡祕府論》天卷《調聲》中的兩段話：

　　至如曹、劉，詩多直致，語少切對，或五字並側，或十字俱平。[2]

　　……上去入聲一管。上句平聲，下句上去入；上句

1　參看《顏氏家訓・音辭》，《顏氏家訓集解》，中華書局，1993 年，第 529 頁。

2　《河嶽英靈集・敘》，《唐人選唐詩十種》，上海古籍出版社，1978 年，第 24 頁。

上去入，下句平聲。以次平聲，以次又上去入。以次上去入，以次又平聲。如此輪迴用之……[1]

如果説，殷璠的批評還不夠明白，那麼，這位日本僧人從唐人那裏抄來的話就等於給初盛唐「律詩」的語音原則明確地作了描述。按照這段話的意思，我們至少明白了兩個事情：一是「四聲」被分成兩組即「平」與「上去入」兩類；二是這兩類語音在詩句之間要「輪迴用之」。

這才是「宮羽相變，低昂舛節，前有浮聲，後須切響，一簡之內，音韻盡殊，兩句之中，輕重悉異」這一理論的正面規定，也是詩歌語音「錯綜與和諧」美學原則的實際落實，按照這一規定，詩歌的語音序列在理論上似乎應當是這樣：

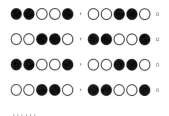

　……

1　《文鏡祕府論》天卷《調聲》，人民文學出版社，1980年，第14頁。

或者是這樣：

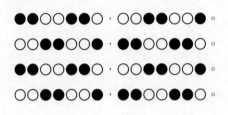

……

這樣，「一簡之內」便「平」「仄」相間錯出，而「兩句之中」也「平」「仄」兩兩相對，甚至每一聯之間，也「平」「仄」彼此不同，以四句為一個單元構成了對稱而和諧的圖案化語音序列[1]。

　　顯然，這種「輪迴用之」的平仄分配與律絕體尚有差異 —— 律絕體由於考慮到八句或四句之內的節奏安排與韻腳位置必須另有一些調整。這一點可以參見王力《漢語詩律學》[2] —— 它只是理論上的設計，實際創作要靈活寬泛得多。但是，所謂律絕體「儘量使句中的平仄相間，並使上句的平仄與下句的平仄相對」的原則卻已經在這裏清晰

1　參見戴燕《關於六朝詩歌聲律說形成的研究》，《文學遺產》1989 年第 6 期，《論六朝詩歌聲律說的美感效應》，《文藝研究》1990 年第 1 期。

2　王力《漢語詩律學》第一章第六節，上海教育出版社，1985 年。

地表述出來了。我們知道，古詩的節奏要靠押韻來顯示，靠相似的尾韻來形成「中斷——連續」這樣的節律，但是，由於韻字只出現在個別音節上，譬如漢代詩多在句末才有韻，它的突出效果影響不到詩歌的全部音節，而相似語音押韻的作用主要又是使語音產生延綿迴複的感覺，所以，韻字與韻字之間並不構成明顯的緊張關係，詩歌的節奏效果往往是緩慢復沓的，比如這首漢代古詩：

回車駕言邁，悠悠涉長道。四顧何茫茫，東風搖百草。所遇無故物，焉得不速老。盛衰各有時，立身苦不早。人生非金石，豈能長壽考。奄忽隨物化，榮名以為寶。

它的每句末都出現一個韻母相同的字「道」「草」「老」「早」「考」「寶」，從音律上看，只有這些韻字在一再重複中，才顯出其音節效果，而其他字卻留不下什麼聲響的痕跡，這就使有效音節的節拍控制範圍加長。直到每一個韻字出現之後，詩歌語言又仿佛回到韻字之前的那個部分語言旋律上，形成迴旋之勢，由於「旋律」的重現，滯留在人們記憶中的語言聲響的相似性也使人對詩歌節律的感覺延長。六朝時，人們為了改變古詩的緩慢節奏，曾經試圖用變化韻字讀音，即轉韻的方法，來加強韻字之間的緊

張關係，據《南齊書‧樂志》説，漢代歌篇，長短不一，
但大多是八句然後轉韻。有時有兩三韻即轉，但較少，直
到「傅玄改韻頗數，更傷簡節之美。近世王韶之、顏延之
並四韻乃轉，得睬促之中」[1]，從效果上來看，轉韻能夠使
詩歌節奏有所變化，一韻到底的悠長語音旋律，當它被截
成幾小節旋律，就形成相對急促的感覺。不過，也有一個
問題是，倘若一首詩轉韻太多，必定會使韻在詩中的組織
作用降低，造成詩歌語言的零碎雜亂，破壞了詩歌的和諧
和往復迴旋之美。更重要的是，再頻繁的韻字更換，也不
能使其韻律的節奏效應覆蓋到每一個音節上，所以由它構
成的語言緊張度依然有限。然而，按照唐代詩人的聲律模
式，對詩歌語音的處理，則是將平仄分配落實在每一個字
上的，這就意味着，律絕體詩已不能僅僅靠某一個個別音
節 —— 韻 —— 來組織詩歌語言，而是要把詩歌語音構成
的責任分派到每一個音節單位，使每一個字都發揮出聲律
的美感效應來。這有兩方面的意義：一方面，當每個字都
以其清晰的音調凸顯出它與鄰字的差異來，詩歌就成為一
群聲音參差錯綜的語音集合，在字音的相互比照中，字與
字之間產生的差異關係便突出起來，使詩歌節奏頓然分
明。這好比一串同樣大的珠子，我們不易分出它們的單個

1　《南齊書》卷十一，中華書局，1972 年，第 179 頁。

特徵，而一排高低不一的建築卻使人注意到它們的區別一樣，不同的聲音使字與字之間產生「間隙」，並由此加強了節奏感。另一方面，正由於律絕體詩對每個字的發聲要求是在聲調錯綜的總體原則下提出的，錯綜音調又絕對強化了字的讀音效果，使字音間的對比度提高，這樣，在字音與字音之間又形成了更密集的緊張關係，詩歌在繁密聲響中的節奏律動更為匆促而分明。以駱賓王那首著名的《在獄詠蟬》為例：

　　西陸蟬聲唱，南冠客思侵。那堪玄鬢影，來對白頭吟。露重飛難進，風多響易沉。無人信高潔，誰為表予心。

雖然這首詩的聲律並不十分標準，但它畢竟不像前面我們所引的漢代古詩那樣，僅僅靠尾韻構成滯緩復沓的節奏，而是每個音步之間都有了變化的音響效果，由於它一抑一揚、一長一短、一重一輕的平仄相間，整首詩都顯出了既連綿不斷又起伏不平的音樂感，每個有規律地「分配」了音調的字詞，都負擔起了誘發讀者心理與生理節奏感的義務，使讀者在詩歌面前就如置身於時漲時落的海潮中一樣，心靈受到有節奏的衝擊。

二、意義結構：對偶的空間效應

一首詩的語言結構，不僅由語音，也由意義組成，而在中國古典詩歌尤其是近體詩歌中，對偶或者叫對仗的句式，則是一首詩意義展開的普遍樣式。

其實，我們説「對偶是近體詩中意義展開的普遍樣式」並不是説對偶為律絕體詩的「專利」或「發明」，事實上「五四」時代胡先驌《評嘗試集》就舉出《老子》《莊子》證明「周秦之世説理之言亦尚排偶」[1]，更早如明人徐師曾《詩體明辨》卷四也早已舉出「《邶風》有『覯閔既多，受侮不少』之句」來説明「其屬對已工」，就連早在南朝齊梁之間的劉勰，也在《文心雕龍・麗辭》裏舉出《皋陶謨》等來歷久遠的古籍證明過「造化賦形，支體必雙」[2]。中國古人心目中由「陰陽」觀念所構成的二元對立思維方式始終支配着人們的審美趣向與觀物方式，也常常滲入人們的語言中，使人們有意無意之間會一對兒一對兒地説話、作文，而且還會覺得這一對兒上下對位、左右對稱的話語很有意思。詩的形式不僅是一個「可以用一定數目音節來填滿的圖案」，而且是「某種生存在詩人心目中

---

1 胡先驌《評嘗試集》，《中國新文學大系・文學論爭集》，良友圖書公司，1935 年，第 272 頁。
2 《文心雕龍註釋》，人民文學出版社，1981 年，第 384 頁。

的東西」，古人不自覺地寫出這些「天然對偶」的句子，
正是生存在他們心目中的二元對立感覺的觸發結果，就
好像《紅樓夢》第三十一回《撕扇子作千金一笑，因麒麟
伏白首雙星》中史湘雲的丫鬟翠縷雖沒有讀過古書卻無師
自通地能講出一大簍子大體不差的陰陽論一樣。不過，這
裏也許還用得上沈約評論古詩聲律偶合的現象時說的那句
話：「或理有暗合，匪由思致」，先秦漢魏那些「自然成對」
的文句詩行顯然是一種不自覺的運作，雖然心中的感覺使
他們作文寫詩「自然成對」，但他們並不曾有意識地利用
對仗來營造詩文的美感效應。宋人葉夢得《石林詩話》卷
下曾說「晉魏間詩，尚未知聲律對偶，然陸雲相謔之詞，
所謂『日下荀鳴鶴，雲間陸士龍』者，乃指為的對，至
『四海習鑿齒，彌天釋道安』之類不一，乃知此體出於自
然，不待沈約而後能也」[1]，這話雖然不錯，但畢竟偶然與
必然不同，無意與有意相異，前者是無心得之，就好比守
株待兔第一次撿到的便宜，後者卻是有意營造，絕非碰運
氣而是張羅結網去捕獲獵物，這自覺與不自覺之間常常是
文學中一條極重要的分界線。所以我們看魏晉間的詩，曹
丕《於玄武陂作詩》雖有「菱茨覆綠水，芙蓉發丹章」這
樣的秀句，全詩卻不是奇偶相生的俳儷之形，王粲《從軍

1　《石林詩話》卷下，《歷代詩話》，中華書局，1981 年，第 431 頁。

詩》雖有「白日半西山，桑梓有餘暉。蟋蟀夾岸鳴，孤鳥
翩翩飛」這類意義對稱的詩行，但仔細看去卻非對仗，
《四溟詩話》卷一曾舉曹丕、曹植、阮籍、張華、左思、
張協、潘岳、陸機這八個魏晉人詩句為例，說他們詩中
雖有律句，但「全篇高古」，直到謝靈運、謝朓才全然不
同[1]。所以，《南齊書‧文學傳》所說的「緝事比類，非對
不發」，乃是「聲色俱開」的南朝風尚[2]，比如：

「銅陵映碧澗 / 石磴瀉紅泉」（謝靈運）；
「亭亭映江月 / 飀飀出谷飆」（謝惠連）；
「綠葉迎露滋 / 朱苞待霜潤」（沈約）；
「遠樹曖阡阡 / 生煙紛漠漠」（謝朓）；
「山翠餘煙積 / 川平晚照收」（蕭鈞）；
「急風亂還鳥 / 輕寒靜暮蟬」（朱超道）；
「八川奔巨壑 / 萬頃溢澄波」（陰鏗）。

這些詩句不僅字面流麗，聲諧調美，顯得流利精巧，而且
兩句之間語詞對稱工整，意義也兩兩相映，使人感到一開

1　《四溟詩話》卷一，《歷代詩話續編》，中華書局，1983 年，第
　　1151 頁。
2　《南齊書》卷五十二，中華書局，1972 年，第 908 頁。

一闔、一上一下、一虛一實或一明一暗的變化。

按照古人的說法，對仗和聲律是近體律絕成立的兩個要素，「沈約庾信以音韻相婉附，屬對精密，及（宋）之問沈佺期又加靡麗，回忌聲病，約句准篇，如錦繡成文」，這是歐陽修在《新唐書》卷二○二裏對近體詩演變的描述[1]；「六朝之末……偶儷頗切，音響稍諧，一變而雄，遂為唐始，再加整勵，便成沈、宋」，這是王世貞在《藝苑卮言》卷四裏對近體詩形成的概括[2]，大體都以對仗、音律對舉，因此討論中國古典詩歌語言中的對偶結構，當然應該首先看看創建律絕近體詩時代的說法，並以此為起點展開我們的分析。

然而，對資料的蒐集與分析結果卻使人失望，這並不是說史料遺闕，無從說起，而是因為那時人對「對偶」的理論說明實在繁蕪與混亂。據《詩人玉屑》的記載，至少在初唐，一個叫上官儀的詩人就曾歸納出「六對」及「八對」[3]。其中，「六對」包括「正名對」「同類對」「連珠對」「雙聲對」「疊韻對」「雙擬對」；「八對」則包括「的名對」「異類對」「雙聲對」「疊韻對」「聯綿對」「雙挺對」「迴文對」「隔句對」，但這大概還只是初唐的疏略說法，《文

1　《新唐書‧宋之問傳》，中華書局，1975 年，第 5751 頁。

2　《藝苑卮言》卷四，《歷代詩話續編》，第 1007—1008 頁。

3　（宋）魏慶之《詩人玉屑》卷七，上海古籍出版社，1978 年，第 165 頁。

鏡祕府論・東卷・二十九種對》則記載了二十九種名目不
一的對仗方式，這大概才是中唐律絕體日益成熟、對仗愈
分愈細的結果。這種分類歸納的本意也許是想把天下可稱
為對偶的樣式按照他們的意見對號入座，以便後世律詩作
者按圖索驥，但由於他們蒐羅的範圍過分籠統寬泛而分類
卻又過分細碎雜亂，所以對實際創作反而沒有什麼指導意
義，就好像發了座位票卻沒有座位一樣，進場之後依然亂
糟糟找不到頭緒，特別是第二十九種「總不對對」，把這
對偶之「門」開得無比寬大，就好比入場憑證取消，任何
人都可以一擁而入一樣，「不對」也可以叫「對」，反而
「如此作者最為佳妙」，這就更讓人無所適從了[1]。因此，我
們只好返身從更早的說法中尋找分析的出發點，我們發現
還是《文心雕龍・麗辭》那段話說得清晰利落——

　　言對為易，事對為難；反對為優，正對為劣。[2]

在劉勰的本意，這當然無非是要人們在琢磨對仗時要從
「難」從「優」，前者是要求人們在對仗的語詞之中套用
典故，後者是要求人們在對仗的意義之間造成對映，前者

1　《文鏡祕府論》，人民文學出版社，1980 年，第 97 頁。

2　《文心雕龍註釋》，人民文學出版社，1981 年，第 384 頁。

就好比鏤空象牙球，一層之中又套一層才顯得「難」，而唯其「難」才能顯出「巧」；後者則好比給門窗裝合頁，既能朝裏開又能朝外開才顯出它活動空間的廣闊，只能單面開關則未免沒趣。不過，劉勰的這種説法雖然有些膠柱鼓瑟，也不太近情理，但「正對」與「反對」卻是對仗類型最好也是最基本的分別，我們不妨在這種分類的基礎上討論對偶在意義結構上的作用，至於雙聲疊韻之類的對仗樣式屬於聲韻問題，暫時不在我們的視野之內，而對偶用典的問題則請看《論典故》一章。

所謂「正對」，按劉勰的説法是「事異義同」，他舉的例子是張載《七哀詩》中「漢祖想枌榆，光武思白水」。我們還可以舉三個例子，「羈鳥戀舊林，池魚思故淵」（陶淵明），這兩句是從古詩「胡馬依北風，越鳥巢南枝」中化出，它兩句字面雖然不同，但無非説的都是離鄉背井者對故園的依戀之情，這樣，上句與下句的意義指向就重疊復沓了，讀者在讀這樣的對句時心裏並不能產生張弛抑揚的感覺，反而會產生一種視野被限制而重複單調的不快，就如清人管世銘《讀雪山房唐詩序例》所比喻的「二句一意，無異車前騶仗」或禪家語錄所謂「頭上安頭」[1]；又

---

1 《讀雪山房唐詩序例》，《清詩話續編》，上海古籍出版社，1983年，第1557頁。

如「蟬噪林逾靜，鳥鳴山更幽」（王籍），本是極好的句
子，但兩句意義完全相同，都為了說明山林中的寂靜，於
是兩句離則兩美合而二傷，宋人《蔡寬夫詩話》看出了這
一點，就批評這種「上下句多出一意」的弊病，並具體批
評這兩句詩「非不工矣，終不免此病」[1]，王世貞《藝苑卮
言》卷三也看出了這一點，就說後一句「雖遜古質，亦是
雋語，第合上句『蟬噪林逾靜』讀之，遂不成章耳」[2]。為
什麼不成章？就是因為它們重複囉嗦；再如郎士元《盩厔
縣鄭礒宅送錢大》首聯「暮蟬不可聽，落葉豈堪聞」，曾
被高仲武《中興間氣集》卷下稱讚為「工於發端」[3]，可是
明清人卻看出了它的不「工」，明王世懋就諷刺它「合掌
可笑」，清毛先舒也說「似不足效」[4]，因為它不僅沒有使十
個字形成意義空間的張力，反而使十個字被局促在同一個
焦點上顯得單調乏味。

　　所謂「反對」，按劉勰的說法是「理殊趣合」，他
舉的例子是王粲《登樓賦》「鍾儀幽而楚奏，莊舄顯而越

1　《蔡寬夫詩話》，見《宋詩話輯佚》，中華書局，1980 年，第 379 頁。

2　《藝苑卮言》卷三，《歷代詩話續編》，中華書局，1983 年，第
　　997 頁。

3　《唐人選唐詩十種》，上海古籍出版社，1978 年，第 284 頁。

4　王世懋《藝圃擷餘》，《歷代詩話》，中華書局，1981 年，第 780
　　頁；毛先舒《詩辨坻》卷三，《清詩話續編》，上海古籍出版社，
　　1983 年，第 53 頁。

吟」，這個例子也許不太合適，一來它是賦而不是詩，與我們討論的詩歌對仗雖相近而不相同，二來它這兩句雖然有一「幽」一「顯」相對，但意義指向仍然都是懷念故鄉，因此並不典型，我們不妨另舉一些例子。如杜甫《不見》中有：

敏捷詩千首 / 飄零酒一杯。

「敏捷」是比喻才思飄逸的讚詞，而「飄零」是描寫處境落魄的歎語，「千首」是多，而「一杯」是少，兩兩相對映襯。在一個孤單的身影中隱約閃現着他過去意氣洋洋的身影，而千首妙語連珠的詩篇則化為獨酌的一杯苦酒，詩人的喟歎通過上下相反的對偶道出，而詠歎對象（李白）的生平變遷也通過這彼此不同的兩句寫盡，這樣，兩句對仗便贏得了意義時空的張力。

　　當然，我們不應該把「反對」限制得那麼刻板狹隘，凡是上下兩句能夠形成視境轉移、意味參差、情感起伏的，我們都應該把它們看作「反對」。例如「青菰臨水拔 / 白鳥向山翻」（王維），青、白兩色相映，菰、鳥兩物不同，一臨水，一向山，上下各異，形成視覺空間拓展；又如「蟬聲靜空館 / 雨色隔秋原」（郎士元），一近一遠，一內一外，而且前句寫聲，是聽覺的靜寂，後句寫色，是

視覺的朦朧，兩句之間構成了聲色視聽的感覺轉換；又如
「漠漠帆來重，冥冥鳥去遲」（韋應物），船帆漸漸來近，
鳥影漸漸去遠，帆在水面，鳥在天空，它不僅在讀者視境
中構成了位置的差異與對稱，也構成了視覺對象運動軌跡
的差異與對稱；再如「萬里悲秋常作客，百年多病獨登
臺」（杜甫），則如《鶴林玉露》乙編卷五所説「十四字
之間含八意而對偶又精確」[1]，這「八意」四四分立，則將
時間與空間的錯位，物候與人生的感應，複數與單數的比
較等等全都編織在對仗的兩句之中。

　　從上述例子中我們大概已經看到了，「反對」所造成
的「意義空間的拓展」實在是多方面的，古人雖然不善於
使用精確的概念對它描述，卻很習慣地使用了印象式的詞
語對這種對仗作了歸納，清朱庭珍《筱園詩話》卷四説：
「兩句須有變幻，不可一律……或上句寫遠，下句寫近，
或上句寫所聞，下句寫所見。」冒春榮《葚原詩説》卷一
説「一動必一靜，一高必一下，一縱必一橫，一多必一
少」[2]。如果我們用現代術語勉強歸納，可以説包括了──

1　（宋）羅大經《鶴林玉露》乙編卷五，中華書局，1983 年，第
　　215 頁。

2　《筱園詩話》卷四，《葚原詩説》卷一，見《清詩話續編》，上海古
　　籍出版社，第 2400、1577 頁。

視覺空間的開闊與對稱（如「白日依山盡／黃河入海流」，「大漠孤煙直／長河落日圓」）；

時間關係的移位與重疊（如「小樓一夜聽春雨／深巷明朝賣杏花」）；

意義內涵的曲折與對比（如「身無彩鳳雙飛翼／心有靈犀一點通」）；

感覺體驗的挪移與變化（如「疏枝橫斜水清淺／暗香浮動月黃昏」）；

……

就是在這種對稱的句子裏，本來不可能共同映入視野的相反方位的景象卻共時性地構成了一幅開闊的視覺圖像，不可能同時出現的不同時間的事件卻共時性地變成了重疊的影像，聽覺與視覺、嗅覺與味覺在交叉轉換，意義與情感則在曲折地對比、遞進、轉換中滋生出更豐富的內涵與意味，像「白日依山盡／黃河入海流」（王之渙），一句向西勾勒了落日下行與山巒起伏，一句則東望描寫了長河遠去與荒原蒼茫，兩句合成了一個浩渺的蒼穹；而「大漠孤煙直／長河落日圓」（王維）則一句鋪開平坦浩瀚的平面，一句畫出單線延伸的細線，一句立起一條裊裊的煙柱，一句勾出一條彎彎的日行軌跡，一句向上，一句向下，這種空間的移位使讀者視覺空間在瞬間變得格外遼闊；像「小

樓一夜聽春雨／深巷明朝賣杏花」（陸游），儘管後句是
想像中的虛景，但在讀者心中卻已經與已然的「夜雨」成
了疊影，在春雨淅瀝中仿佛聽見了賣花人的喊聲與猶帶春
雨的白杏花。

　　之所以「反對」比「正對」好，其間的緣故除了一變
化相映、一復沓單調外，主要就在於後者所擁有的意義空
間狹窄，而前者擁有的意義空間開闊。兩相對稱的詩句由
於它們意義上的聯繫（即劉勰所謂的「趣合」而不是「義
同」），儘管它們處於兩個不同的空間 —— 既指它們的意
義空間也指它們自身所在的不同字行 —— 但它們的距離
卻縮短了，在讀者的閱讀過程中，這兩句外形相同而首尾
相連的詩句呈現的意境就像蒙太奇的重疊一樣疊印在他的
腦熒屏上，迫使他去追尋兩句意義上的連綴，像杜荀鶴
《秋宿山館》的「斜風吹敗葉／寒燭照愁人」兩句，就使
得讀者不由自主地要去思索涵泳這意義、視境、隱喻這三
方面的連綴關係 ——

　　a. 斜風敗葉 —— 寒燭愁人；
　　b. 室外景物 —— 室內人物；
　　c. 斜風 —— 寒燭，敗葉 —— 愁人。

於是，越過行與行之間的阻隔，這對偶的詩句卻擁有了同

一或相關的意義空間，不僅是兩句之中的意義產生了呼應關係，就連感覺上的音樂節奏也產生了呼應關係，它使兩句之間增加了表達的密度而減少了語詞的空隙，使意義產生了一種「向心力」或「合力」。但是，由於它們之間意義的差異、視境的錯位與語詞內涵的對立，又使這兩句之間產生了一種「對抗」的力量，像賈島《題李凝幽居》那聯著名的「鳥宿池邊樹／僧敲月下門」，一靜一響，一暗一明，又迫使讀者在印象中把它們區分開來再形成疊影，而賈島《送無可上人》中另一聯「獨行潭底影／數息樹邊身」，前一句寫了煢煢孑立的孤獨者在潭底的身影，後一句寫了這孤獨者依樹暫憩，人樹相依，表面上看來只是空間位置的不同，一在潭邊，一在樹旁，但事實上時間關係也不同，前一句是無時間性的「獨行」，而後一句則是有時間性的「數息」，運動方式也不同，一行一息，一動一靜，因此就不像「正對」的兩句那樣可以完全重疊，而必須在腦熒屏上把兩句稍稍錯開，前者是「象憂亦憂、象喜亦喜」，後者卻是蒙太奇，在疊合中顯出時空、意境、情感的移位來。就連上面我們所舉的「斜風吹敗葉／寒燭照愁人」，讀者也必然會把上句的意義、位置、視境與下句的意義、位置、視境分開，從外面季節的變幻（寒秋已至）、蕭殺的景象（斜風落葉）切入屋內的孤燈與愁人，畢竟「斜風敗葉」並不全等於「寒燭愁人」。因此，兩句之間由於對仗

又產生了一種彼此分離的「離心力」或「張力」，在明暗、抑揚、上下、內外、情景等各種各樣的對立中顯示出彼此的差異，使讀者在這種「差異」中不斷感到視角的挪移、情感的起伏、意義的深入與感覺的變幻。

清人王應奎《柳南隨筆》卷二曾批評馮武的「珠圓花上露，玉碎草頭霜」說，「律詩對偶，固須銖兩悉稱，然必看了上句，使人想不出下句，方見變化不測」[1]，所謂看了上句想不出下句，其實也是兩句意義空間的錯位與變化，否則上下句在近距離內在同一軌跡內重疊，就彷彿不是二重唱而成了兩人合唱，從而失去了二重唱的意義。所以，如果說美是一種「有助於產生各種感覺平衡的東西」，那麼我們說，對偶之所以能使人產生美感，正是由於它在兩句詩中形成的這種「向心力」與「離心力」、「合力」與「張力」的平衡，這種「錯綜與和諧」的意義結構正如《筱園詩話》卷四所說「兩句迥然不同，卻又呼吸相應」[2]，使得詩句不僅贏得了內在的密度，還贏得了廣闊的空間。

當然，還有一道難題橫亙在詩人面前。對仗作為人

1　《柳南隨筆》卷二，中華書局，1983 年，第 26 頁。

2　（清）朱庭珍《筱園詩話》卷四，《清詩話續編》，上海古籍出版社，1983 年，第 2400 頁。

工編織的產物，它雖然精緻工巧、富於美感，但畢竟不是
「自然」的結果，在心靈深處始終以「自然」為最高準則
的中國古代詩人那裏，任何粉飾雕琢都有損天然，對仗也
不例外，那麼怎樣才能在自然與形式之間架起一座橋梁，
使它們彼此協調，至少在詩人心中不發生沖突呢？當然，
你可以說「造化賦形，支體必雙」[1]，抬出凌駕萬象的造物
主或闡釋宇宙的「陰陽」論來為對仗「正名」；你也可以
「夫對者，如天尊地卑，蓋天地自然之數……詩語二句
相須，若鳥有翅」[2]，藉物理世界的現象來給對仗申訴，把
「自然」與「人工」硬扯在一塊兒；你還可以列舉「水流
濕，火就燥，雲從龍、風從虎」等來頭頗早的典籍，以古
人的赫赫名頭來證明對仗「古已有之」，並非今人生造，
但是，從南朝到唐代的詩歌中那種着意編織五色錦繡之
文，挖空心思蒐索枯腸地「湊」成對仗的現象卻始終使信
奉「自然」的詩人感到苦惱；完全地轉向「自然」，寫古
樸質實的大白話吧，自然是自然，但並不美；完全地追求
「形式」，寫俳儷精巧的詩歌吧，美是美，卻又違背了「自
然」，這可真是個死結般的難題。

1　《文心雕龍‧麗辭》，《文心雕龍註釋》，人民文學出版社，1981
　　年，第 384 頁。
2　（唐）皎然《詩式》，《歷代詩話》，中華書局，1981 年，第 33 頁。

於是，人們試圖在自然與人工之間尋找一條小路。上引《詩式》全文是——

夫對者，如天尊地卑、君臣父子，蓋天地自然之數，若斤斧跡存，不合自然，則非作者之意。

這話拆開來說，就是要寫得巧妙，不露痕跡，既要對仗，又不能讓人看破你在有意安排，就好像女人做針線，要不留針腳線頭，這叫「美人細意熨帖平，裁縫滅盡針線跡」；又好像女子化妝，略施粉黛而不讓人察覺，這是天然美加人工美，如果濃妝豔抹，畫得紅紅白白黑黑綠綠，則成了京劇臉譜，所以《詩式》裏極力強調既要「苦思」，又不要露出「苦思」的窘迫相，換句話說就是「在人工中追求自然」。

於是，對於對仗的要求便從形式上的「合轍」與製作上的「標準」逐漸轉向了精神上的自然與氣脈上的流暢。宋人吳可《藏海詩話》説的「凡詩切對求工，必氣弱，寧對不正，不可使氣弱」似乎有失偏頗，所以有人諷刺道：「氣自弱耳，何關切對求工耶？」[1] 江西詩社中人害怕「偶

---

1 （宋）吳可《藏海詩話》，《歷代詩話續編》，中華書局，1983 年，第 331 頁。

對不切則失之粗，太切則失之俗」，因而不太敢寫過於精緻工巧的對仗句，因此《韻語陽秋》卷一就諷刺它是「一偏之見耳」[1]，這些議論總有些因噎廢食的毛病，所以，倒是下面兩段話搔着了癢處：

> 花必用柳對，是兒曹語，若其不切，亦病也。[2]
> 琢對：要寧粗毋弱，寧拙毋巧，寧朴毋華，忌俗野。[3]

前一段話的意思是避免落入俗套，想揀便宜靠挪用古人現成對偶寫詩必然無趣；後一段話的意思是不要露出過多的雕飾痕跡，儘可能寫得樸拙，好像一揮而就、信口而出的白話，《石林詩話》卷下也曾以杜甫「細雨魚兒出 / 微風燕子斜」一聯為例，説這一聯「雖巧而不見刻削之痕」，因為十個字體物細膩，「無一字虛設」，而又「全似未嘗用力」，如果換了低劣的詩人，就要拼湊雕琢，刻意造作成「魚躍練波拋玉尺，鶯穿絲柳織金梭」這樣了無生氣的重拙

1 （宋）葛立方《韻語陽秋》卷一，《歷代詩話》，中華書局，1981年，第 486 頁。
2 （宋）姜夔《白石道人詩説》，《歷代詩話》，第 680 頁。
3 （元）楊載《詩法家數》，《歷代詩話》，第 728 頁。

對句[1]。這樣人們就為對仗又設立了一條新的準則：自出機杼而又不失之生澀造作，顯然這是對於對仗的更高要求。

究竟怎樣才能滿足這一要求？詩人們沒有說，實際上也無法說，這是一個「只可意會不可言傳」，不可能設計出一二三條規定的非技巧性問題，我們只有通過詩人們自己的閱讀經驗來揣摩他們為自己所懸的鵠的，《石林詩話》卷上有這樣三段議論：

王荊公晚年詩律尤精嚴，造語用字，間不容髮，然意與言會，言隨意遣，渾然天成，殆不見有牽率排比處。如「含風鴨綠鱗鱗起，弄日鵝黃裊裊垂」，讀之初不覺有對偶，至「細數落花因坐久，緩尋芳草得歸遲」，但見舒閑容與之態耳，而字字細考之，若經櫽括權衡者，其用意亦深刻矣。[2]

歐陽文忠公詩始矯昆體，專以氣格為主，故其言多平易疏暢，律詩意所到處，雖語有不倫，亦不復問……然公詩好處豈專在此？如《崇徽公主手痕詩》「玉顏自古為身累，肉食何人與國謀」，此自是兩段大議論，而抑揚曲

1　（宋）葉夢得《石林詩話》卷下，《歷代詩話》，中華書局，1981年，第 431 頁。

2　見《歷代詩話》，第 406 頁。

折，發見於七字之中，婉麗雄勝，字字不失相對，雖昆體之工者亦未易比，言意所會，要當如是，乃為至到。[1]

　　詩之用事，不可牽強，必至於不得不用而後用之，則事詞合一，莫見其安排鬥湊之跡。蘇子瞻嘗為人作輓詩云：「豈意日斜庚子後，忽驚歲在巳辰年」，此乃天生作對，不假人力。溫庭筠詩亦有用甲子相對者云：「風捲蓬根屯戊巳，月移拙影守庚申」，兩語本不相類……此蔽於用事之弊也。[2]

第一段話裏最要緊處是「意與言會，言隨意遣」，以「意」為主，則詩人須將平仄、對偶、巧辭麗字先放在腦後，以眼前景心中事為主脈一氣呵成，以所要表述的意義情感為主線一脈貫穿，像「細數落花」一聯本從王維詩意化出，對仗細緻，乃經過「櫽括權衡」者，但它語法自然，雜以虛字，平平淡淡道出，所以使讀者並不感到平仄對仗的推敲而像「渾然天成」的口語。

　　第二段話中最緊要的是「專以氣格為主」，正因為它以「氣格」統領語言，所以語言不暇刻琢，而西昆詩人

1　（宋）葉夢得《石林詩話》卷下，《歷代詩話》，中華書局，1981年，第407頁。

2　見《歷代詩話》，第413頁。

則為了湊韻字、造新詞、鑲嵌典故、安排麗辭，所以不免露出抉刻造作的痕跡，若要發偌大議論，必要蒐盡枯腸翻遍典故，然後安排平仄對仗，語脈弄得支蔓斷續，氣脈搞得扞格阻絕，因此不如「玉顏自古」一聯來得順暢流利。

第三段話的意思也在這裏，溫庭筠詩為了「庚申」二字硬湊「戊巳」二字，使得上句既沒有意義又不很通暢，只是為「得此對而就為之題」，所以清人賀裳《載酒園詩話》卷一也批評它「組織干支，真為工巧，但上下不貫，乍觀觸目」[1]，只是湊數而已，就像許渾為了「山雨欲來風滿樓」而硬湊「溪雲初起日沉閣」一樣，因此溫庭筠是「用意附會」，而蘇軾詩是「天生作對，不假人力」，就像水到渠成、瓜熟蒂落那麼自然。

總而言之歸結到一點，就是寫對仗的詩句是「意」在前還是「言」在前，從「意」（或「氣」）角度出發，那麼詩句必須服從意義或情感的表達，無須刻琢字詞選用典故，往往一氣貫穿，以「意」（或「境」）的傳遞為歸宿，那麼詩句不應當為了儷詞偶句而妨礙意義與視境的透明，因為以「意」為主、以「氣」為主的詩句像在你眼前

---

1 《載酒園詩話》卷一，《清詩話續編》，上海古籍出版社，1983年，第235頁。

開玻璃窗，讓你一眼就看見了內裏的景致，而以「言」為主雕琢造作的對仗則像在你眼前擺了一架描花屏風，使你不能不把目光滯留在它的花樣紋飾上，以至於都看出了它的人工痕跡而還沒看見內裏究竟有什麼東西。不過，這實在很難，沒有人能真正地做到「閉門造車，出門合轍」。以「意」為主，衝口而出，信筆而寫，則很難照顧到平仄的錯綜、詞性的對稱與意義的和諧，而要考慮對仗的工整精當，就不免要苦思冥索、拼拼湊湊，犧牲一點「天然」的流麗爽潔，清人賀貽孫《詩筏》裏說：「詩律對偶，圓如連珠，瀉如合璧，連珠瓦映，自然走盤，合璧雙關，一色無痕」[1]，多少只是懸得過高的想像之辭。就像園林裏的假山，儘管玲瓏剔透、古怪清奇，畢竟不如鄉村小山丘自有一番質樸風韻一樣，對仗的句式終究是給了詩人一重束縛，只不過這捆綁可緊可鬆，善於「縮骨之術」的詩人可以把這捆人的繩子變成跳舞的道具，而笨拙的詩人則總是手腳不那麼靈活，以至於活動起來磕磕絆絆地走不成步子。皎然《詩式》裏有這麼一段話——

　　雖欲廢巧尚直，而思致不得置；雖欲廢詞尚意，而典麗不得遺。

1　《詩筏》，《清詩話續編》，上海古籍出版社，1983 年，第 144 頁。

在巧妙而典麗的語詞（包括對仗）與質直而流貫的意蘊之間，在苦思冥索與以意轄詞之間，能有一條小道可走嗎？很難。所以儘管詩論家可以兩面兼顧地說：「貴雕琢，又畏有斧鑿痕，貴破的，又畏粘皮骨」[1]；可以貌似公允地說：「雕刻傷氣，敷衍露骨，若鄙而不精巧，是不雕刻之過，拙而無委曲，是不敷衍之過」[2]；可以苛刻地說：「篇章以含蓄天成為上，破碎雕鏤為下」[3]；但又何曾有幾個詩人能衝口而出「細雨魚兒出／微風燕子斜」這樣「天然工巧」、平仄合律又對仗工穩的句子呢？就是杜甫，又有多少「兩個黃鸝鳴翠柳／一行白鷺上青天」這樣質樸流暢的對仗句子呢？

三、句型規範：詩歌整體結構的選擇

在關於聲律與對偶的描述中，我們已經屢次涉及了近體律絕——中國古典詩歌的代表樣式——的基本構成要素，即奇偶對稱。平仄的輪迴運用、對偶的精心設計，使詩歌的語音序列與意義結構都呈現了吻合人們生理與心

1　（宋）葛立方《韻語陽秋》卷三，《歷代詩話》，中華書局，1981年，第 504 頁。

2　（宋）姜夔《白石詩說》，《歷代詩話》，第 680 頁。

3　（宋）張表臣《珊瑚鈎詩話》卷一，《歷代詩話》，第 455 頁。

理的「秩序」，由抑揚、輕重或長短構成的語音節奏與由空間移位、時間疊合、意義偏差等構成的意義節奏，使詩句形成了對稱的結構，引發了人們，尤其是中國古代詩人們的心靈律動。然而，這種均衡對稱的結構畢竟還屬於變化較少的平均節奏，雖然它吻合人的生理運動節律 —— 如脈搏跳動 —— 但它仍然缺乏一些剪裁和安排，因為詩歌節奏終究不應當僅僅迎和脈搏跳動這樣的生理運動，而且還應當符合人類審美習慣與心理感受。所以，當始終重複、單調循環的節奏一旦超越了人們可以忍受的長度，就會讓人厭倦，就像一首本來很美的抒情歌曲沒完沒了地反覆囉嗦，就變成了討厭的催眠曲或噪音一樣。於是句型，即詩歌整體的句式結構問題就凸顯了。

　　南朝詩人的詩歌儘管在對偶與聲律上都有了長足的進步，但是，有時他們那種缺乏節制、濫用對仗的習慣卻使詩歌整體結構顯出「繁密」的毛病：密不透風的對仗句式使人被擠壓得喘不過氣來，過長的詩歌又使人感到它的句式重疊複出得讓人生膩。且不說那些末流詩人，就連一些一流詩人的一流作品，也不免有這種弊病的存在，我們以謝靈運著名的《石壁精舍還湖中作》、謝朓著名的《之宣城郡出新林浦向板橋詩》及庾信著名的《望野詩》為例：

昏旦變氣候，山水含清暉。

清暉能娛人，遊子憺忘歸。

出谷日尚早，入舟陽已微。

林壑斂暝色，雲霞收夕霏。

芰荷迭映蔚，蒲稗相因依。

披拂趨南徑，愉悅偃東扉。

慮澹物自輕，意愜理無違。

寄言攝生客，試用此道推。

—— 以上謝靈運詩

江路西南永，歸流東北鶩。

天際識歸舟，雲中辨江樹。

旅思倦搖搖，孤遊昔已屢。

既歡懷祿情，復協滄州趣。

囂塵自茲隔，賞心從此遇。

雖無玄豹姿，終隱南山霧。

—— 以上謝朓詩

試策千金馬，來登五丈原。

有城仍舊縣，無樹即新村。

水向蘭池泊，日斜細柳園。

涸渚通沙路，寒渠塞水門。

但得風雲賞，何須人事論。

—— 以上庾信詩

毋庸置疑，這些詩裏不乏精彩的佳句，但讀來為什麼總有一點兒繁蕪壅塞、平滯單調的味道呢？原來，這些詩裏的對句太密了，除了個別句，其餘全是前句不入韻後句入韻的對仗；這些詩裏的意義秩序太呆板了，都是一起首就寫景，末了再以兩句寫理；這些詩的句數過多了，由於前面一長串句式都一樣，因此顯得反覆得太頻繁。由於對句過密，讀來心理上總是處於一抑一揚的節奏中，有七組對句就有六次反覆，有六組對句就有五次反覆，有五組對句就有四次反覆，因此，讀者的心理被這些密集而單調的節奏潮汐簸弄得沒有喘氣的機會，也失去了涵泳品咂的時間。讀者不得不緊緊隨着詩人的感覺走，由景入情再入理。雖然詩人是以自己的視境與思路展開描述的 —— 南朝詩人習慣以遊覽登臨的視角移動為詩句的視角移動 —— 但是，讀者卻未必能如此從容地追蹤詩人登臨的目光與感受的思路，缺乏「漸入佳境」的引子就如未備行囊的遠足，缺少心理鋪墊便一下子跌入至境，讓人不知所措。特別是一開首便是寫景的對句，更是使人感到突兀，一連串「密集轟炸」的對句則叫人目眩五色，雖然末尾有兩句突然出現的散行，則又如戲演得正熱鬧間猛地鑼息鼓停、燈光熄滅一樣令人驚訝。由於缺乏頓挫跌宕與疏密變化，詩歌就不免缺乏整體效果，就好像一場戲沒看到開頭或沒看到結尾一樣令人不快，由此我們想到鍾嶸《詩品》指責謝靈

運、顏延之、謝朓的詩歌「尤為繁密」「頗以繁蕪為累」「微傷細密」，並不是無稽之談[1]；而南朝皇帝批評謝靈運詩「放蕩，作體不辨首尾」，也不失為一種卓越洞見[2]；至於清朝人黃子雲《野鴻詩的》所說的「六朝中有不可學」的毛病，如「行文渙溢而漫無結束」「對偶如夾道排衙，無本末輕重之別，可有可削」，更是一針見血的批評[3]。

不過，從謝靈運、謝朓到庾信，換句話說是從南朝初期到後期，一種對於詩歌句型規範的不自覺感受使詩歌逐漸發生了變化，那些沒完沒了地以對句寫景抒情的長詩似乎漸漸變得少了，不僅從上面三首詩中我們可以看到這一現象的端倪，就在統計數字中，我們也可以發現這一變化的軌跡。仍以他們三人的詩為例（樂府詩不計在內）：

1　見《詩品》序、卷上評謝靈運，卷中評謝朓，《歷代詩話》，中華書局，1981 年，第 4、9、15 頁。

2　《南史》卷四十三引齊高帝語，中華書局，1975 年，第 1081 頁。梁簡文帝《與湘東王書》曾經說到謝詩的缺點是「冗長」和「不拘」，見《梁書》卷四十九《文學傳》引，中華書局，1973 年，第 690 頁。

3　《野鴻詩的》，《清詩話》，中華書局，1978 年，第 852 頁。

	謝靈運	謝朓	庾信
十六句以上	50 首	28 首	28 首
十四句	5 首	6 首	15 首
十二句	2 首	1 首	15 首
十句	2 首	16 首	42 首
八句	4 首	36 首	70 首
六句	1 首	/	3 首
四句	/	/	53 首
合計	64 首	87 首	226 首

顯而易見，在謝靈運的詩裏，十六句以上的長詩佔了絕大多數，謝朓的詩則長短均有，而庾信的詩中，十句以下的詩比重明顯增加。

這當然不是偶然的，因為詩人對於詩歌整體美感效果的感受雖然並非理性的設計，卻時時能夠促使他不斷地對句型進行調整，而這種來自心靈感受的調整就是一種「自然淘汰」與「自然選擇」的過程，正是由於這種並不一定自覺的，但又是來源於人們審美直覺經驗的感受的不斷調整和選擇，雜亂無序的句型終於向整飭有序的方向變化，從南朝後期到唐代前期，人們終於選定了四聯八句為主的詩歌句型，形成了後世所謂的「律詩」[1]。

---

1 我同意「絕句」即「截句」的説法，絕句似乎是律詩的一半，而它本身又與音樂曲調有關（唐人絕句常入樂），所以這裏以律詩為主進行分析。

　　為什麼是八句而不是六句或十句？這個問題看上去就像問「黃金分割律為什麼是這個比例而不是那個比例」一樣難以回答，因為人們心中的有些感受常常是「只可意會不可言傳」的。不過，由於律詩在千年中有大量的創作實例，形成了一整套約定俗成的範式，而這些範式又有不少人進行過論述，所以我們可以嘗試着在前人的論述基礎上作一個粗略的分析，雖然這種分析中不免有一些推斷的成分和生硬的味道。

　　如果從語音序列上來說，以平仄「輪迴用之」的格式內，每兩句為一組，彼此恰好是正反相對的一對，那麼，由正反、反正兩對四句，則恰好成為一個「輪迴單元」，前一組的語音序列正好與後一組的順序相反，比如杜甫《春望》的前四句：

　　國破山河在，城春草木深。

　　感時花濺淚，恨別鳥驚心。（其中「感」字是平仄可以通融的）

前兩句「仄仄平平仄，平平仄仄平」與後兩句「平平平仄仄，仄仄仄平平」大體相對稱。而王維《山居秋暝》的前四句：

空山新雨後，天氣晚來秋。

明月松間照，清泉石上流。（其中「天」「明」的平仄
可以通融）

這是「平平平仄仄，仄仄仄平平」對「仄仄平平仄，平平
仄仄平」。這兩首詩除了個別可平可仄的字（如上面已經
標出的「感」「天」「明」）外，恰好成為對稱的兩組語音
序列。而這兩首詩的後四句也同樣如此，後半部分的聲律
構成基本上就是前半部分的再現，如杜甫《春望》的後
半，「烽火連三月，家書抵萬金。白頭搔更短，渾欲不勝
簪」，除了「烽」「白」「渾」是平仄通融的之外，整個後
半就是「仄仄平平仄，平平仄仄平。平平平仄仄，仄仄
仄平平」，而王維《山居秋暝》的後半則是，「竹喧歸浣
女，蓮動下漁舟。隨意春芳歇，王孫自可留」，除了「竹」
「蓮」「隨」可平可仄之外，也是「平平平仄仄，仄仄仄平
平。仄仄平平仄，平平仄仄平」。顯然，絕句的四句是一
正一反，又一反一正，即一輪語音的「循環」，而律詩的
八句，則基本上是正、反、反、正、正、反、反、正的兩
次語音「輪迴」，無論是五律還是七律，無論是仄起式還
是平起式，無論是首句入韻還是首句不入韻，都是如此。

　　但是，為什麼律詩要出現兩次語音的輪迴仍然要殘存
一次語音的重複呢？也許有人會提出這樣的問題？的確，

在律詩中確實存在一輪語音重複，這並不能簡單地用「複調」來搪塞。可是，如果我們從「意義結構」來看的話，那麼我們可以知道，這四組八句乃是「語音序列」和「意義結構」可以選擇的一個「最小公倍數」。前面我們說到，密集排列的對仗句式是南朝詩歌的一種弊病，這種弊病在南朝已經逐漸被發覺，因此，除了壓縮句數之外，削減與安排對仗句的現象也在南朝後期詩裏出現。如陰鏗《晚泊五洲》一詩中，首尾兩聯「客行逢日暮，結纜晚洲中」「遙憐一柱觀，欲輕千里風」都不能算對偶而只能屬於散句，而中間兩聯「戍樓因嵼險，村路入江窮」「水隨雲度黑，山帶日歸紅」則是明顯的對偶句子。又如江總《賦得攜手上河梁應詔》一詩裏，「雲愁數處黑，木落幾枝黃」「鳥歸猶識路，流去不知鄉」兩聯是對偶，而首尾的「早秋天氣涼，分手關山長」和「秦川心斷絕，何悟是河梁」則是散行。再如隋代李巨川《賦得方塘含白水》詩：

　　　　白水溢方塘，淼淼素波揚。疊浪輕鳧影，漣漪寫雁行。長堤柳色翠，夾岸荇花黃。觀魚自有樂，何必在濠梁。

很明顯這是「散行」──「對仗」──「對仗」──「散行」的次序，也是一組對稱而又錯綜的整齊句型，它是否與「語音序列」那種以平仄為基準的「正」──「反」──

「反」——「正」的結構恰好同步？但是，這種句式的「輪迴」或「循環」，卻需要八句才能完成一個周期。

初盛唐的律詩大概還不是那麼嚴格地遵循這種句型規範的，不過，畢竟這種「合理分配」是有它在節奏感上的優越性的，前兩句散行以紆徐舒緩的節奏從容將讀者引入詩境，三四句對仗以抑揚密集的節奏在讀者腦熒屏上閃現變幻的視境，五六兩句再接着以蒙太奇手法映出對仗的疊影，末兩句則又一次緩下來引申道理或宕開一層，使讀者有餘音繞梁之感，這種緩急急緩的四個樂章設計得既對稱又有變化，既錯綜又和諧，因此漸漸被詩人接受，像初唐王績著名的《野望》：

東皋薄暮望，徙倚欲何依。樹樹皆秋色，山山唯落暉。牧人驅犢返，獵馬帶禽歸。相顧無相識，長歌懷采薇。

又如杜審言著名的《和晉陵陸丞早春遊望》：

獨有宦遊人，偏驚物候新。雲霞出海曙，梅柳渡江春。淑氣催黃鳥，晴光轉綠萍。忽聞歌古調，歸思欲沾巾。

七言律詩也不例外，像沈佺期《古意》（盧家少婦）、蘇頲《奉和春日幸望春宮應制》（東望望春）、儲光羲《萬

歲樓》（江上巍巍）等，都是這種一聯散行、一聯對偶、
一聯對偶、一聯散行的句型結構，它使讀者以一種時而鬆
弛、時而緊張、時而高昂、時而低沉的心理節奏來體驗詩
境，並從這種節奏中得到閱讀的快感[1]。

　　這種詩歌句型設計雖然最初從不自覺的感受中來，但
後世卻被人們自覺地遵循並作出種種解釋，元人楊載《詩
法家數》稱之為「起、承、轉、合」，說一二句是「破
題」要突兀高遠，三四句「頷聯」要接破題像「驪龍之
珠抱而不脫」，五六句「頸聯」要「與前聯之意相應，相
避，要變化」，而七八句「結句」則需要宕開一層，「如
剡溪之棹，自去自回，言有盡而意無窮」[2]，這話用的術語
不免讓人想到八股取士的酸腐，但大體的意思卻並不錯，
只是他過分注重了詩歌內容的轉承關係而沒有注意到句型
本身的變化而已，所以反不如下面「起句尤難……要高
遠」「中間兩聯句法……須要血脈貫通，音韻相應，對偶
相停，上下勻稱」「尾聯要能開一步」等等話頭來得清楚。

1　這種句型規範在中晚唐最為發達與成熟，而且中晚唐詩人更在
　　中間四句的聲律與對仗上下了相當多的功夫，不僅使音節形成
　　「二二一，二二一。二一二，二一二」這樣更細微的錯綜形式，而
　　且常常注意使內容形成一聯濃、一聯淡、一聯景、一聯情的變化，
　　使整首詩更加變化細膩。

2　《詩法家數》，《歷代詩話》，中華書局，1981 年，第 729 頁。

明人胡應麟《詩藪》卷四中說，「如五言律體，前起，後結，中四句，二言景，二言情，此通例也」[1]，話倒是說得很對，但仍然沒有點到要害處，律詩的八句四聯雖然在內容上可以是「起、景、情、結」或者叫作「起、承、轉、合」，但它的成型卻並不僅僅為內容，也為了語言外形的對稱與錯落。因此，倒不如明王世貞《藝苑卮言》卷一論篇法時說得準確，王世貞說：

> 篇法有起有束，有放有斂，有喚有應，大抵一開則一闔，一揚則一抑，一象則一意，無偏用者。
>
> 首尾開闔，繁簡奇正，多極其度，篇法也。[2]

如果我們把前一段理解為對語言意義的描述而把後一段理解為對語言外形的分析，那麼合起來就可以說明律詩的四聯八句、兩散兩俳、起承轉合這種句型規範形成的原因了，儘管他的話仍然說得含含糊糊，玄而又玄，但多少已經觸及了要害，搔到了癢處。

正如四和八的最小公倍數是八一樣，「語音序列」及

1　《詩藪》卷四，上海古籍出版社，1979 年，第 63 頁。
2　《藝苑卮言》卷一，《歷代詩話續編》，中華書局，1983 年，第 961、963 頁。

「意義結構」所需要完成一次輪迴的句數也是八，雖然詩人是憑藉自己「對於形式與法則」的天然直覺選定的四聯八句，但是，我們應該說，「律詩」乃是中國古典詩歌整體結構的最佳範式，因為它使語音與意義的節奏都顯示了錯綜、對稱與和諧。

四、小結：人心與天道的同律搏動

語音序列、意義結構與句型規範的逐漸演進，使中國古典詩歌形成了以「律絕體」為代表的近體形式，也使中國詩成就了它精緻的圖案化語言形式。

就像古代西洋哲人所說，「人們從天鵝和黃鶯等唱歌的鳥那裏學會了唱歌」，中國古典詩歌語言的圖案化結構中所表現出來的錯綜、對稱與和諧的語音節奏並不是一種後天理性設計的產物，而是一種由對天道或宇宙的整體領悟、對生理與心理的內在體驗以及對語言符號的外在把握綜合形成的審美習慣自然選擇的結果。《禮記‧樂記》所謂「凡音之起，由人心生也」這種見解似乎與亞里士多德《詩學》第四章「音調感與節奏感出於我們的天性」如出一轍[1]，都說明了古人的一個固執觀念：「音律所始，本

1　《十三經註疏》，中華書局影印本，1980 年，第 1527 頁。亞里士多德《詩學》，羅念生譯，人民文學出版社，1962 年，第 12 頁。

於人聲音也，聲含宮商，肇自血氣」[1]，在他們心目中，聲調、節奏從來不是與自然、人性對立的東西，所以説：

> 樂由天作。[2]
>
> 夫樂者，天地之體，萬物之性也。[3]
>
> 天地合德，萬物滋生……章為五色，發為五音。[4]

而與天地萬物最基本的構成為「陰」「陽」一樣，聲調最基本的構成就是對立與和諧 —— 與陰陽相匹配的輕重、高低、長短 —— 的變化。

也許，這種節奏來自神祕的天啟，《易·繫辭上》說的「天尊地卑，乾坤定矣，卑高以陳，貴賤位矣，動靜有常，剛柔斷矣」[5]，就是一陰一陽的「道」，《老子》說，「道生一，一生二，二生三，三生萬物」[6]，這「道」中就涵

1　劉勰《文心雕龍·聲律》，《文心雕龍註譯》，人民文學出版社，1983 年，第 364 頁。

2　《禮記·樂記》，《十三經註疏》，中華書局影印本，1980 年，第 1530 頁。

3　阮籍《樂論》，陳伯君《阮籍集校註》，中華書局，1987 年，第 78 頁。

4　嵇康《聲無哀樂論》，《全三國文》卷四十九，《全上古三代秦漢三國六朝文》，中華書局影印本，1962 年，第 1329 頁。

5　《十三經註疏》，第 75—76 頁。

6　《老子》第四十二章，《老子校釋》，中華書局，1984 年，第 174 頁。

蓋了「氣」之一和「陰陽」之二，就像《紅樓夢》中史湘
雲與丫鬟那段有關陰陽的對話中所昭示的，這一陰一陽
的「道」牢籠萬事萬物，無處不在，當然也就包括了聲調
與節奏，同時，它也使得古人心理上習慣於「二元對立」
與「二元統一」，對於任何事物都以一種正反、尊卑、輕
重、抑揚等「二元」的觀念去解釋與接受。於是，對聲調
與節奏也逐漸形成了「二分」的理解與欣賞習慣，並認定
這種由輕重或長短、抑揚分別的語音若能組織成一種既對
稱又和諧的序列，就一定很美妙動人，這讓我們想起畢達
哥拉斯關於「音樂是對立因素的和諧的統一，把雜多導致
統一，把不協調導致協調」的說法 [1]，也讓我們想起《文心
雕龍・聲律》中關於「異音相從謂之『和』，同聲相應謂
之『韻』」的說法，而中國古典詩歌尤其是近體律絕體的
語音序列 —— 甚至也可以包括意義結構 —— 正是「和」
「韻」交錯，即「轆轤交往，逆鱗相比」構成的「和諧的
曲調」。

也許，這種「二元」對立和諧的觀念在中國古代詩
人那裏沉積太深，所以不僅語音序列，就連意義結構與句
型規範，也在詩人的心中與筆下向着對稱與和諧的美學原

則與外形結構靠攏，漸漸形成詩歌的圖案或建築，偏偏漢字又極合適於構造這種「圖案」或「建築」，陳夢家在《新月詩選‧序言》中提到，「中國文字是以單音組成的單字，單字的音調可以別為平仄，所以字句的長度和排列常常是一首詩的節奏的基礎」，但是，他沒有進一步注意到漢字作為詩歌意象的視覺性、自足性及其對於語義構成的意義。漢字的這些特性，使中國詩歌的字詞可以對仗，句型可以整齊，正如葉公超《論新詩》所說的，「西洋詩裏也有均衡與對偶的原則，但他們的文字究竟不如我們來得有效，單音文字的距離比較短，容易呼應，同時在視覺上恐怕也佔些便宜」[1]，它使得中國古典詩歌尤其是近體詩歌終於在語音、意義、句型三方面形成了統一的圖案結構，把輕重、長短、開闔、抑揚、明暗、濃淡、高低，乃至於情景等等不同質的「對立」都糅在了一首詩的語言形式中。正因為如此，在中國古典詩歌語言的圖案化結構中，就顯示出了「人心與天道的同律搏動」。

1　載《文學雜誌》創刊號，1937 年 5 月。

第五章

論典故

—— 中國古典詩歌特殊語詞的分析之一

《紅樓夢》第十八回《皇恩重元妃省父母，天倫樂寶玉呈才藻》中寫到元妃省親，寶玉應命作詩，有「綠玉春猶捲」一句，寶釵一眼瞥見，便勸他改去 ——

寶玉見寶釵如此說，便拭汗說道：「我這會子總想不起什麼典故出處來。」寶釵笑道：「你只把綠玉的玉字改作『蠟』就是了。」寶玉道：「綠蠟可有出處？」寶釵悄悄地咂嘴點頭笑道：「虧你今夜不過如此，將來金殿對策，你大約連趙錢孫李都忘了呢！—— 唐朝韓翃詠芭蕉詩頭一句『冷燭無煙綠蠟乾』都忘了麼？」寶玉聽了，不覺洞開心意……

且不說寶玉膠柱鼓瑟得有些學究氣，也不說寶釵自呈才博地把錢翊的詩張冠李戴地算到了韓翊名下，值得注意的倒是，儘管中國古典詩論裏有那麼多對用典的諷刺貶斥，中國古典詩歌創作中卻依然那麼喜歡用典，而忘了典故居然與忘了《百家姓》能扯到一塊兒，可見得典故在中國古典詩歌中的位置並不像理論家們所説的那麼低。從《文心雕龍·才略》：「自卿（司馬相如）、淵（王褒）已前，多俊才而不課學；雄（揚雄）、向（劉向）以後，頗引書以助文」中[1]，我們可以看出用典有多麼悠久的歷史，從《歲寒堂詩話》卷上「詩以用事為博，始於顏光祿（延年），而極於杜子美（甫）」裏[2]，我們又可以看到詩中用典有多麼大的來頭。而唐代以後，用典成了一種習慣，李商隱的「獺祭魚」、西昆體的「謎子」、黃庭堅的「蒐獵奇書，穿穴異聞」自不必説，就連自稱「學詩須透脱，信手自孤高」的楊萬里，也不時在他滑脱輕快的詩裏暗暗地塞上兩個典故，清人宋長白就揭發過他《越王臺》詩暗用了李賀「一泓海水杯中瀉」，查慎行也抓住了他的《臘梅》詩中「他

1　《文心雕龍註釋》，人民文學出版社，1983 年，第 503 頁。
2　（宋）張戒《歲寒堂詩話》，《歷代詩話續編》，中華書局，1983年，第 452 頁。

楊」來自《漢書・揚雄傳》的把柄[1]。當然，詩好與不好並
不在於用不用典故，李商隱《無題》詩裏堆垛了這許多典
故，但沒有人說它不好，反而爭先恐後地去說解註釋，拿
着放大鏡字字句句地掃描，而楊億、錢惟演的詩「依葫蘆
畫瓢」地學李商隱用典，卻被人罵過來貶過去，說得一個
大錢不值，但為什麼儘管理論家打着「自然」的旗幟極力
地痛斥用典是「羅列」，是「堆砌」，是「晦澀」，是「隔」，
而註釋家們卻總是能釋事忘義似的在人人稱好的詩裏摳出
一個個暗藏的「故實」來，弄得人疑神疑鬼地覺得中國古
典詩裏總是埋伏着些「隱喻」和「象徵」呢？於是，這裏
就生出一個問題來：理論上為什麼總要貶斥用典？而詩人
們為什麼總是愛用典？典故在詩歌中的作用究竟應該怎麼
評價？

　　本章試圖撇開中國傳統文學觀念中對典故的是非評價
而僅僅把它作為一種特殊的詞語來剖析，因此，首先要解
釋的是以下這樣一個「二律背反」式的命題 ——

　　正題：

1　（清）宋長白《柳亭詩話》卷四，（清）查慎行《初白庵詩評》卷
　　下，均引自《楊萬里、范成大資料彙編》，中華書局，1964 年，
　　第 66、71 頁。

作為詩歌語詞的典故，乃是一個個具有哲理或美感內涵的故事的凝聚形態，它被人們反覆使用、加工、轉述，而在這種使用、加工、轉述過程中，它又融攝與積澱了新的意蘊，因此它是一些很有藝術感染力的符號。它用在詩歌裏，能使詩歌在簡練的形式中包容豐富的、多層次的內涵，而且使詩歌顯得精緻、富贍而含蓄。

反題：

這些典故，正因為它有古老的故事及流傳過程中積累的新的意義，所以十分複雜晦澀，就好像裹了一層不溶於任何液體的外殼的藥丸子，藥再好，效果也等於零，因此它是一種沒有藝術感染力的符號。它在詩歌中的鑲嵌，造成了詩句不順暢，不自然，難以理解，因而使詩歌生硬晦澀、雕琢造作。

一、密碼破譯：作者與讀者的文化對應關係

西方人譯中國古典詩，常常碰到的一個頭疼問題，就是詩裏的典故。翻譯吧，等於在裏頭囉囉嗦嗦地加上了一段並不是詩歌本文的話，就好像戲裏的旁白竄入了演員的獨白，註釋變成了正文；不翻譯吧，這裏邊精微玄妙的

意思就生生地被甩開了，就好比買櫝還珠，倒掉了湯藥而去嚼那熬成了木屑似的藥渣。一個英國漢學家葛瑞漢曾試圖採取一種不負責任的辦法，認為「用一條註釋來耽誤讀者的時間，還不如讓它匆匆走過去為好」[1]，但另一個很負責任的 A. 韋萊卻主張儘量不要去惹那些有典故的詩，雖然他的態度與葛瑞漢相反，理由卻是一樣的，因為這種詩「等讀者看明白了應有的註釋之後，他也許已經沒有讀詩的興趣了，對他們來說，這時詩已不再是詩，而是一篇考據論文了」[2]。這裏，兩種語言互譯中的典故就如同密碼，文化的隔閡使翻譯家如同找不到密碼的情報官，眼睜睜地看着它，卻不知所措。

　　語言不僅僅是溝通人際的橋梁，有時候也會成為阻隔交流的障礙。對於具有相同語言的人來說，就好比面對面拉手一樣，交流與理解都那麼容易；而對於語言不同的人來說，就好比面對面卻隔了一層性能極好的透明隔音壁，任你在那邊手舞足蹈興奮不已地連說帶唱，我這邊卻視而不聞，莫名其妙，似乎在觀看一齣奇怪的默劇。而且，語言的隔閡還不僅僅在民族之間起作用，就是在一個民族

1　參見《中國詩的翻譯》，載《比較文學譯文集》，北京大學出版社，1982 年，第 233 頁。

2　A.Waley: *Yuan Mei: Eighteenth Century Chinese Poet*.（Allen & Unwin. 1956）p.105.

內，由於歷史的、階層的、個人的文化差異，也會給人帶來麻煩。中唐人覺得《尚書》「佶屈聱牙」，今天人讀中唐人樊宗師的《蜀綿州越王樓詩序》和軒轅彌明的「龍頭縮菌蠢，豕腹漲彭亨」[1]，大概也覺得「晦澀難通」，賈寶玉聽不懂焦大嘴裏脫口而出的「扒灰」，而焦大也未必能懂寶二爺和姑娘們哼哼唧唧的詩詞。而典故既有着古老的歷史，又常常被濃縮成幾個字，它的「密碼性」也就更厲害。不要說現代人，就連古人也常常被攪得糊裏糊塗，像宋代人陳元龍註宋代人周邦彥的〔瑣窗寒〕「故人剪燭西窗語」，就把這個出自李商隱《夜雨寄北》的故實誤算到了溫庭筠《舞衣曲》「回鸞笑語西窗客」頭上，把一腔惆悵變成了一團歡喜[2]。而善於考據的清代人陶澍在註釋陶淵明《飲酒》之十六「孟公不在茲，終以翳吾情」時，也把《後漢書·蘇竟傳》中「善識人」的劉龔（孟公）誤成了西漢那個大吃大喝的陳遵（孟公），把陶淵明的無知己之歎當成了怨窮叫苦[3]。在西方也同樣如此，沃爾夫岡·凱塞爾的《語言的藝術作品》中曾列舉了德國詩人龔特與葡萄

1　韓愈《石鼎聯句詩序》，《全唐文》卷五五六，上海古籍出版社影印本，1990 年。

2　參見陳元龍《詳註周美成片玉集》卷一，江蘇廣陵古籍刊印社，1980 年。

3　《靖節先生集註》卷三，文學古籍刊行社，1956 年，第 32 頁。

牙詩人波卡格的兩首詩説：

> 近代的讀者不明白，為什麼龔特剛好要把棕樹放進他的徽號中⋯⋯為什麼在波卡格的詩中棕樹經常是一種不平常的樹。[1]

原來，在西方「標誌學」裏，棕樹是忠實的象徵，那麼，對於已經不懂「標誌學」的近代西方人以及更不懂「標誌學」的東方人來説，這「棕樹」便成了閲讀的障礙，他們讀到「棕樹」這個詞時的感受，只不過是在視境中出現了一棵綠色的樹而已，因此，龔特所謂「棕樹支持着兩個船錨」的詩句便成了一幅古怪的圖畫，而波卡格對棕樹傾訴，也可能就在東方人的腦熒屏中變成了董永與七仙女請老槐樹裁決命運式的神話。

但是，隔閡有時也會是通道。正如上了鎖的房門對外人是一道內外隔開的牆，而對房主人卻是進出的坦途一樣，當人們對禪宗那些古裏古怪似瘋似癲的公案感到大惑不解的時候，禪僧們卻覺得它們「像雞抱卵，如貓捕鼠，

1　《語言的藝術作品》（中譯本），陳銓譯，上海譯文出版社，1984年，第 86 頁。

如飢思食，如渴思飲」那麼自然[1]，上面我們所引的沃爾夫岡·凱塞爾《語言的藝術作品》在談及「標誌」時也説：「巴洛克時代的詩人們和有文化教養的觀眾都深刻地熟悉標誌學，在文藝作品中每一個相應的暗示大家都理解。」同樣，李商隱那些在今人看來典故成堆的詩歌，在當時並沒有什麼人覺得它晦澀難懂，據説唐彥謙學他，學的也只是「清峭感愴」，宋初楊億等人甚至認為他的詩「包蘊密微」之外，還「演繹平暢」；而楊億、錢惟演、劉筠等人學李商隱在詩裏堆垛典故，當時也曾贏得「學者爭慕，得其格者，蔚為佳詠」[2]，連歐陽修也曾説過他們的某些詩「雖用故事，何害為佳句也」[3]。而蘇軾、王安石等人更是用典老手，如王安石「一水護田將綠去，兩山排闥送青來」與「周顒宅在阿蘭若，婁約身隨窣堵波」，不僅成雙成對地用，而且還漢典故對漢典故、梵名詞對梵名詞，而有人在稱讚他「用法甚嚴，尤精用對偶」之外，還稱讚他的典故用來「不覺拘窘卑凡」[4]；至於以「點鐵成金」「奪胎換骨」

1　曹溪退隱《禪家龜鑒》，《續藏經》第二編十七套第五冊，商務印書館影印本。

2　（宋）葛立方《韻語陽秋》卷二，《歷代詩話》，中華書局，1981年，第 499 頁。

3　《六一詩話》，《歷代詩話》，第 270 頁。

4　（宋）葉夢得《石林詩話》卷中，《歷代詩話》，第 422 頁。

聞名的黃庭堅詩裏，典故就更多了，可是當時也有人說他的詩「妙脫蹊徑，言謀鬼神，唯胸中無一點塵，故能吐出世間語」[1]，好像那些詞語都是他自己肺腑中流出來的似的，而後來更有人痛斥那些攻擊黃庭堅用典過多的人，說「其用事深密，雜以儒、佛、虞初、稗官之說，雋永鴻寶之書，牢寵漁獵，取諸左右，後生晚學，此祕未睹，夫古事非出僻書掌錄，亦非難事，何祕之有乎？」[2]意思就是你說人家黃庭堅花裏胡哨地引書用典，害得人如看天書，實際上只不過是你自己讀書讀得太少而已。

顯而易見，典故作為一種藝術符號，它的通暢與晦澀、平易與艱深，僅僅取決於作者與讀者的文化對應關係。英國著名的文學批評家 I.A. 瑞恰慈曾強調詩歌的技術定義是——

合格的讀者在細讀詩句時所感受的經驗。[3]

---

1 （宋）胡仔《苕溪漁隱叢話》後集卷三十三引蔡絛語，人民文學出版社，1981 年，第 257 頁。
2 （清）翁方綱《復初齋文集》卷二十九《跋山谷手錄雜事墨跡》，轉引自《黃庭堅和江西詩派卷》，中華書局，1978 年，第 300 頁。
3 參見《西方現代文學理論的概述與比較》，湖南文藝出版社，1986 年，第 72 頁。

所謂「合格的讀者」，正是指那些與作者的時代、民族、文化素養及興趣相近似的欣賞者，即使這些欣賞者在這幾方面與作者相差很遠，但至少他們也必須熟悉詩歌中這些典故的來源、「動機史」以及它所擁有的表層涵義、深層涵義與象徵涵義。西方學者把這種知識結構稱為文學的「認知能力系統」（competence system），如果不具備這種能力，就往往會忽視典故所包容的隱含意味而導致對詩意理解的淺薄。比如李商隱《華清宮》一詩：

華清恩幸古無倫，猶恐蛾眉不勝人。未免被他褒女笑，只教天子暫蒙塵。

在熟悉這些典故的人看來，這首詩十分「淺近」，但如果說是一個現代讀者，除了每個詞的「字典意義」之外，還必須瞭解：

1.「華清恩幸」的故事內容；「褒女」的故事內容；周幽王寵褒姒的故事內容；玄宗於安史之亂時幸蜀的故事內容。

2. 褒姒「笑」楊貴妃的意義。

3. 用「笑」造成的反諷意味。

　　此外，如果作為一個「合格的讀者」，恐怕還得對中晚唐的歷史環境、當時出現的眾多詠華清宮、楊貴妃的詩歌等等有一定的知識。相反，如果上述條件不能具備，那麼，這些典故就構成了作者與讀者之間的隔閡。

　　中國古代詩詞中的典故有一個非常顯著的特點，即它們主要來自古代典籍，而中國古代詩人使用典故時又有一種非常普遍的現象，即不僅用來增加詩的內涵，而且用來炫耀自己的博學。那個日本和尚遍照金剛就發現了一個訣竅，《文鏡祕府論》南卷《論文意》中就說：「凡作詩之人，皆自抄古今詩語精妙之處，名曰『隨身卷子』，以防苦思。」這恐怕是當時的一種風氣，他的這本書末尾的所謂《帝德錄》，開列了種種古帝王名號及種種歌頌古帝王的典故，大約就是一個「隨身卷子」[1]。傳說李商隱作詩文「多簡閱書冊，左右鱗次，號獺祭魚[2]，而黃庭堅則抄錄了各種漢晉間雜事以備詩用，並「紅筆塗乙點識」[3]，唐庚則公開聲稱「凡作詩平居須收拾詩材以備用」[4]，因此，對於

1　《文鏡祕府論》，人民文學出版社，1980 年，第 132、237 頁。
2　（宋）楊億口述，（宋）黃鑒筆錄，（宋）宋庠整理《楊文公談苑》，上海古籍出版社，1993 年，第 23 頁。
3　（清）翁方綱《復初齋文集》卷二十九《跋山谷手錄雜事墨跡》，轉引自《黃庭堅和江西詩派卷》，中華書局，1978 年，第 300 頁。
4　（宋）胡仔《苕溪漁隱叢話》前集卷三十五，人民文學出版社，1981 年，第 283 頁。

與古代文獻久違了的現代人與讀古書少的古代人來說，這些來自古代典冊的典故無疑會使他們覺得陌生。德國現代哲學家 J. 哈貝馬斯說：「（人們）只能在特定範圍內明確地把握一個意義複合體」[1]，這裏所謂「特定範圍」，既包括海德格爾所說的「前理解」——即來自歷史傳統與語法規則「前給定」了的「語境」——又包括一個時代語言的文化的習慣，前者是對當時人理解當時詩歌的限制，它使詩人與讀者都必須按照當代的「溝通人與人共存關係的邏輯與心理」法則來使用與理解典故，而後者則迫使後代的讀者拋開自己的習慣而上溯過去時代人的語言與文化習慣。對於前者，由於文化對應關係的「對等性」，典故常常是一粒糖衣片，入口即化，並不覺得其晦澀；而對於後者來說，典故則往往是一顆核桃，不費力氣砸碎外殼就吃不到裏頭的肉。

二、典故與詩的視境：中斷與連續

一般說來，中國詩，尤其是山水詩乃是一幅幅「以文字構成的圖像」（a picture made out words）的有意味的綴合。漢字形、聲、意兼備的特殊性 —— 費諾羅薩與龐德曾歪打正着地描述過的 —— 使得它作為詩歌意象具

---

1 《解釋學要求普遍適用》，高地中譯，載《哲學譯叢》1986 年第 3 期。

有視覺與聽覺的直接可感度，因此，讀詩的人在接觸這些
文字的時候，腦熒屏出現的不是文字，而是直接出現了一
組組連續不斷的流動圖像，在這組圖像的依次流動中，它
所伴生的情感內核也隨之凸現，而詩的韻律及內部節奏又
調節與控制着這些意象的流動頻率。這種象、意、節奏乃
是融於一體的，它們共同構成視境流動與心理快感。

試讀一首王維的《終南山》：

太乙近天都，連山接海隅。白雲回望合，青靄入
看無。分野中峰變，陰晴眾壑殊。欲投人處宿，隔水問
樵夫。

第一、二句是說終南山氣勢磅礴，從關中一直延綿到海
角（這當然是誇張的說法），三、四句說終南山白雲繚
繞，青煙明滅，變幻莫測，五、六句寫山的廣袤，陰晴明
暗各異，七、八句則寫入山中與樵夫隔水相問，欲投人
家住宿。在這首詩裏，遠的仰視 —— 遠的俯瞰 —— 回頭
近視 —— 入內回望 —— 從中峰上兩側分視 —— 從中峰
上四周環顧 —— 深入山中近看，讀者可以隨着詩人的視
境變化而在腦熒屏上浮現一幅又一幅連綿的圖畫，就好比
連續不斷地觀看電影一樣，而且詩的節奏也隨着圖像開闊
變化，清晰而明快，流暢而自然。再如李商隱的《夜雨寄

北》，「君問歸期未有期，巴山夜雨漲秋池。何當共剪西窗燭，卻話巴山夜雨時」，由「巴山夜雨」（實景）──「剪燭西窗」（想像的虛景）──「巴山夜雨」（想像中虛景的虛景）三個層次連綴起一個環形的動態畫面，儘管它如連環套似的虛虛實實，實實虛虛，但它在詩人構思中的脈絡卻準確而流暢地傳到了讀者的視境中，形成了流動不滯的圖景，而其中的悵惘、希望、悵惘的情緒變化，也隨着視境的展開與深入傳到了讀者的心中。即使在一句之中，這種視境的連續也是不可少的，如蘇軾《六月二十七日望湖樓醉書》頭一句：

　　黑雲 ── 翻墨 ── 未 ── 遮山。

在讀者的視境中立刻凸現出的就是烏雲、烏雲翻滾、（未）遮住山頭這樣一幅連續呈現的動態畫面。這種節奏流暢的視境依次呈現 ── 尤其是全詩引起的連續流動的視覺呈現 ── 在引起讀者心理快感上是必不可少的。如果說，看電影正看到賞心悅目時突然燈光大亮，屏幕上打出「片子未來，請稍候」，或者吃飯吃得正香時忽然來個石頭硌牙，必然令人大為掃興。朱光潛先生《談美書簡》在論及節奏感時說，「人用他的感覺器官和運動器官去應付審美對象時，如果對象所表現的節奏符合生理的自然節奏，人

就感到和諧和愉快，否則就感到『拗』或『失調』，就不愉快」[1]，事實上讀詩也是如此，視境有節奏地連續，就令人感到自然、輕鬆，就容易「神入」詩境，而視覺突然中斷或節奏被突然打亂，則令人感到彆扭、難受，也就無法很舒適地進入境界。正如美國美學家魯道夫·阿恩海姆所說的那樣：「如果我們把一個靜止的鏡頭插入到影片的連續系列中，它就會呈現出一種呆板僵化的姿態。」[2]

由於作者與讀者之間文化對應關係的差異，典故便常常造成了讀者讀詩時的「視境中斷」，王國維《人間詞話》曾指出「詞最忌用代字」，並舉出周邦彥〔解語花〕「桂華流瓦」為例。月光照在瓦上如流動的水，本是一種極美的景，但「桂華」一詞，便使人視境中斷，人們必須從「桂華」二字中想到月中桂樹，再從月中桂樹轉到月光，這樣節奏就被迫暫時中止了，王國維把它稱為「隔」[3]。又比如李賀《感諷五首》之二中有四句：

都門賈生墓，青蠅久斷絕。寒食搖楊天，憤景長蕭殺。

---

1 《談美書簡》，人民文學出版社，2005 年，第 47 頁。

2 《藝術與視知覺》（中譯本）第八章，滕守堯、朱疆源譯，中國社會科學出版社，1984 年，第 528 頁。

3 王國維《人間詞話》，滕咸惠《人間詞話新註》，齊魯書社，1981年，第 13 頁。

在「合格的讀者」的腦海裏，依次呈現的是郊外 —— 賈
誼墓 —— 無人憑弔（荒草衰颯）—— 清明時節白楊卻在風
中搖曳 —— 一種悲憤的情緒、一種蕭殺的情景，人們可
以由此而聯想到賈誼墓前過去曾有過絡繹不絕的憑弔者與
連綿不斷的香煙，而如今卻冷落荒疏，就是踏青掃墓的時
候，也那麼冷冷清清，因而引發一種久遠的惆悵。然而，
在並不具備這種「認知能力系統」的讀者那裏，「青蠅」
這個典故便使得中間斷開了，賈誼墓 —— ？ —— 搖曳的
白楊 —— 悲憤與蕭殺的感覺，缺少了這個中介環節，不
僅大大降低了詩歌的整體可感性，造成了節奏失調，甚至
連詩意都會被誤解。像那個清代最博學的註釋家王琦，就
把「青蠅」按照《詩・小雅・青蠅》的意思理解為「讒譖
之人」，「青蠅久斷絕」就變成了「昔時譖言之人亦歸烏
有」這種大快人心的好事，但既然是好事又何必「憤」，
何必「蕭殺」，於是王琦只好硬着頭皮把它扭成「蓋妒能
嫉賢雖只在一時，而千載之下猶令人恨恨而不能釋」，因
此李賀對今世的感慨變成了替古人生氣[1]。其實，「青蠅」
也可以作「憑弔者」的代稱，《三國志・虞翻傳》註引《別
傳》中有一段虞翻自歎放逐的話說：「生無可與語，死與

1　王琦《李長吉歌詩彙解》卷二，《李賀詩歌集註》，上海古籍出版
　　社，1978 年，第 157 頁。

青蠅為弔客」，與李賀同時的劉禹錫《遙傷丘中丞》詩中
就有「何人為弔客，唯是有青蠅」。賈誼墓前空無一人，
不免令人惆悵感憤，這樣才能與下兩句連綴為一個感傷的
「意象流」。而在寫景的詩中，這種視境中斷的惡果就更
明顯，如王安石的兩句詩：

　　蕭蕭搏黍聲中日，漠漠春鉏影外天。

「蕭蕭」是鳥聲，「搏黍」是黃鸝，「聲中日」暗示夏天黃
鸝在陽光（色）下鳴叫（聲），「漠漠」是朦朧貌，「春鉏」
是鷺鷥，「影外天」是指天邊（靜）朦朦朧朧映着鷺鷥飛
過的影子（動），本來這兩句不失為一組聲色俱佳、動靜
相生的好詩句，但「搏黍」和「春鉏」橫互其中，本來節
奏流暢的視境被攪得七零八落，於是讀者興趣全失。杜甫
同樣兩句詩：「兩個黃鸝鳴翠柳，一行白鷺上青天」，視
覺聽覺效果何等清晰流暢！假若改作「兩個搏黍鳴翠柳，
一行春鉏上青天」，那麼這首詩也就不會引起那麼多人的
興致了。

　　但是，在熟悉典故的那些讀者的眼裏，這種
「隔」——「視境中斷」便不存在了。在他們讀詩時，這些
深奧而有來頭的典故並沒有給他們帶來困惑而只是給他們
帶來了更多的遐想，這種遐想所引起的暫時停頓，並不是

錄音機突然斷電式的中止而是交響樂曲譜中有意識的暫時休止符號，這短暫的休止實際上成了一種更深刻、微妙的連續，阿恩海姆說：「由聲音突然的中止所產生的那種死寂的靜止與充滿着生機的安靜之間是有很大區別的。」[1]

　　前者是節奏的打亂而後者是節奏的延綿，具有「認知能力」的讀者讀到這種用典的詩句時，他在瞬間裏就理解了典故的涵義，如《漫叟詩話》曾引過蘇軾《招持服人遊湖不赴》「卻憶呼盧袁彥道，難邀罵座灌將軍」與《柳氏求字答》「君家自有元和腳，莫壓家雞更問人」兩聯，在一般讀者看來，「呼盧」「罵座」「元和腳」等典故無疑很費解，但詩話作者讀來卻覺得「顯而易讀，又切當」，是「天然」的「奇作」[2]。再進一步，他又能從中更多地體會到典故在詩中的象徵意義與感情色彩，並由典故為聯想的契機，在腦熒屏上浮現出典故的原型故事及用過這一典故的詩句，這樣，詩句的內涵頓時便豐富了許多，層次也增加了不少。這種詩歌語言現象，西方新批評派文論家阿倫・泰特（A. Tate）稱之為「張力」（tension），它藉助讀者的知識，使一個意象的外延（extension）與內涵（intension）迅

1　《藝術與視知覺》（中譯本）第八章，滕守堯、朱疆源譯，中國社會科學出版社，1984年，第528頁。

2　郭紹虞《宋詩話輯佚》上冊，中華書局，1980年，第363頁。

速膨脹，而在宋人楊億看來，就叫「味無窮而炙愈出，鉆彌堅而酌不竭」[1]，換句話說，就是典故像個橄欖，入口之初不覺如何，但越嚼就越有味兒，或者說詩中用典如造院「借景」，園內只有曲欄池水，但藉着遊人的目光，卻使遠山、藍天、飛鳥都齊匯小院，使小園平添了許多景致。如黃庭堅《去歲和元翁重到雙澗寺觀》中有兩句：

> 安得一廛吾欲老，君聽莊舄病時吟。

在知曉「莊舄」典故的人讀來，不僅能迅速地反應出「莊舄病吟」指的是越國「鄙細人」莊舄儘管在楚國當了大官，但在病中卻依然思念故國，吟其越聲的故事，而且進一步體會了黃庭堅在詩句中所表達的一種隱逸之情。如果他能從「莊舄病時吟」中再聯想到王粲《登樓賦》「莊舄顯而越吟」中對世事滄桑表現出的一種悲愴，聯想到杜甫《西閣二首》之一「功名不早立，衰疾謝知音，哀世非王粲，終然學越吟」中對個人理想表現出的一種惆悵，聯想到楊億《屬疾》「支頤動越謳」中那種沉思傷感，聯想到蘇軾《次韻定國見寄》「越吟知聽否，誰念病莊舄」中那種孤獨凄清，那麼，在這二句詩中，他就能夠感受到凄

1　《韻語陽秋》卷二，《歷代詩話》，中華書局，1981 年，第 499 頁。

涼、悵惘、孤獨、悲哀等各種心境及人生易老、宇宙永恆、頤養天年、退守淡泊等各種思想。C.G. 榮格説過：「一個符號一旦達到能清晰地解釋的程度，其魔力就會消失」[1]，在這個意義上説，典故這種藝術符號恰恰是有「魔力」的，在「合格的讀者」面前，它已不再包裹着生澀堅硬的外殼而呈露了它的內核，而它的原型及其使用史又引起了一連串的聯想，使它具有了極大的「張力」，因此，堅硬變成了耐嚼，深藏變成了含蓄，晦澀變成了朦朧，中斷的視境不但得到了連續，而且還從它那裏重重疊疊、枝枝椏椏地伸展開去，就像「曲徑通幽」一樣，轉過照壁，裏邊又有一番天地。明人陸時雍説得好：「詩有難易，難之奇，有曲澗層巒之致，易之妙，有舒雲流水之情。」[2] 在「合格的讀者」面前，用典的詩便既有「舒雲流水」的節奏，又有「曲澗層巒」的意境了。

三、用典方式：表達意義與傳遞感受

「用故實組織成詩」，是明人屠隆對宋詩的批評[3]，不

1　《心理類型》，轉引自滕守堯《審美心理描述》，中國社會科學出版社，1985年，第231頁。

2　（明）陸時雍《詩鏡總論》，《歷代詩話續編》，中華書局，1983年，第1418頁。

3　（明）屠隆《由拳集》卷二十三《文論》，清初刻本。

過，據他説用故實組織就只能作散文而不能作詩，這就令
人懷疑在這種正確批評的背後有一種並不那麼正確的結
論，這好比説用肉辦的是宴席而用魚辦的就不叫宴席。普
通的詞彙與特殊的典故都是意象，都是符號，為什麼這個
符號可以組織成詩而那個符號卻不能組織成詩呢？如果按
照羅曼‧雅各布森（R. Jakobson）和賈恩‧穆卡羅夫斯
基（J. Mukaĭovsky）等形式主義文論家的説法，恰恰是
這些「陌生化」的語言「對普通語言有組織的違反」才成
為詩歌語言呢[1]！李商隱的詩用典極多，像《錦瑟》八句中
三、四、五、六句都是典故，又有誰能説它不像詩呢？還
是明代王世懋《藝圃擷餘》説得公允：「病不在故事，顧
所以用之如何耳。」[2]正好比肉也罷，魚也罷，一經高明的
廚師之手，便是花團錦簇的佳餚，而叫愚笨的主婦經手，
則無論如何上不了臺盤。

關於用典方式，古人有各種各樣的説法。用典「不可
著跡，只使影子可也」[3]，就是説要把典故「藏」在詩裏，

1　關於「陌生化」參看張隆溪《二十世紀西方文論述評》，三聯書店，
　　1986 年，第 75—76 頁的介紹。又，維塞《俄國形式主義》的介
　　紹，載《當代西方文學理論導引》，四川文藝出版社，1986 年，
　　第 4 頁。
2　《藝圃擷餘》，《歷代詩話》，中華書局，1981 年，第 775 頁。
3　（元）楊載《詩法家數》，《歷代詩話》，第 728 頁。

如「水中着鹽」似的找也找不着[1]，這是一種；用典要「僻事實用，熟事虛用」[2]，就是説怕讀者看不懂，所以太生僻的要到前臺去亮出底牌，而熟人熟客只需在大幕後面喊一嗓子，這又是一種；「《事文類聚》事不可用，多宋事也；又不可用俚語偏方之言，摘用《史記》《漢書》《東漢書》《新舊唐書》《晉書》字樣，集成聯對」[3]，就是説用典要高雅正派，免得人家讀了覺得你淺薄油滑，這又是一種。這些説法大概都不得要領，典故本來就是隱晦曲折的符號，再使個隱身術躲起來，就好像悶悶上套鎖，化了妝再戴面具，越發地顯出難解；僻事實用，熟事虛用當然能讓人明白些，但對詩本身的藝術感染力與美感內涵並沒有任何增益；用典要古雅固然不錯，但充其量也就是使人覺得作者衣冠楚楚、正襟危坐而不是不修邊幅、衣衫襤褸，並沒有使詩多出幾許魅力，反而有讓人感到冬烘酸腐的危險。

關鍵並不在這裏。我們不妨挑一些例子來分析古詩用典的類型。

1　（宋）魏慶之《詩人玉屑》卷七，上海古籍出版社，1978 年，第 148 頁。據説是杜甫的話，這當然靠不住。又，（宋）葉夢得《石林詩話》卷上也説，用典故要做到「事詞合一，莫見其安排斫湊之跡」，《歷代詩話》，第 413 頁。

2　（元）楊載《詩法家數》，《歷代詩話》，第 728 頁。

3　（元）范德機《木天禁語》，《歷代詩話》，第 750 頁。

　　王國維所批評的「桂華」「紅雨」以及我們上面所舉
的「搏黍」「春鉏」等，大體都是一種「替代性」的用典
方式。也就是說，它們就像代數公式中可以「代入」方程
的 x, y, z，「桂華」＝「月」，「紅雨」＝「桃」，「搏黍」＝
「黃鸝」，「春鉏」＝「鷺鷥」，雖然換了個面孔，但實際
意義完全相同，內涵外延沒有絲毫擴大或縮小，充其量，
這種用典方式只是一種最低層次的「借喻」，《木天禁語》
說借喻是「詠婦人者，必借花為喻，詠花者，必借婦人為
喻」，這是何等拙劣的手法[1]，它對於詩歌的情、意、境都
沒有多少意義。

　　再看一首《西昆酬唱集》卷上中劉筠的《舊將》：

　　丈八蛇矛戰血乾，子孫今已列材官。青煙碧瓦開新
第，白草黃雲廢舊壇。勞薄可甘先藺舌，爵高還許戴劉
冠。秋來從獵長楊榭，矍鑠猶能一據鞍。

後四句除「長楊榭」是一個「替代性」典故外，「甘藺舌」
「戴劉冠」與「矍鑠據鞍」分別是以廉頗（《史記·廉頗藺
相如列傳》）、漢代劉氏所戴象徵王侯地位的冠（《漢書

1　（元）范德機《木天禁語》，《歷代詩話》，中華書局，1981年，
　　第748頁。

‧高帝紀》）、劉向年老而能試馬請纓（《東觀漢記》）三個故事來表達功勞大、官爵高、不服老而精神抖擻等三個意義，除此而外，並沒有其他含義。因此，雖然這種用典方式比「替代性」用典方式多了那麼一點含蓄，多了那麼一層委婉，多了那麼一些故事，但依然只是一種表達具體的明確的意義的形式。古詩用典的絕大部分，如以「甕邊吏部」表達嗜酒爛醉之人（語出《世說新語‧任誕》，見黃庭堅《送酒與畢大夫》），以「王祥臥冰」表達孝順的行為或人（語出《蒐神記》卷十一，見柳宗元《獻弘農公五十韻》），以「班姬詠扇」表達失寵的哀怨（語出《怨歌行‧序》，見劉筠《代意》）等等，大體都是這一類型。明人朱承爵《存餘堂詩話》曾痛斥「孫康映雪寒窗下，車胤收螢敗絮中」二句道：「事非不核，對非不工，惡是何言也！」[1]正是因為這種用典於詩的意境無補，用西方文論家的術語來說，就是沒有增加語言的「張力」。J. 浮爾茲《亞里斯托斯》說：

　　科學 —— 就其字面意義而言，是不惜任何代價的精確，詩歌 —— 則是不惜任何代價的包攬。[2]

1　見《歷代詩話》，中華書局，1981 年，第 792 頁。
2　《英國作家論文學》（中譯本），呂國軍譯，三聯書店，1983 年，第 560 頁。

但是，這種把古人的故事翻個個兒濃縮成幾個字來指代或表達某種意義的用典方式，並沒有使詩歌語言產生實質性的「包攬」即內涵放大，換個角度說，就是在讀者心中，它的「效應」只不過是傳達了某種明確的意義，指代性的典故甚至可以與被指代的詞劃等號，而表達意義的用典方式雖然在幾個字中包容了一個故事及這個故事的指代意義，但也未能使它本身具有更大的融攝性，正如王安石所說，「蓋皆取其與題合者類之，如此乃是編事，雖工何益！」[1]因此，它的「精確性」是可以解析清楚的，西方文論家 H. 弗蘭克所謂中國詩歌語言的「兩端開放」（openendedness）特點，恰恰在這種用典方式中消失殆盡。

然而，有一種藉典故來傳遞感受的方式卻提供了成功的用典經驗。

宋人魏慶之在《詩人玉屑》卷七中說，「有意用事，有語用事」[2]，所謂「語用事」即我們上面所說的「表達意義」的用典方式，它的功能是普通語言學的；但「意用事」則不同，它的功能是詩歌語言學的。這些典故在詩歌中傳遞的不是某種要告訴讀者的具體意義，而是一種內心的感受，這種感受也許是古往今來的人們在人生中都會體驗到

1　見《宋詩話輯佚》下冊，中華書局，1980 年，第 419 頁。
2　《詩人玉屑》卷七，上海古籍出版社，1978 年，第 147 頁。

的，古人體驗到了，留下了故事，凝聚為典故，今人體驗
到了，想到了典故，這是古今人心靈的共鳴，於是典故便
被用在詩中。這樣，典故的色彩與整個詩的色彩，典故的
情感與整個詩的情感便達到了協調，典故也因此成為詩歌
語言結構的有機部分而「淡化」了本身的「特殊性」。所
以，既不能把它從詩歌中分解出來，也不能用其他意象去
「置換」。

我們仍以李商隱《錦瑟》中的四句為例：

> 莊生曉夢迷蝴蝶，望帝春心託杜鵑。
> 滄海月明珠有淚，藍田日暖玉生煙。

「莊生曉夢迷蝴蝶」用的是《莊子‧齊物論》中的故事，
莊子夢中幻化為「栩栩然蝴蝶」，十分愉快與自由，忘記
了自己是莊子，但突然夢醒，才驚覺了自己是人，他恍然
迷惘，「不知周之夢為蝴蝶與？蝴蝶之夢為周與？」這裏
隱含的，是莊子對人生的困惑，究竟人世間是真實，還是
夢幻是真實？真實的世界裏為什麼人負荷了那麼多痛苦而
夢幻的世界中為什麼卻有着那麼多的自由？因此，「夢蝶」
中傳遞的是人生體驗的「迷惘」。「望帝春心託杜鵑」用
的是《華陽國志》裏的故事，望帝本是蜀王，後來讓位給
他人，自己在西山修道，後來化為杜鵑鳥，到春天便悲鳴

不已，據說一直要到啼出血來才甘休。鮑照《擬行路難》
云：「中有一鳥名杜鵑，言是古時蜀帝魂，聲音哀苦鳴不
息，羽毛憔悴似人髠」；杜甫《杜鵑》云：「杜鵑暮春至，
哀哀叫其間，我見常再拜，重是古帝魂」；雍陶《聞杜鵑
二首》之二云：「蜀客春城聞蜀鳥，思歸聲引未歸心」；
白居易《琵琶行》云：「其間且暮聞何物，杜鵑啼血猿哀
鳴」。在輾轉的引述、使用中，「望帝杜鵑」逐漸包孕了
一種人生無歸宿似的失落心情，一種苦苦追索卻毫無結果
似的悲涼感受。「滄海月明珠有淚」用的是《博物志》卷
九鮫人泣珠的故事，在這裏，李商隱只是取了「泣淚」來
傳遞一種傷感的情緒，本來珍珠就是鮫人泣的淚，而這裏
卻珠亦有淚，淚中有淚，飽含了無限的哀怨。「藍田日暖
玉生煙」，這個典故的原型已經不太清楚了，《漢書·地
理志》說「藍田山出美玉」，中唐詩人戴叔倫曾說「詩家
之景如藍田日暖，良玉生煙，可望而不可置於眉睫之前
也」[1]，大致說的是一種迷茫朦朧的景色，在李商隱的這首
詩中，則傳遞了一種迷茫朦朧的情緒。這樣，四句詩便傳
達了這樣一些內心感受：迷惘、悲涼、傷感、恍惚，合起
來便烘托出一種不可名狀的朦朧「情緒」，於是，它與開

1　（唐）司空圖《與極浦書》引，《全唐文》卷八〇七，上海古籍出版
　　社影印本，1990年，第762頁。

首兩句「錦瑟無端五十絃，一絃一柱憶華年」中的「無端」，末尾兩句「此情可待成追憶，只是當時已惘然」中的「惘然」交相共鳴，構築起整首詩的「情感氛圍」，讀者一讀到它，便被這種「情感氛圍」籠罩了心靈，感受到了詩人的心境，絲毫也不覺得典故在那裏造成任何隔閡或屏障，因為它們已經融入到情感氛圍中去了。至於典故具體表達什麼，沒有必要去管它，它也許什麼具體意義也不表達，只傳遞一種感受，一種「追憶華年」時的感受。梁啟超說過，《錦瑟》等詩講什麼，他根本不明白，「拆開一句一句叫我解釋，我連文義也解不出來，但我覺得它美，讀起來令我精神上得到一種新鮮的愉快」[1]，這就夠了！詩歌並不是包裝在商品外面的「說明書」，也不是小學生的語文教科書，它的意義並不是要具體地告訴人們什麼，而只是以情以意來感動人的心靈，因此，這種傳遞感受的用典方式，應該說是一種獨特而有效的詩歌語言手段。試以同樣用「莊生夢蝶」「望帝杜鵑」來表達具體意義的詩來比較，李中《暮春吟懷寄姚端先輩》：

莊夢斷時燈欲燼，蜀魂啼處酒初醒。

1　梁啟超《中國韻文裏頭所表現的情感》，《飲冰室合集》第四冊，中華書局，1989 年，第 120 頁。

雖然它與《錦瑟》三四兩句用的是同樣的典故，但這裏只
是用「莊夢」來指代「夢」，用「蜀魂」來指代「鳥」。
儘管這兩個典故本身所容納的情感內涵也許能使讀者想到
些什麼，但畢竟它們表達的是兩個具體的明確的事物，因
此比起《錦瑟》來就遜色多了。再如陸游《遣興》：

聽盡啼鶯春欲去，驚回夢蝶醉初醒。

其中雖然也有些傷春追懷之意，但是，全詩以及這兩句詩
卻在整體上缺乏一個與典故情感內涵交融互映的「情緒氛
圍」，而且它的具體意義過分地凸現 ——「春欲去」的季
節性及「醉初醒」的人的狀態 —— 因此，典故便顯得孤
立，又變成了具體意義的表達性詞彙了。

　　當然，傳遞感受的用典方式在選擇典故上有極大的限
制性，即特指典故不能用（如「二千石」「三公」等），
因為它過分明確的指代性不可能使它有「張力」；無特殊
情感內涵的常用故事不宜用（如「約法三章」「召公棠政」
「大筆如椽」），因為沒有感情與哲理內涵的典故不能引起
心靈的「共鳴」，所用的典故必須是下面這樣的：

　　　　—— 字面有一定的視覺美感，如「孤鸞舞鏡」「秋風
鱸膾」「琴高控鯉」等；

　　　　—— 故事有一定的情感色彩，如「蘇門長嘯」的孤

高曠憤，「對牀夜語」的閑適怡樂，「劉阮天台」的喜悅嚮往等；

　　——最好是典故中包含了古往今來人類共同關心與憂慮的「原型」，比如生命、愛情、人與自然、人與自我等，因為它們才最具有「震撼我們內心最深處」的力量。這樣，才能夠使古人的故事與我們的故事水乳交融地溶合在一起，才可以使讀者感到格外酣暢淋漓，因為「在這種時刻，我們不再是個人，而是人類。全人類的聲音都在我們心中共鳴」[1]。

四、典故註釋：對「動機史」的闡釋

　　典故的註釋，首先應該說明的無疑是它的形成與凝聚、使用過程。西方闡釋學家們把這種語言的形成、使用、轉述過程稱為「動機史」，並認為這種「動機史」是構成它們全部內涵與外延的前提條件之一，正是因為在這種不斷的使用、轉述過程中，詞語才有可能積澱與容納超出其字面的內容或改變其原來的意義，伽達默爾說道：「由於它（闡釋學）一定可以得到每句話由其動機史所表現出

1　C. G. 榮格（Carl Gustav Jung）《論心理學與詩的關係》，亞當斯編《柏拉圖以來的批評理論》，第 818 頁，參見《二十世紀文學評論》上冊，上海譯文出版社，1987 年，第 337 頁。

的意義，所以它就超出了邏輯上可理解的說話內容。」[1]

中國古代詩歌典故的註釋曾以繁瑣而詳盡的徵引而自豪，也以徵引的繁瑣與詳盡被譏貶。這種廣徵博引的學究式註釋雖然本來應該在典故的形成與使用過程的闡釋上給人們以啟示 ── 因為它引了那麼多資料，而這些資料實際上就是典故形成與使用的實例 ── 然而，舊式註釋的目的性卻使它要麼僅僅關心其原始「出處」，在溯「源」時忘了「流」；要麼就是毫不相干地引些雜亂而並不典型的例子來炫耀博學而忽略了清理典故內涵演變的「正脈」；要麼就是忘記了這些典故是用在這首詩裏的，從而變成了開列展品式的註解，以致讀者越看越糊塗。比如清代那位蔣清翊註王勃的《滕王閣序》中的「漁舟唱晚」「雁陣驚寒」，引了《顏氏家訓》的「伍員之託漁舟」和《易林》的「九雁列陣」，真不知道伍子胥逃命時所藏身的漁舟、列陣的九雁與唱晚的漁舟、驚寒的雁陣有什麼聯繫[2]。又如吳兆宜註庾信《擬詠懷》之七「青山望斷河」，引了江總《別袁昌州》「青山去去愁」，也不知道這青山與那青山有

1　J. 理特爾《哲學歷史詞典》中伽達默爾所撰《詮釋學》詞條，轉引自《哲學譯叢》1986 年 3 期。

2　《王子安集註》卷一，光緒九年（1883）吳縣蔣氏雙唐碑館刻本。

什麼相干[1]，僅僅憑着字面上的相似而不顧及典故在詩中的所指，往往使註釋不着邊際，毫無作用。

但是，這種繁複的徵引畢竟是一種有潛在意義的方式，它的廣徵博引常常無意中涉及了典故的轉述、使用過程，即我們上面說的「動機史的實例」，如果我們能夠把它改造為有意識地按照「動機史」的闡釋要求而進行的系統引徵，那麼，典故內涵的形成、使用、凝聚、演變過程不就在這種有目的有系統的引述中呈露了嗎？比如錢鍾書先生《宋詩選註》的註釋從表面上看來與舊註釋方式很相似，但是，首先，由於註釋的目的不是純粹說明「原始出處」，也不是炫博[2]，而是藝術欣賞，這樣，註釋的重心就由單純的說明性解釋轉向了詩歌語言藝術內涵的闡釋，引徵的材料就由毫不相干或關係不大的例證轉向了與詩歌語言的藝術內涵演變有密切關係的例證；其次，為了說明詩歌語言藝術內涵演變的軌跡，就必須清理它是怎樣在古往今來詩人的手裏被使用、改造、轉述的，它在讀者心中引

1　《庾開府全集箋註》卷四，參見金開誠、葛兆光《歷代詩文要籍詳解》，北京出版社，1988 年，第 350 頁。

2　參見《宋詩選註》第 11 頁　林逋《孤山寺端上人房寫望》「零落棋枰葑上田」句註，第 3 頁鄭文寶《柳枝詞》「載將離恨過江南」句註及 197 頁陸游《遊山西村》「山重水複疑無路，柳暗花明又一村」句註等。

起的聯想範圍是怎樣變化、擴展、轉移的，因此，註釋就不再是學究式的陳列，而是有意識的藝術闡釋學了。當然，這樣的註釋方式向作註的人提出了很高的要求，冬烘的學究不行，不負責任的搪塞者不行，沒有藝術感的「書櫥」不行。可是，恐怕只有這樣，才能真正做到伽達默爾所說的，解釋出了典故的「超出了邏輯上可以理解的說話內容」。

中國古代「典故」常常又被稱為「故事」，這種字面上的偶合似乎提醒我們注意，典故大多包容了一個過去的故事，以及這個故事大多出自典籍 —— 比如「遼東鶴」出於《蒐神後記》卷一「丁令威」故事，「和氏璧」出自《韓非子》楚人和氏獻玉璧之璞於楚王的故事，「鷗鳥忘機」出自《列子・黃帝》海上人與鷗鳥相往來的故事 —— 在這些典故產生之初，有的並沒有特殊的隱喻意義，像「黃庭換鵝」乃是《晉中興書》所記的王羲之佚聞，「山雞舞鏡」本是《異苑》中的一個動物趣話；也有的一開始就蘊含了某種特殊的隱喻意義，如出自《三國志》裴註引《魏氏春秋》的「世無英才，遂使豎子成名」，是阮籍懷才不遇，也是對人生命運的一種感慨，出自《晉書・索靖傳》的「銅駝荊棘」，乃是索靖的一句話，它包含了對世事變遷的一腔悲憤。但是，無論它原型的內涵是什麼，當它一作為典故被人們再次使用時，它就在形式與內容上發生了

變化：首先是它常常由一個故事凝聚為幾個精練的字；其次是它不一定再是原來的意義而有可能是使用者重新賦予的意義，如「夸父追日」，有人取其以誇獎英雄精神，有人用以嘲諷不自量力；又如「路窮而哭」本來是阮籍一腔悲憤的宣泄，而後人用它時，有時表示對英雄末路的悲哀，有時表示一種對悲鳴者的蔑視，如杜甫詩中既有「蒼茫步兵哭，輾轉仲宣哀」[1]「多病馬卿何日起，窮途阮籍幾時醒」[2]，也有「此生遭聖武，誰分哭窮途」[3]「齒落未是無心人，舌存恥作窮途哭」[4]。因此，在輾轉的使用、轉述過程中，典故的意義被一代又一代使用者們分化、綜合、積累、變異，在一個典故中，意義的外延內涵越來越擴展變化，滾雪球似的在原來的意蘊上生出新的意蘊，添油加醋的結果是使它變得越來越複雜。「望帝」的故事最初其悲怨色彩是很淡的，據《蜀王本紀》，望帝頗為無能，治不了水，而鱉靈代他治了水，所以他才退位，而且他還趁鱉靈去治水與鱉靈妻子私通，所以他並不怎麼讓人同情，但

1　《秋日荊南述懷三十韻》，《杜詩詳註》卷二十一，中華書局，1979年，第 1904 頁。

2　《即事》，《杜詩詳註》卷二十，第 1783 頁。

3　《大曆三年春白帝城放船四十韻》，《杜詩詳註》卷二十，第 1787 頁。

4　《暮秋枉裴道州手札率爾遣興寄遞呈蘇渙侍御》，《杜詩詳註》卷二十三，第 2016 頁。

《禽經》引李膺《蜀志》，則有了「化為杜鵑鳥……至春則啼，聞者淒惻」的悲劇氣氛，而唐代陳藏器《本草拾遺》又加了一句「人言此鳥，啼至出血乃止」，於是悲哀的氣氛就越發濃了。到宋人《太平寰宇記》「望帝自逃之後，欲復位不得，死化為鵑」，則把自願退位變成了被篡奪帝位，把可憐的悲哀變成了憤怒的悲怨。從鮑照《擬行路難》到杜甫《杜鵑》都強化了這個故事的悲劇意味；而唐人來鵬《寒食山館書情》「蜀魂啼來春寂寞」，在這典故中又添了一重寂寞的悲哀；雍陶《聞杜鵑》「蜀客春城聞蜀鳥，思歸聲引未歸心」，在這典故中又添了一重思鄉的悲哀；李商隱《錦瑟》「望帝春心託杜鵑」，在這典故中又添了一重年華已逝的悲哀；宋人王令《送春》「子規夜半猶啼血，不信東風喚不回」，在這典故中又有了傷春的悲哀。於是，當後人再用這個典故的時候，這個簡單的語言符號中就負載了這重重疊疊地積澱下來的意蘊。那麼，當我們註釋時，就應該把這些融會在典故中的重重疊疊的意蘊按一定的順序揭示出來，在這樣的註釋面前，包裹在典故表層上的那一層堅硬晦澀的外殼不就一層層脫落，其中的美感內涵不就一重重地得到展示了嗎？今人不也就能像「合格的讀者」那樣欣賞到那「曲澗層巒之致」了嗎？更重要的是，在這裏，或許我們還可以看到舊式註釋學與西方闡釋學、美學、心理學、語言學匯通的前景。

第六章

論虛字

—— 中國古典詩歌特殊語詞的分析之二

　　我在《論典故》和《論詩眼》這兩章裏分別討論中國古典詩歌裏特殊名詞及特殊動詞的作用，這一章裏我想討論的是另一種詞，即虛字的意義，這裏所説的「虛字」是中國古代就有的概念，大體等於現代語言學裏説的「虛詞」，即名詞、動詞、形容詞之外，本身並不具有獨立意義，必須依附於其他詞才能有其意味的「詞」[1]。

　　「虛」這個字在中國話中和「實」相對，有時常常

_____

1　這裏不用「虛詞」而用「虛字」，其實就是為了與現代語言學的概念相區別，呂叔湘《開明文言讀本》裏有一段話説：「這裏所説的虛字範圍較廣，不但是代詞，介詞，連詞，語助詞，還包括好些個副詞；換句話説，除了名詞，動詞，形容詞。」他用「虛字」而不用「虛詞」可能也是因為這種緣故。見《文言虛字》附錄，上海教育出版社，1978 年，第 131 頁。

有一種「一無所有」的意思，和「空」「無」相連就強調了它的這種意味，像舊時成語裏的「虛席以待」「虛心求教」；有時它又有一點兒「空幻」的意思，與「假」「偽」相連就凸顯了它的這種意義，像舊時成語裏說的「虛情假意」「假鳳虛凰」。作為「字」的定語，「虛」這個字使虛字給人的印象似乎是可有可無，在舊時詩歌評論裏就常可以看見這種對虛字的輕蔑意見，有名的如明謝榛《四溟詩話》關於「實字多則意簡而句健，虛字多則意繁而句弱」那兩句話。古代評論者的意見支持着這種偏見，而現代的一些文藝理論中對中國詩隻言片語的評論，又使這種偏見放大成了定見，仿佛中國詩的好處就是那種「直觀呈現」與「意象平列」[1]，於是對虛字越發地深惡痛絕，恨不得將它放逐出詩的國土。那一首馬致遠的《天淨沙》被翻來覆去地當作佳例，而來自山水畫法的「散點透視」和電影技法的「蒙太奇」也常成了排除虛詞的理由，一說起中國詩

1　比如葉維廉《中國古典詩中的傳釋活動》極力稱讚「中國古典詩裏利用未定位、未定關係或關係模糊的詞法語法，使讀者獲致一種自由觀感、解讀的空間」。他的另一篇《語法與表現：中國古典詩與英美現代詩美學的匯通》也說到中國詩「能以不決定不細分保持物象之多面暗示性及多元關係，乃係依賴文言之超脫語法及詞性的自由」，其實就包括擺脫虛字繫連的「並置」「平行」的句法。見《中國詩學》，三聯書店，1992年，第18頁；《尋求跨中西文化的共同文學規律》，北京大學出版社，1987年，第66頁。

來就把擺落虛字甚至動詞的句法當作中國詩的特點甚至
特長。

　　少用虛字或不用虛字的想法很早就有，相傳晚唐五
代時的盧延讓就説過兩句關於寫詩的大白話叫「不同文賦
易，為有者之乎」，就是説詩歌裏不用虛字，但是也有人
並不同意他這個意見，説他對詩歌還沒有真懂[1]。的確，就
像一堆散亂的積木當然能夠搭出多種花樣，用膠水粘住的
木塊顯然只能是一種形狀一樣，名詞的直接排列能夠拓展
想像中的視覺空間，而羼入了動詞或虛字的句子則限制了
表述的意思。不過，有時候詩歌也需要虛詞的連接來表達
更委婉曲折的意蘊，就像要搭出一個錯落斜出的拱橋就不
得不靠水泥石灰來連接一塊塊磚一樣，當這一塊塊磚憑藉
着粘接劑的力量延伸出去成為一座拱橋時，人就能踏着橋
梁走向彼岸。同樣，在中國古典詩歌裏，有時憑着虛字的
幫助，意義和境界也能延伸出很遠，儘管虛字本身單獨抽
出來也許並沒有什麼具體的意味，下面就是一些具體的
例子。

1　見《能改齋漫錄》卷十，「讓」原作「遜」，乃宋人避諱改。上海
　　古籍出版社，1979 年，第 294 頁。這首詩題為《苦吟》，見《唐
　　詩紀事校箋》卷六五，中華書局，2007 年，第 1744 頁。

一、「自」字的分析：「轉從虛字出力」

在古詩裏用虛字沒有人反對，但在講究聲律的近體律絕尤其是律詩裏中間對稱的四句中用虛字就常常受到批評，除了前面所説的《四溟詩話》外，更早的批評意見如《苕溪漁隱詩話》前集卷五十引黃庭堅的「詩句中無虛字方健雅」和陶宗儀《輟耕錄》卷九引趙孟頫的「作詩虛字殊不佳」。不過，事情也有例外，杜甫《上兜率寺》有兩句詩「江山有巴蜀，棟宇自齊梁」、《滕王亭子》有兩句「古牆猶竹色，虛閣自松聲」[1]，就很得後人的稱讚。宋代葉夢得在《石林詩話》中説，「詩人以一字為工，世固知之，惟老杜變化開闔，出奇無窮，殆不可以形跡捕」，下面就舉了前兩句詩為例子，並大加讚揚道：「遠近數千里，上下數百年，只在有與自兩字間，而吞納山川之氣、俯仰古今之懷，皆見於言外。」接着又以後兩句為例説：「若不用猶與自二字，則餘八言凡亭子皆可用，不必滕王也，此皆工妙至到，人力不可及。」[2]

前一句裏的這個妙不可言的「自」字，説來就是一個虛字，它的意思只是指示它前面的「棟宇」是從它後面的

1　《杜詩詳註》卷十二、卷十三，中華書局，1985 年，第 991—992 頁、第 1090 頁。

2　《石林詩話》卷中，《歷代詩話》，中華書局，1981 年，第 420 頁。

「齊梁」時就有的，正如楊樹達《詞詮》裏所說的「由也，因也」；後一句裏的那個非它不可的「自」字，看上去近於一個狹義的虛詞，和上面一句裏的「猶」字相對，表示虛閣依然充滿了松濤的聲音。《石林詩話》這一連串讚歎至少可以證明，並不一定實詞密密麻麻不透風才算好詩，有時候用上一兩個虛字也能夠使詩歌變得意味深長，像這兩個「自」字。那麼，這兩個「自」到底好在什麼地方，讓葉夢得如此傾倒？

前一首詩只有八句，讓我們引在這裏：

兜率知名寺，真如會法堂。江山有巴蜀，棟宇自齊梁。庾信哀雖久，周顒好不忘。白牛車遠近，且欲上慈航。

其中用了好幾個典故，但意思還是明白的，無非是說兜率寺年代久遠，視野開闊，自己希望能在這裏得到佛教的接引和啟迪，用對永恆的領悟來淡化對家國一時的哀傷。其中「江山」「棟宇」二句，按仇兆鰲的說法，就是「江山兼有巴蜀，寫其形勝，棟宇起自齊梁，推其古蹟」。這個解釋雖然並不錯，但他沒有細細體驗那一個「自」字所蘊涵的時間的流動感，那種對悠久而遼遠的歷史的感慨，是由於一個「自」字而產生的，這個「自」字使兜率寺樓閣

殿堂的雕梁畫棟仿佛是從幽深的歷史深處蔓延過來似的，攜帶着幾百年歲月的滄桑。難怪清代的趙翼在《甌北詩話》卷二裏把這一聯說成是杜甫五律中的第一，跟着葉夢得說道，「東西數千里，上下數百年，盡納入兩個虛字中，此何等神力」[1]。管世銘在《讀雪山房唐詩序例》裏也跟着葉夢得對這幾句倍加稱讚，說五律「用虛字易弱」，只有杜甫這幾句「轉從虛字出力」[2]。確實，如果把它換成「齊梁棟宇留」，就似乎是在陳述一個簡單的事實似的沒有多少深沉的歷史意味了。

　　後一首詩也是五律：

　　寂寞春山路，君王不復行。古牆猶竹色，虛閣自松聲。鳥雀荒村暮，雲霞過客情。尚思歌吹入，千騎擁霓旌。

這是一首懷舊傷今的詩歌，杜甫看到滕王閣子如今已經人去樓空，不禁悲從中來，過去繁花似錦的地方如今只剩下了一片寂寞，惟有古牆還是當年的顏色，空蕩蕩的樓閣還響着昔日的松聲，於是希望能夠再現往日的歌吹和騎仗所

1　《清詩話續編》，上海古籍出版社，1983年，第1152頁。

2　《清詩話續編》，第1551頁。

顯示的昇平氣象。三四句中的「猶」和「自」，使永遠不變的景色與不能忘情的過客形成了一個對比，古牆和虛閣不管人世的變遷，依然是過去的竹色和松聲，可一代代的人卻經歷了盛衰的巨變，處在亂世裏的人們已經無心流連古蹟。一個「猶」字暗示了滕王閣子還是過去的滕王閣子，古牆照舊映着昔日的竹色，並不以歲月流逝而改變；一個「自」字，卻暗示了景色雖然依舊，可已經不復當年的繁華，松聲固然是往日的松聲，但樓閣已虛，不見當年聽松的遊客。那個「猶」字就好像「木猶如此人何以堪」的「猶」，這個「自」字則似乎是「荒庭無人青草自綠」的「自」，有了這個「自」字，這句詩就好像「年年歲歲花相似，歲歲年年人不同」（劉希夷《代悲白頭翁》）或「庭樹不知人去盡，春來還發舊時花」（岑參《山房即事》）的意思。杜甫在另一首《蜀相》裏再一次用了這個「自」字，「映階碧草自春色，隔葉黃鸝空好音」，「自」和「空」相對，這一層意思就更明確了。試把那兩句詩改為「古牆映竹色，虛閣響松聲」，成了對客觀現象的一個簡單陳述，讀來還會有傷今懷古的深沉麼？宋代有一個葛立方看出杜甫用這個「自」字的祕密，就說因為杜甫在世道紛亂的時候「感時對物則悲傷繫之」，可是物終究是無情之物，所以常用一個「自」字來表現「人情對境，自有悲喜，而不能累無情之物」，而用

「自」在的無情之物反襯，就更能寫出不能「自」在的有
情之人的悲苦[1]。

宋代人魏慶之在《詩人玉屑》卷八《鍛煉》裏記的一
件事情似乎是對近體詩用虛字的委婉批評，他說曾吉甫的
詩句「白玉堂中曾草詔，水晶宮裏近題詩」不好，因為中
間用了「中」「裏」這兩個虛字，韓子蒼給他改為「白玉
堂深曾草詔，水晶宮冷近題詩」，用兩個實字「深」「冷」
代替了那兩個虛字，於是「迴然與前不侔，蓋詩中有眼
也」，大概是因為那兩個指示方位的虛字妨礙了想像又少
了意思，那兩個實字則給詩增加了堂深宮冷的感覺又沒
有添加字數。可是同是宋代人的吳可卻在《藏海詩話》
裏用一個自己的創作實例說了一個相反的看法，他說，
他曾為人所臨的帖題詩一首，前兩句是「遊戲墨池傳十
體，縱橫筆陣掃千軍」，這兩句對仗很工整，沒有什麼
不好，但他卻覺得應該把「遊戲」改為「漫戲」，把「縱
橫」改為「真成」，他說用了兩個虛字後，「便覺兩句有
氣勢，而又意脈聯屬」。有人說用虛字好，有人說用虛字
不好，其實，各有各的理，一個用得不當的虛字有時候

1　《韻語陽秋》卷一，《歷代詩話》，中華書局，1981 年，第 484
頁。而清代薛雪也在《一瓢詩話》第 173 則中指出杜甫「下一自
字，便覺其寄身離亂，感時傷事之情，掬出紙上」，人民文學出版
社，1979 年，第 141 頁。

會損害一首詩的意境[1]，反過來，一個用得好的虛字也許可以蘊涵相當深邃的哲理[2]，像前面說到的杜甫那兩聯。宋人范晞文《對牀夜語》卷二就特意說到這是虛字的功勞，「虛活字極難下，虛死字尤不易，蓋雖是死字，欲使之活，此所以為難」，正因為杜甫虛字用得好，所以這兩聯「人到於今誦之」。看來，用虛字本身並沒有罪過，要緊的還是怎麼用[3]。

1　像上面提到替曾吉甫改掉虛字的那個韓駒（子蒼），他自己用虛字的時候就不那麼高明，如「曲欄以南青嶂合，高堂其上白雲深」，這裏的「以南」和「其上」也用了限定方位的虛字，比起曾吉甫那兩句還顯得囉嗦和笨拙，而且斧鑿的痕跡更重。

2　古人常常以禪喻詩，這裏不妨引一個禪師的話頭。《雲門文偃禪師語錄》中有一段問答，人問：「如何是佛法大意？」文偃答道：「春來草自青。」這裏的「自」字就使春天草青這一自然界普普通通的現象憑空添了一種無言獨化的哲理意味，因為這種春來草生是不為人而生的，「天何言哉，四時流行」，這正是禪者所追求的無心於物的境界，所以曹溪退隱在《禪家龜鑒》裏這樣富於詩意的話來解釋「春來草自青」：「綠草青山，任意逍遙，漁村酒肆，自在安眠。年代甲子總不知，春來依舊草自青。」

3　《歷代詩話續編》，中華書局，1983 年，第 418 頁。這個意見後來很多人都曾說到，像清代朱庭珍《筱園詩話》卷三關於「運虛為實」，使「虛字如實字」，賀貽孫《詩筏》關於下虛字要「有力」，《清詩話續編》，上海古籍出版社，1983 年，第 2375、140 頁。

二、虛字的意味：傳遞感受與曲折意思

現象世界裏有聲有色、可觸可摸的事物當然用實字來表示，但是，語言不能只承擔對現象世界漫無秩序的客觀描述，它必須站在一個觀察者的角度説明事物的方位、時間、因果、狀態等等，一旦用時間、空間、因果、次第給現象世界清理出秩序，這時表示時空因果的虛字就進入了語句，用語言的人畢竟有自己的判斷要表述，有很多自己的感覺要敍説[1]。詩歌當然要用形象來傳遞意思，不過這「意思」裏也有很多自己的體驗在裏面，詩人不可能只是把看到聽到感覺到的聲、色、味、嗅、觸用實字一古腦兒和盤推出，陳列在讀者面前而不敍説自己的感受，當詩歌要敍説詩人的感受時，僅僅是實詞就顯得捉襟見肘了。比如河裏有一條船正在航行，只用「河」「船」「走」三個字就已經把事物及動作窮盡了，但這三個字要組成一句話卻不夠。孩子在缺乏足夠的表達能力時可能會直説「河、船、走」，但一個有充分思維與表達力的成人卻要表達觀

1　關於字的這兩種功能，宋代學者陸九淵就注意到了，他在給朱熹的一封信裏説：「字之指歸，又有虛實，虛字則但當論字義，實字則當論所指之實。」「字義」是字在句子裏的意味，「所指之實」則是説字所指代的那一事實、現象或物體。見《陸九淵集》卷二《與朱元晦》，中華書局，1980 年，第 28 頁。

察者的意思，他至少還得加上表示方位的虛字「中」，組成「河中船走」，甚至還得加上表示時間狀態的虛字「在」，組成「河中船在走」來表達自己的判斷。孩子的真實固然可貴，但畢竟這種童稚話語不能表達複雜意思。再比如一個人寫自己的悲痛來引起別人的同情，就直說自己「傷心」「落淚」，雖然很明白清楚，但顯然無法打動聽者，倒是「欲哭無淚」和「欲語還休」加上了表示心理狀態的虛字「欲」「還」，構成的轉折吞吐更能讓人感到你心裏的哀婉悲傷。同樣，詩人想在詩句里加進並表達自己的心理感受，那麼就不得不用虛字來傳遞，《南鄰》裏有名的「秋水才深四五尺，野航恰受兩三人」，「才」「恰」就是兩個標準的虛字，「才」的意思仿佛「僅僅」，秋水僅僅四五尺深，暗含了有些意外的味道；「恰」的意思仿佛「剛好」，野航剛好容下兩三人，潛藏了有些驚喜的感覺，這意外驚喜都是杜甫的心理感受。白居易《錢塘湖春行》也有兩句有名的詩句，「亂花漸欲迷人眼，淺草才能沒馬蹄」，「漸欲」「才能」也是兩組虛字，「漸欲」顯得繁花紛紛撲面而致使詩人越來越產生眼花繚亂的感覺，「才能」表現春草初生使得詩人有一種欣喜和愛憐的心情，如果把它改成「亂花迷人眼，淺草沒馬蹄」，讀者還能體會到多少詩人心裏的感覺呢？

　　靠着虛字的產生，語言才能清晰而且傳神，有了虛

字的插入，詩歌就更能傳遞細微感受，憑着虛字的鋪墊，句子才能流動和舒緩，虛字在詩歌裏的意義是，一能把感覺講得很清楚，二能使意思有曲折，三是使詩歌節奏有變化。按照古人的說法，虛字可以分為好幾類，如起語辭、接語辭、轉語辭、襯語辭、束語辭、歎語辭、歇語辭等等[1]。其實起語（如蓋、且、夫）、襯語（如以、之、其）、束語（如大底、要之）、歎語（如噫、吁、嗟夫）、歇語（如也、哉、者）等類在近體詩中用得並不多，偶爾用上也多是為了調整節奏，而接語和轉語在近體詩中則常常起了承上啟下的遞進和翻轉意義的轉折作用，使詩人的心裏意思被細微詳盡地傳遞出來。清人劉大櫆《論文偶記》裏說過一段話：「上古文字初開，實字多，虛字少，典謨訓誥，何等簡奧，然文法自是未備，至孔子之時，虛字詳備，作者神態畢出。」這話很有道理，也很符合文字由簡而繁的邏輯。「古人造字，不為文詞而起，必無所用虛字，如『之』者，出也，『焉』者，鳥也，『然』者，火也，『而』者，毛也，皆古人之實字，後人借為虛字耳」[2]，後人之所以要從實字那裏借用虛字，就是為了傳遞更複雜的心

1　見清王鳴昌《辨字訣》、清課虛齋主人《虛字註釋》，轉引自《古漢語語法學資料彙編》，中華書局，1964 年，第 98—99 頁。
2　王筠《說文釋例》，中華書局，1987 年。

裏意思，「文必虛字備而後神態出」，神態就是作者要表現的意趣。詩歌自然也是要靠一些虛字的介入才能顯示詩人的心理體驗，「詩言志」，志就是詩人要傳遞的情感，意趣與情感畢竟不是實在的事物，光用實字是沒法凸顯那心裏委婉而細膩的意思的，而詩歌恰恰是表現人類最委婉細膩的體驗和感情的語言形式。清人袁仁林《虛字說》說道：「千言萬語，止此數個虛字，出入參伍於其間，而運用無窮，此無他，語雖百出，而在我之聲氣，則止此數者，可約而盡也。」[1] 他是研究虛字的，對虛字自有些過分的偏愛，但他說的這段話裏的「我之聲氣」四字卻頗有道理，要客觀直陳現象世界，當然可以不用虛字，但要表現「我」的主觀世界，沒有虛字則是寸步難行。其實，說到底，又有哪一個現象世界是可以離開觀察者的觀察和描述而自行顯現的呢？又有哪一個詩歌的境界是不需詩人的心理體驗和語言加工，而是把意象如原生狀態那樣樸素直陳的呢？

　　對於中國古代近體詩的句法，有一種說法很有影響，就是要精練而意多，宋人吳可《藏海詩話》批評說，通常「七言律一篇中必有剩語，一句中必有剩字」，但是「草草杯盤供笑語，昏昏燈火話平生」這兩句好就好在沒

---

[1]　袁仁林《虛字說》，豐縣熊氏校刊本，第 38 頁。

有「剩字」[1]。《麓堂詩話》在說到那一首人人皆知的溫庭筠《商山早行》「雞聲茅店月，人跡板橋霜」時，也說它的好處在於不使用任何「閑字」，「止提綴出緊關物色字樣而音韻鏗鏘意象自足」[2]，這本來不錯。可是，似乎所謂「剩語」「閑字」首當其衝的就是虛字，仿佛虛字在詩裏是多餘的「剩餘」或「幫閑」，連「跑龍套」的角色都不夠格，羼在詩裏既佔字數又礙手腳，這就未必然了，因為虛字本身雖然沒有獨立的意義，但用在詩裏卻常能使詩增加很多意思。方東樹《昭昧詹言》卷十一提出一個寫詩的原則，「凡短章最要層次多，每一二句即當一大段」[3]。這話是有來歷的，宋代人就特別欣賞那種意思緊湊層次重疊的句法，《鶴林玉露》乙編卷五就對杜甫《登高》中的「萬里悲秋常作客，百年多病獨登臺」極為讚賞，說它「十四字之間含八意，而對偶又精確」[4]，仿佛寫詩是打電報，字數越少越顯得高明。字數少，就只好委屈虛字讓它退出詩句，宋人吳沆《環溪詩話》卷上就說杜甫詩的妙處是「一句話說多件事」，他舉了一個例子，「『旌旗日暖龍蛇動，宮殿風微燕雀高』，即是一句說五件事」。並且說，它之所以能

1　《歷代詩話續編》，中華書局，1983 年，第 335 頁。

2　《歷代詩話續編》，第 1372 頁。

3　《昭昧詹言》卷十一，人民文學出版社，1961 年，第 239 頁。

4　《鶴林玉露》，中華書局，1983 年，第 215 頁。

這麼經濟節省，是「惟其實，是以健，若一字虛，即一字弱矣」[1]。可是我們發現這種言簡意賅並不見得高明，雖然它說了很多「事」，充其量是把詩句變得很擠，把意象變得很密，如果按這種說法，那麼《急就篇》就成了詩歌的極致了。清人王應奎《柳南續筆》卷一有一段故事給我印象很深，他說汪鈍翁和錢謙益意見常常相左，有一天就問錢氏門人嚴白雲：「公在虞山門下久，亦知何語為諦論。」這當然是挑釁式的問話，嚴氏回答道：「詩文一道，故事中須再加故事，意思中須再加意思」，汪鈍翁「不覺爽然自失」[2]。故事中再加故事，也許是說徵事用典，這在語言上可以劃入實詞，我們姑且不去管它；意思中再加意思，有時恐怕就要藉助於虛字的使用了，這裏應該加以討論，我們把這種用虛字使「意思中再加意思」的方式歸結為曲折意脈或翻過一層。

三、「意思中再加意思」

不用虛字有時能增加意象卻並不能增加意思，意思多不是意象多，更要緊的是詳盡委婉曲折的情感過程，構成迴環往復的意脈流動。有時候詩歌不靠排衙而來的意象堆

1　《冷齋夜話‧風月堂詩話‧環溪詩話》，中華書局，1988年，第124頁。
2　《柳南隨筆　續筆》，中華書局，1983年，第139頁。

積，而是靠引人入勝的曲徑通幽，如《誠齋詩話》也說到
一句多意，但他舉的例子卻是杜甫的「對食暫餐還不能」
和韓愈的「欲去未到先思回」。杜甫詩裏，「對食」是一
層，用一個「暫」字勉強自己進餐，顯示了心理上強忍痛
苦，是二層，後面再用「還」字轉回來說「不能」，表現
了痛苦得飯難以強咽，是三層，在一句裏就有了感情上的
峰迴路轉。韓愈詩裏，「欲去」是起初的念頭，是一層，
「未到」是事實，是二層，「先思回」是繼起的想法，是
三層，在這七個字裏就有了猶豫彷徨的心理流動過程，
這裏的「暫」「還」「欲」「未」「先」等等都是虛字，就
是靠了這些虛字，意思中就加了意思，詩裏的意脈就多
了委婉與曲折。同樣的例子還有宋代那個學了杜甫的陳
師道，他在《登岳陽樓》詩裏摹仿杜甫寫的兩句就是「萬
里來遊還望遠，三年多難更憑欄」，使得方回、紀昀、
許印方都大加稱讚，其實就靠了「還」「更」兩個字在那
裏轉折意思[1]，這就是清人潘德輿《養一齋詩話》卷四所
說「一句凡幾轉折」的「句法之正傳」。當然《誠齋詩話》
的例子不免過於特別，那麼下面不妨再舉幾個例子，杜
甫《聞官軍收河南河北》裏的兩句「卻看妻子愁何在，

1　《瀛奎律髓彙評》卷一，上海古籍出版社，1986 年，第 41 頁。

漫捲詩書喜欲狂」，有一個「卻」字加一個「何」字，就有一種意想之外的驚訝，有一個「漫」字和一個「欲」字，就多了一份手足無措的喜悅，在這一驚一喜之間，詩句就有了曲折遞進的意脈；李商隱《無題》裏的兩句「春蠶到死絲方盡，蠟炬成灰淚始乾」，前句有了「方」字，後句有了「始」字，才多出了終不瞑目的幽怨和終生無悔的情思。如果我們以它們為「閑字」或「剩語」而去除它們的話，我們再讀一讀：「春蠶到死絲盡，蠟炬成灰淚乾」，從意象上來說，該說的都說了，它一點兒也不比原來少，用《麓堂詩話》的話來說，「止提綴出緊關物色字樣」而「意象自足」，可是讀起來是不是少了很多可以體驗的韻味呢？

　　近體詩有一種句法常被後人稱讚，那就是所謂的意象並列。「枯藤老樹昏鴉」「古道西風瘦馬」，當然很好，不過，意象是平行的，詩意也常是平行的，中國近體詩不一定非得用散點透視的方法畫連環畫，有時用虛字卻能使意思有一種遞進或轉折。宋人羅大經《鶴林玉露》甲編卷六《詩用字》講了一句很有道理的話，「作詩要健字撐拄，活字斡旋」，所謂「活字」，他舉的是「生理何顏面，憂端且歲時」裏的「何」及「且」、「名豈文章著，官應老病休」的「豈」及「應」，恰恰都是虛字。他說「撐拄如屋

之有柱，斡旋如車之有軸」[1]，實詞仿佛柱子撐着不能動，
而虛字就像車軸能使詩意延伸出老遠，使詩意不停滯在一
個平面上。而使詩意「翻過一層」，也是中國近體詩的常
見句法，「已覺逝川傷別念，復看津樹隱離舟」（王勃《秋
江送別》），用一個「已」和一個「復」把別離之苦加上
了一層不能目送的苦。「劉郎已恨蓬山遠，更隔蓬山一萬
重」（李商隱《無題》四首之一），用一個「已」加一個
「更」使相見時難加上了一重天地懸隔的難。「如今更渡桑
乾水，卻望并州是故鄉」（賈島《渡桑乾》）、「已恨碧山
相阻隔，碧山還被暮雲遮」（李覯《鄉思》），這裏的「更」
「卻」「已」「還」搭配起來的虛字組合都是這一種「翻過
一層」的用法。再舉一個例子，張九齡《初入湘中有喜》
一詩末兩句「卻記從來意，翻疑夢裏遊」，這裏先用「卻」
字後用「翻」字，就使意思上加了一層過於意外甚至不敢
相信的意思，把遊湘中的「喜」意添加了一層。後來司空
曙在《雲陽館與韓紳宿別》裏寫了一句「乍見翻疑夢」，
用了一個「乍」字對一個「翻」字，更在這層意思之外加
了一層突然驚愕而驚喜的意思，使得宋人范晞文《對牀夜
語》卷五大加稱讚，説讀這一句「久別倏逢之意，宛然在
目」。再後來的晏幾道《鷓鴣天》「今宵剩把銀釭照，猶

1　《鶴林玉露》，中華書局，1983 年，第 108 頁。

恐相逢在夢中」將「翻」字換了一個「猶」字，則使這種
將信將疑的驚喜交集在心理上延長了一段時間，仿佛老半
天都不能平靜下來似的，比起直接寫相逢之喜的詩句，意
思上翻了一層甚至幾層[1]。

　　清人冒春榮《葚原詩說》卷一說了一句很有道理的
話，叫「詩腸須曲」，就是說詩歌不能直截了當地把話
一下子捅到底，用現代的話來說就是要含蓄而不能太直
露。他舉了一些例子，如宋之問「不寄西山藥，何由東海
期」──「本羨天台道士之成仙，反言以激之，正深望
其寄藥」；岑參「勤王敢問道，私向夢中歸」──「本怨
赴邊庭，歸期難必，卻反言不敢道遠，夢中可歸」；張九
齡「自匪常行邁，誰能知此音」──「本憚行邁，反說曲
江溪中溪水松石之音，足以怡人」等等，大多數都是靠了
「不寄」「何由」這類表因果的連詞，「敢」即「不敢」「不
能敢」這類表心理的副詞，「自匪」「誰能」這類表假設的
詞組，才能產生這種曲折的效果。有時候，那些用得恰當

1　這樣的例子很多，例如宋人梅堯臣《夏日陪提刑彭學士登周襄王故
　　城》也寫了兩句「野禽呼自別，香草問無名」，這兩句似乎受到唐
　　宋之問《陸渾山莊》的「野人相問姓，山鳥自呼名」的啟發，但是
　　詩意卻不曾多些什麼，只是說有叫聲不同的鳥，沒有名字的草。可
　　是范成大《入秭歸界》裏則加了兩個虛字變作「幽禽不見但聞語，
　　野草無名卻著花」，一個「但」一個「卻」，就把詩人的驚異、喜
　　悅加了進去，也把山間的幽靜和野外的繽紛加了進去。

的虛字的確有用，一次遞進，一個轉折，仿佛使詩人的思緒向深處延伸了好遠，還拐了幾道彎，讀者的體驗也不得不跟着向前追尋，所以他又説「虛字呼應，是詩中之線索也」，沿着線索才能順藤摸瓜去破案[1]。

四、唐宋詩之間：虛字與以文為詩的風氣

對於虛字在近體詩裏的使用，後世批評意見居多，在褒貶之後其實隱藏着一個絕大的背景，就是對唐宋詩的價值判斷。批評者覺得，唐詩用虛字少，宋詩用虛字多，而

1　《清詩話續編》，第 1581、1583 頁。當然，虛字的用處不止於此，比如它還可以用於詩意節奏的調整。近代詩論常常強調要給讀者留下想像的空間，詩人不要充當教師對讀者耳提面命，所以總以為那些少用虛字的平列意象可以不干擾讀者的聯想，可以由讀者自己參與意象的組合。但是這種意見往往忽略了還要給讀者留下接受的時間，意象的密集型轟炸有時會讓讀者喘不過氣來，在目不暇接的窮於應付中他也不能從容地領悟詩意，就像音樂一直是「緊鑼」「密鼓」也會讓人感到很累一樣，總是快板之後還得來一段舒緩的慢板。律詩之所以只要求中四句對仗，不必句句押韻，其實就是在聲律上考慮到節奏。偶爾使用的虛字，有時也就是為了意思和節奏。《石林詩話》卷上舉了王安石的兩句「細數落花因坐久，緩尋芳草得歸遲」，説「但見舒閑容與之態」，其實這裏的「舒閑容與」不僅是在字面上，也是在句法上的，在前一句裏，有了「因」這個虛字，詩人細數落花時的心理閑適之意才表現得極為充分。和這一句很像的是杜牧《山行》裏的兩句「停車坐愛楓林晚，霜葉紅於二月花」，沒有那個表示詩人心裏留戀楓林，停車駐足的原因的虛字「坐」，讀起來就似乎沒有那種流連忘返的延遲感了。

用虛字就是宋詩不如唐詩的地方，前引《四溟詩話》卷四裏的那段話裏還給宋詩這一毛病追溯了歷史，説這種用虛字的毛病是從中唐開始的，它把近體詩從詩歌語言又變成了日常語言，所以叫「講」，「講則宋調之根」。清人朱庭珍《筱園詩話》卷三也説，「宋人七律句中好用虛字，每流滑弱」，但是這種説法並沒有多少道理，常常來自對唐詩尤其是對盛唐詩的偏愛而不是對詩歌藝術的語言分析。

　　説唐詩多用實字，宋詩多用虛字的評論家其實並沒有任何統計的依據而只是平時讀詩的感覺。當然感覺也許是不錯的，宋人寫近體詩的確愛用虛字，而且用得很頻繁，「有恨豈因燕鳳去，無言寧為息侯亡」（錢惟演《無題》），「稍覺野雲成晚霽，卻疑山月是朝暾」（王安石《賞心亭》），「無事會須成好飲，思歸時亦賦登樓」（蘇軾《和李清臣韻》），「偏為諮嗟唯爾念，是誰移種待君來」（徐俯《庭中梅花正開用舊韻貽端白》），無論是承繼晚唐的詩人還是開宋新風的詩人，似乎都不少用虛字，更不必説那些愛發議論的道學家。但是，唐代人也未必不用虛字，好的唐詩未必都是像「遲日江山麗，春風花草香」（杜甫《絕句》之一）、「綠蔭生畫靜，孤花表春餘」（韋應物《遊開元精舍》）這樣純用名詞、動詞、形容詞構成的簡易型句子，更不是像「漁浦南陵郭，人家春溪谷」（王維《送張五歸宣城》）、「雞聲茅店月，人跡板橋霜」（溫庭筠《商

山早行》）那樣的純用名詞排列的平行型句子，至少杜甫以來，裏面夾雜了虛字的佳句也不少[1]。宋人愛用虛字是假，但並不能因此說宋詩不好，評論唐宋詩差異的人常常說宋詩「益加細密」「抉刻入理」（翁方綱《石洲詩話》）、「以筋骨思理見勝」（錢鍾書《談藝錄》），如果說這也是宋詩的一個特徵或特長，那麼宋詩的意思細密、涵義深遠之中是否也與虛字的使用有關呢？

宋人自己批評自己是「以文為詩」，所謂「以文為詩」，我在《從宋詩到白話詩》一章裏說到，宋詩與唐詩的一大差別就是宋詩意脈的流暢化和語序的日常化，虛字、關聯字用得很多，因而語句很完整，很難區分出明顯的「詩眼」[2]，也很難區分出明顯的重疊意象，所以後人看慣了唐詩或心裏總是以唐詩為標準，便總覺得它像「文」而不像「詩」[3]。

1　如「花徑不曾緣客掃，蓬門今始為君開」（杜甫《客至》）中的「不曾」「今始」，「一去紫臺連朔漠，獨留青冢向黃昏」（杜甫《詠懷古蹟》之三）的「一」和「獨」。又，可以參看梅祖麟、高友工對杜甫「落日心猶壯，秋風病欲甦」的分析，見《唐詩的句法、用字與意象》，載《唐詩的魅力》，上海古籍出版社，1989 年，第 40 頁。

2　宋人特別愛說「煉字」，但他們也特別強調「煉句」，更強調「煉意」。在宋代詩論裏，總的來說，字、句、意的價值等級是「煉字不如煉句，煉句不如煉意」。

3　參看《從宋詩到白話詩》一章。

　　但是正是愛用虛字，有時就可以把詩句寫得平易而流暢，把意思說得委婉而曲折，使宋詩比唐詩更細密更深刻，開了後代白話詩的先聲。我一直覺得，從語言上看，在中國詩史上，從古體詩到近體詩、從近體詩到白話詩這兩次變化是真正的大變局，前一次變局使詩歌與散文徹底劃清了界限，從謝靈運以來中國詩歌裏越來越多地出現的繁密句法與鏗鏘音律使得近體詩逐漸成熟[1]，它那種緊湊的句式也使得虛字在密集型的近體詩裏日漸消退；後一次變局使詩歌與散文又重新彼此靠攏，詩歌與散文的重新靠近其實就是所謂的「以文為詩」，而文以為詩的一個要害處恰恰是在用不用虛字或多用少用虛字。從杜甫以來的律詩中用散文句法的趨勢正好給宋詩開了一個掙脫唐詩籠罩的路子，也給宋人表現他們較深較細的思索提供了一個合適的語言形式，讓本已漸少的虛字再度成為詩歌「斡旋」「遞進」「轉向」的重要樞紐，使詩歌向日常語言進一步靠攏，形成一種既細膩又流暢，既自然又精緻的詩歌語言風格，

1　參見第三章。鍾嶸《詩品》曾多次提到當時詩人的「繁密」（序文評顏延之謝莊）、「繁蕪」（卷上評謝靈運）、「綺密」（卷中評顏延之）、「細密」（卷中評謝朓）、「詞密」（卷中評沈約）、「精密」（卷下評宋孝武帝）。

這一風格在後世還啟迪了白話詩的開創者[1]。

順便可以說到的是，在詩歌裏，實詞的變化只是意味着人們所接觸的世界的變化，而虛詞的變化則意味着人們的思維的變化。世界時時都在變動之中，只要是一個有心的觀察者，詩人就能把他看到的現象當作意象寫在詩裏，清末的詩界革命就是一些留意外界的詩人以開放的詩歌意識寫了很多新的事物。但是，詩界革命並沒有真的從根本上改變古典詩歌，而只是尋找「新名詞以自表異」（梁啟超《飲冰室詩話》），像「巴力門」是一個近代才傳入中國的西洋詞，「地球」是一個近代世界才有的新概念，「留聲機」是晚清才見到的洋玩意兒，「電燈」是近代科學的新發明，用到詩裏雖然頗讓人感到新奇，但「綱倫慘以喀私德，法會盛於巴力門」（譚嗣同《金陵聽說法》其三）、「倘亦乘槎中有客，回頭望我地球圓」（黃遵憲《海行雜感》之一），這種詩句在語言句式上基本上還是古代詩而不是現代詩，比如我們把「霓裳自入留聲機，仙樂風飄處

1　關於白話詩，很多人都注意到了它與西洋詩的關係，而不很留心它與中國古典詩的關係，其實白話詩與中國詩尤其是宋詩的關係很深，這一點不是我的發現而是胡適自己的說法，可以參見胡適《國語文學史》第三編第二章《北宋詩》、第三章《南宋的白話詩》（北京文化學社，1927年，第111、129頁）與《逼上梁山》（《中國新文學大系·建設理論卷》）。

處聞」換幾個字，改成「霓裳自入梨園隊，仙樂風飄處處
聞」，把「電燈高掛明如月，幾誤歸途笑不休」換幾個字，
改成「蚌珠高掛明如月，幾誤歸途笑不休」，那麼究竟是
新詩還是舊詩，實在是讓人迷惑得很了。其實，如果採用
新名詞就算詩歌革命的話，那麼詩歌一直在革命，因為詩
人總是在尋找新的意象，即使是用西洋名詞，也不必等到
黃遵憲、譚嗣同，早在明代後期就有引入天主教名詞「三
仇」「十誡」「聖水」的王端節《山居詠》，清代前期就有
用了時髦新詞「歐羅巴洲」「亞細亞洲」及「測圓」「三角」
的全祖望《明司天湯若望日晷歌》[1]。所以，詩歌的真正大
變局還是在「白話詩」徹底地瓦解了古詩的句法之後，而
瓦解古詩句法的一個極重要方面就是句式的任意安排和虛
字的任意使用，當白話詩人以日常語言裏常有的句式、常
有的虛字大量用在白話詩歌裏的時候，詩歌大變局的時代
才會真正地來臨。

1　《了一道人山居詠箋證》參見《方豪文錄》，北平上智編譯館，
　　1948 年，第 203 頁，及全祖望《鮚埼亭詩集》卷二見《全祖望集
　　彙校集註》，上海古籍出版社，2000 年，第 2061 頁；應該指出
　　的是，與黃遵憲一流的詩歌不同，白話詩走的是另一種路向，二者
　　之間並沒有多少淵源關係。其實從詩歌語言上説，前者仍屬於古典
　　詩的範疇，現在的文學史似乎總是把它們當成是近代詩歌史上前後
　　相承的兩個環節，我對此一直不太理解。

第七章

論詩眼

—— 中國古典詩歌特殊語詞的分析之三

「傳神寫照正在阿堵中」，中國人對於眼睛的「美學意義」有足夠的瞭解[1]，從《詩經》中「巧笑倩兮，美目盼兮」活脫脫地寫出美人的嫵媚，到今天以「眼睛是心靈的窗戶」來判斷人的真偽善惡都證明了這一點，而畫史上那個活靈活現的傳說「畫龍點睛」，似乎也表明人們對眼睛 —— 眼神 —— 與生命之間關係的某種感受，直至今日，寺廟及道觀裏還有所謂「開光」的儀式，一尊神像建成後，先進行祈禱祝咒，最後才由德高望重的老法師為神像畫上眼珠，據說「開光」便使神像擁有了生命與神通。

詩歌語言中那種最富於生命表現力的詞彙也被稱為

1　《世說新語‧巧藝》，《世說新語校箋》卷下，中華書局，1984 年，第 388 頁。

「眼」,「詩眼」一詞最先出自何典,我沒有仔細考察過,但至少北宋人已經使用了它,清人施補華《峴傭説詩》云:「五律須講練字法,荊公所謂詩眼也」[1],把「詩眼」發明權歸於王安石不知是否有根據,但黃庭堅《贈高子勉詩》有「拾遺句中有眼」,范溫撰有《潛溪詩眼》一書,可以證明施補華的説法大體不錯。而按照元人楊載《詩法家數》「詩要煉字,字者眼也」[2]的説法,詩眼就是詩裏特別應該注意鍛煉的「字」,那麼,在「詩眼」一詞尚未出現之前,「詩眼」的意思早就有人説過了,劉勰《文心雕龍》中便有《煉字》一篇。

棋有眼可活,人閉眼似死,那麼詩歌中的「眼」是怎樣使詩歌擁有生命的呢?如果「詩眼」是詩人所鍛煉的「字」(詞),那麼這「字」(詞)又憑什麼資格充當「詩眼」的呢?

一、從無眼到有眼:「詩眼」的形成過程

在先秦漢魏時代的古詩裏,本來無所謂什麼「詩眼」,《莊子》中所記「鑿七竅而混沌死」的故事正好移

---

1 施補華《峴傭説詩》,《清詩話》,上海古籍出版社,1978 年,第973 頁。

2 《詩法家數》,《歷代詩話》,中華書局,1981 年,第 737 頁。

來說明這一點。古詩以「明意」「敍事」「抒情」為主，它的語言負載着「我」（詩人）與「你」（讀者）之間的交流的責任，所以語言以溝通為目的，往往以明白曉暢見長，與口語相去不遠，正如《文鏡祕府論》南卷《論文意》所說，它「不以力制，故皆合於語，而生自然」[1]，也如謝榛《四溟詩話》卷三所說：「平平道出，且無用工字面」[2]，這裏所謂的「力制」，就是後世所謂的「煉字」，因為沒有日鍛月煉，千錘百煉，精雕細琢，所以沒有「用工字面」；因為「平平道出」，所以沒有什麼凸出顯眼的「詩眼」，詩歌語言合於日常語言，自然流暢，像沒有鑿過七竅的混沌一樣渾樸。

　　明清人比唐宋人更明白這個道理，這也許是因為距離遠反而旁觀者清的緣故，像胡應麟就說，「盛唐句法渾涵，如兩漢之詩，不可以一字求……句中有眼，詩之一病，齊梁至初唐率用豔字為眼，盛唐一洗，至杜（甫）乃有奇字」[3]，沈德潛《說詩晬語》也說「古人……以意勝而不以字勝，故能平字見奇，常字見險，陳字見新，樸字見

1　遍照金剛《文鏡祕府論》，人民文學出版社，1980年，第141—142頁。

2　《四溟詩話》卷三，《歷代詩話續編》，中華書局，1983年，第1178頁。

3　（明）費經虞《雅倫·下字》引，清刊本。

色。近人揶以僻勝者，難字而已」[1]，不過，雖然這兩人都看出了中國古典詩歌在字眼上的變化，但都沒有把話講清楚，胡應麟那段話想把杜甫的意義拔高，因而一會兒說盛唐句法「渾涵」，一會兒又說齊梁已「用豔字為眼」；一會兒說詩眼是病，一會兒又說杜甫用奇字當詩眼很好，顯得夾纏不清。而沈德潛那段話則鬧不清他的「詩眼」觀，究竟「意勝」好還是「字勝」好？看上去好像古人是化平常陳樸為奇險新色，今人則是揀出難字來鑲嵌似的，以致讓人以為古今人的詩都是有「詩眼」的，而且「古」與「今」的時間也實在不夠明確。看來，還是費錫璜《漢詩總說》說得明瞭：

> 詩至宋、齊，漸以句求；唐賢乃明下字之法。漢人高古天成，意旨方且難窺，何況字句？故一切圈點，既不敢用，亦不必用。[2]

這就給我們劃出了詩歌中「詩眼」形成軌跡中的三個點：漢、宋齊、唐。

1　（清）沈德潛《說詩晬語》卷下，見《原詩　一瓢詩話　說詩晬語》合刊本，人民文學出版社，1979 年，第 241 頁。
2　《漢詩總說》，《清詩話》，上海古籍出版社，1978 年，第 945 頁。

　　漢代詩歌便不必贅言了。宋齊即南朝詩歌之所以為混沌鑿七竅乃是一種自覺的文學語言「陌生化」運動，用俄國形式主義文論家羅曼・雅各布森（Roman Jakobson）的話說，就是要把過去人們已經慣熟生膩的語言扭曲、變形，讓人們在驚愕中體驗出新奇，因此從謝靈運以來的詩人都有意地避開質樸自然的日常語言，構造一種被稱為「典麗新聲」的詩歌語言，這種詩歌語言之所以是「典麗新聲」，一方面是由於它音步整飭，能形成明顯的節奏，一方面則是由於它辭藻華麗而工整，剔除了許多顯示邏輯意味而不指代實在意象的虛詞，使意象更加密集與整齊起來。

　　很少有人仔細地琢磨一下下面三段話講的同一個現象：陸時雍《詩鏡總論》云「詩至於宋，古之終而律之始也」[1]，胡應麟《詩藪》內編卷三云「陸（機）詩體俳語不俳，謝（靈運）則體語俱俳」[2]，趙翼《甌北詩話》云「自謝靈運輩始以對屬為工，已為律詩開端[3]，所謂「律」，所謂「俳」，所謂「對屬」，實際上都指的是詩歌語詞的整飭化，這種「整飭」不僅包括句與句之間的對仗，還包括

1　《詩鏡總論》，《歷代詩話續編》，中華書局，1983 年，第 1406 頁。
2　《詩藪》內編卷三，上海古籍出版社，1979 年，第 28 頁。
3　《甌北詩話》卷十二，人民文學出版社，1963 年，第 175 頁。

了句內每個分句或詞（詞組）的字數與音步的對稱，我們不妨看一下謝靈運的一些詩句：

（a）昏旦變氣候，山水含清暉；

　　　原隰荑綠柳，墟囿散紅桃；

　　　池塘生春草，園柳變鳴禽；

（b）野曠沙岸淨，天高秋色明；

　　　春晚綠野秀，巖高白雲屯；

　　　迥曠沙道開，戚紆山徑折；

（c）出谷日尚早，入舟陽已微；

　　　慮澹物自輕，意愜理無違。

顯而易見，先秦漢魏古詩中那種意義節奏與音樂節奏不相吻合的現象在這種對仗句式中已經消失了，「上二下三」的分節已經形成，而在「上二下三」之中，句型又集中在「二一二」（如 a 型「昏旦／變／氣候」）與「二二一」（如 b 型「野曠／沙岸／淨」）這兩大類裏 [1]。

　　在 a 型與 b 型句式中可以發現：這些對偶的詩句裏虛字消失了；指示實際意象的名詞性詞組或單獨構成一個音步的小分句一般都由兩個字合成；標誌意象的動態情狀的

<hr>

[1] 按：c 型句式較少，在此姑且省略。

動詞、形容詞則大多由一個字擔任。前者如「昏旦」「池塘」「沙岸」（以上名詞詞組）、「野曠」「天高」「春晚」（以上小分句），後者如「變」「含」「淨」「秀」，這就形成了詩歌裏所謂「實字雙疊，虛字單使」的格局 —— 只不過這「虛字」不是那「虛字」，乃指動詞或形容詞之類非事物名稱的「詞」 —— 而這種雙、單音節詞在「上二下三」原則下以「二一二」「二二一」形式綴合詩句，便使得意義節奏即人們根據詩句中詞彙「意義關係」的鬆緊疏密念出來的連綴與停頓顯示出來了，你不會把「池塘 —— 生 —— 春草」念成「池 —— 塘生 —— 春草」，也不會把「野曠 —— 沙岸 —— 淨」念成「野 —— 曠沙 —— 岸淨」，就是因為「池」與「塘」、「野」與「曠」是一個意義單元，關係緊密，而「塘」與「生」、「曠」與「沙」分屬兩個意義單元，關係疏遠，所以前者中間讀音連綴，後者中間應有小小停頓，正是由於這種雙音節與單音節詞的有規律的組合，宋齊以下的五言詩裏，意義節奏與語音節奏才形成了同步和諧，當人們以頓挫抑揚的聲調讀詩時，就不再感到語義與音步的錯亂，就好像跳舞，當你以快四步節奏跳慢三步舞曲時心裏總會很彆扭，但你的腳步與舞曲節奏吻合時心裏就會很舒坦。

當然，這種語言形式會使詩歌與日常語言之間距離拉大，造成拿腔捏調的感覺，就像謝榛《四溟詩話》所說的

「學說官話，便作腔子」，把古詩那種自然流動的質樸全丟光了。可是，它卻使詩歌語言獨立出來，形成了一整套具有「疏離效果」的符號形式，特別是當詩人們日益發現這種語言形式的意味以後，它的形式美便逐漸被人接受，因為那種「成為在藝術家和他的觀眾的感受中根深蒂固的習慣」的「形式與法則」，畢竟能喚起人們的快樂，一種「由期待的喚起、懸留或完成而引起的感覺上的審美快樂」，例如虛詞的使用本來可以使句子流暢自然，古詩那種「皆與語合」「如道家常話」的風格至少有一半由它而起，可是當南朝以後的詩人習慣了整飭而密集的詩歌語言後，反而會覺得虛詞礙手礙腳，令詩句不流暢，《文鏡祕府論》南卷《定位》就說過：「之、於、而、以，間句常頻，對（仗）有之，讀則非便，能相迴避，則文勢調矣。」[1]我們看南朝詩人的詩作，如「天際識歸舟／雲中辨江樹」（謝朓）、「喧鳥覆春洲／雜英滿芳甸」（謝朓）、「鬱律構丹巘／崚嶒起青嶂」（沈約）、「羊腸連九阪／熊耳對雙峰」（庾信），大體都是「二一二」的格式，而「巫山彩雲沒／淇上綠條稀」（王融）、「高閣千尋跨／重檻百丈齊」（庾信）、「滴瀝露枝響／空濛煙壑深」（庾信），則是「二二一」的格式。

1　《文鏡祕府論》，人民文學出版社，1980 年，第 159 頁。

　　「詩眼」就在這「二一二」或「二二一」的語式中逐漸凸現！我們可以發現，當雙疊的實詞標誌着那些靜態的意象時，它本身並沒有像《拉奧孔》中所說的「最富於包孕性」的動感美，就像一尊沒有畫上眼睛的神像一樣，它缺乏活生生的生命力，「密林」與「餘暉」、「孤嶼」與「中洲」、「凌霜」與「桂影」、「野岸」與「平沙」，它們放在一起究竟能表現什麼？就像泥雕木塑似的並無活力。但是，當單使的虛字即動詞與形容詞羼入，就像畫龍點睛一樣，一下子使詩句活起來了，「密林『含』餘暉」，一個「含」字把落日在密林樹梢上漸漸隱沒的黃昏景色生動地呈現在讀者眼前；「孤嶼『媚』中洲」的「媚」，則使孤嶼在中洲而增添了江上的嫵媚可愛表現得極佳，一個「媚」字使兩個意象都染上了情感色彩；而「凌霜桂影『寒』」的「寒」字使桂樹的影子都帶有了寒意；「野岸平沙『合』」的「合」字則把天際岸邊沙灘連成了一個整體，好像是野岸與平沙自己走到一起去了似的。正因為這個字能賦予詩句與意象以活潑的生命力，使靜態的事物活靈活現地運動起來，所以它被視為詩歌的眼睛，沒有它，詩句就沒有了生命。

二、詩眼的意義：給物理情狀以情感色彩

　　不過，詩眼的意義並不僅僅是使詩歌所描述的事物具

有「動態」，而是要使這些意象具有「特殊的動感」。「池塘生春草」的「生」字算不得詩眼，而「綠蔭生晝靜」的「生」字才算詩眼。「池塘生春草」的「生」十分自然，沒有人會把池塘裏生長出春草這種現象當作不可思議的事，而「綠蔭生晝靜」的「生」卻很彆扭，綠樹的樹陰怎麼能生出白天的寧靜呢？人們在詫異之餘，就要好好地思索一下「生」字的意味。要引發讀者的好奇心，則必須使作品在某些程度上有些「不近常理」，而詩眼就常常是把動詞、形容詞用得很奇怪的一個字，換句話說，就是這個被稱作詩眼的字，常常好像與作為「動態發出者」（主語）或「動態接受者」（賓語）的意象接不上茬、對不上縫，非得拐幾個彎或掉幾次頭才能體會到這個字眼中蘊含的深意。就像上面我們所引謝靈運與韋應物那兩句詩，「池塘生春草」的「生」字對於「池塘」與「春草」之間的意義連綴太直接了，它只不過是一種普通的自然現象，所以讀者一帶而過，而「綠蔭生晝靜」的「生」字對於「綠蔭」與「晝靜」之間的意義連綴卻是間接的，這種「生」乃是一種心理現象，是詩人特殊的感覺，你得仔細體驗一下綠樹成蔭下一個人的感覺才能領會到夏日午間的樹陰中那種靜謐與安寧 —— 甚至還有涼爽帶來的心理恬淡。正是在你不得不「仔細體驗」那個字的意味的剎那停頓中，詩眼凸現了它的存在。

在謝靈運以下的南朝詩人那裏，「詩眼」的地位似乎遠不如「意象」來得重要，色彩豔麗的名詞性辭藻——引人注目的秀景——在編織一首詩時似乎比動詞或形容詞更受詩人青睞（至少在我們的感覺中是這樣的），所以儘管他們也常常有「秋岸澄夕陰／火旻團朝露」（謝靈運）、「密林含餘清／遠峰隱半規」（謝靈運）、「新花對白日／故蕊逐行風」（謝朓）、「懸崖抱奇崛／絕壁駕峻嶒」（何遜）、「接樹隱高蟬／交枝承落日」（何遜）、「輕雲紉遠岫／細雨沐山衣」（吳均）等等動詞用得很盡心盡力的句子，但這不過是少數「理有暗合，匪由思至」的特例，大多數對偶的句子中，那個單使的動詞或形容詞還是按照通常的「字典意義」來使用的，就像「海鷗戲春岸／天雞弄和風」（謝靈運）、「春晚綠野秀／巖高白雲屯」（謝靈運）、「魚戲新荷動／鳥散餘花落」（謝朓）這些名句中的「戲」「弄」「秀」「屯」「動」「落」一樣，它們並沒有超出它們各自的意義範圍，因此讀來並不會在人們心理上引起彆扭、新奇、詫異的感覺，而是像鹽溶於水一樣與句中意象融為一體，共同指示着某種外部世界的整體意義。

真正自覺地推敲「詩眼」的現象的確要到盛唐時代才出現，儘管把用「奇字」「活字」為「詩眼」的創始人說成是杜甫並不合適——《履齋示兒編》中就有幾段專門講杜甫善於「煉字」的文字——但杜甫確實是個推敲「詩

眼」的能手[1]。不過，《六一詩話》中那個人人皆知的「身輕一鳥□（過）」的例子並不是「詩眼」的典型，因為「過」字與他們所猜的「疾」「落」「起」「下」並沒有太大的區別，那種「歎服」多半出於一種仰視巨人的崇拜心理，真正體現杜甫「煉字」精髓的並不是在這種用詞細膩精巧的地方，而是在於他消解或改變字詞的「字典意義」而使詩句語意邏輯關係移位、斷裂或扭曲的地方，就像搭一座橋，如果說日常語言中的動詞與形容詞是在讀者與意義之間搭一座直橋的話，那麼杜甫卻常常把這座橋搭得九曲十八彎，非得讓人拐上幾個彎才能通向意義；或者把這座橋搭在極隱蔽處，使你找不到它，只好摸索通向意義之路，以致讀者不得不細細體驗詩人觀照世界時的感受，通過一種心理重建來尋找詩意的理解鑰匙。

讓我們看幾個例句：

「捲簾殘月影／高枕遠江聲」是杜甫《客夜》裏的一聯，「殘」與「遠」是這兩句詩的「眼」。一般說來，「捲簾」只能使「月影」照入屋來，那麼應該說「捲簾來月影」或「捲簾入月影」，可這一來一入便失去了詩句的意味，變成了一句普普通通的大白話，而「殘」字卻暗示了好幾層意思——

1　（宋）孫奕《履齋示兒編》卷十，知不足齋叢書本。

——「月影」不再僅僅是物理學上摸不着的光而且還是一種可觸可摸的物；

——「捲簾」不再是一種單純的動作，而是連那「月影」都捲進來的有意識行為；

——「殘」即「殘留」，包含了一種憐惜與眷念月影的情感；

——這種「捲簾殘月影」的行為中暗示了對故鄉的思念之情，也許這是因為「月是故鄉明」或「千里共明月」的聯想。

同樣，「遠」字似乎也富有種種暗示性，高枕本來並不能使「江聲」遠離，但由於高枕利於安眠，詩人在心煩意亂憂思重重之際，只有寄希望於在睡夢中擺脫江聲的困擾，因為江聲也同樣令人想到「同飲一江水」的故園，想到江水不停地流向遠方而自己卻羈留在異鄉，所以要用一個「遠」字，以表現自己心中的苦惱與煩悶，如果用「高枕無江聲」的「無」字，能表現詩人那種欲排解又排解不開的心境麼？而這裏的「殘」與「遠」已不再是原來意義上的動詞與形容詞，而是「使……殘留」「使……遠去」的使動用法的動詞，它標誌的也不再是單純物理意義上的動態，而是染上了心理情感的動感了。

又像《後遊》一首中的「野潤煙光薄／沙暄日色遲」。煙光如何會「薄」？日色又如何會「遲」？初看之下似乎

不可思議，可是當讀者細細體驗之後便會感到，當原野像浸潤了酥油一樣色彩濃烈的時候，晨曦下的霧靄的確會顯得很淡，而沙地發出喧鬧的澀聲時，落日似乎也下降得澀滯起來，張上若說：「潤字從薄字看出，喧字從遲字看出」[1]，我們也可以反過來說，詩人從野「潤」感到了煙光之「薄」，從沙「喧」感到了日色之「遲」，因此，這「薄」與「遲」便不再是一個單純的形容詞，而是標誌了詩人感覺中動態情狀的詩眼。

還有一個例子也很有趣，《宿府》第三四句有「永夜角聲悲自語 / 中天月色好誰看」，這「悲」與「好」二字究竟屬上還是連下曾引起人的紛爭，有人說應該是「永夜角聲悲 / 自語，中天月色好 / 誰看」，有人說應該是「永夜角聲 / 悲自語，中天月色 / 好誰看」，可是依前一說，詩句只能理解為：

　　長夜的角聲悲涼，我在自言自語；
　　中天的月色好，可又有誰看？

依後一說，詩句則又只能理解為：

1　（清）楊倫《杜詩鏡詮》引，上海古籍出版社，1980 年，第 347 頁。

長夜的角聲，在悲涼地自言自語；
中天的月色，好給誰來看。

無論前一說還是後一說都屈從了日常語言的規則而限制了
詩句的意義空間，如果我們把這種詞理解為一種「感染錯
合」式的「提包」式詞彙，那麼我們應該把「悲」與「好」
的心理蘊涵分配給上下兩個分句兼而有之，這種「悲」是
詩人心底的悲愴，所以它應當理解為「長夜角聲悲涼，悲
哀它自言自語地傾吐人間悲涼」；這「好」也是詩人眼中
的好景，所以與上句相連應該解讀為「中天月色好，雖
好，又好給誰看了來說好呢？」，於是「悲」與「好」字
便涵蓋了整句詩的意蘊空間，並由此產生了多義性理解的
可能性。

杜甫詩中這種例句不少，像孫奕《履齋示兒編》卷十
《出奇》所舉的「二月已破三月來」「一片飛花減卻春」「朝
罷香煙攜滿袖」「何用浮名絆此身」中的「破」「減」「攜」
「絆」字，都不是日常語言中所用的字典意義，之所以說
它「只一字出奇，便有過人處」，乃是因為這一字便使詩
句如得「靈丹一粒，點鐵成金」，帶上了詩人的情感色
彩[1]；而羅大經《鶴林玉露》卷六所舉的「紅入桃花嫩，青

1　（宋）孫奕《履齋示兒編》卷十，知不足齋叢書本。

歸柳葉新」中的「入」與「歸」字，則化靜態現象為動態
過程，之所以說它們是「健字撐拄」，是由於這兩個字像
支柱一樣撐起了詩句活生生的生命，顯出了靈動的動態之
美[1]；葉夢得《石林詩話》卷下所舉的「江山有巴蜀，棟宇
自齊梁」「粉牆猶竹色，虛閣自松聲」中的「有」「自」「猶」
等字，則由虛入實，展開了一個時空構架，之所以要說它
「一字為工」「工妙至到」，乃是因為前一聯「有」字、「自」
字使靜止的地名與久遠的時代突然轉化為詩人心理上的地
勢俯瞰與時光流逝，所以說是「吞納山川之氣，俯仰古今
之懷，皆見於言外」，而後一聯的「猶」字、「自」字，
也暗示了這個亭子的時光久遠和飽經風霜，所以說是「若
不用『猶』『自』兩字……凡亭子皆可用，不必滕王（亭
子）也」[2]。

　　當然，這並不是杜甫個人的發明而是一個詩歌語言
趨向，在杜甫的前後，還有不少詩人都注意到了凸現「詩
眼」的問題，寫出了不少佳句，像王維的「泉聲咽危石 /
日色冷青松」「大漠孤煙直 / 長河落日圓」，李白的「雁引
愁心去 / 山銜好月來」「人煙寒橘柚 / 秋色老梧桐」，孟浩
然的「野曠天低樹 / 江清月近人」「微雲淡河漢 / 疏雨滴

1　《鶴林玉露》甲編卷六《詩用字》，中華書局，1983 年，第 108 頁。
2　參看本書《論虛字》一章。

梧桐」等等，都寫得極其工巧，穎異不凡，比如「大漠孤煙直」兩句，「直」「圓」二字恰如《紅樓夢》四十八回裏香菱所說：「想來煙如何直？日自然是圓的，這『直』字似無理，『圓』字似太俗。合上書一想，倒像是見了這景的，要說再找兩個字換這兩個，竟再找不出兩個字來。」

這便是「詩眼」的意義。香菱憑着直覺感受所講的一句話極有趣也極具洞見：

有口裏說不出的意思，想去卻是逼真的；有似乎無理的，想去竟是有理有情的。

所謂「口裏說不出的意思」，似乎正可以指那些違背了日常語言習慣的詩眼的拗口、彆扭、扭曲，它把一句話說得似乎不那麼連貫順暢，不那麼自然樸素，甚至不那麼合理，所以「口裏說不出」而只能在詩裏出現；所謂「想去卻是逼真的」，則指的是，當讀者再度在心靈中重構詩人的視境時，詩人的心境也融入了這種視境，當詩人的感受與讀者的感受發生重疊，那麼，這種「體驗的構架」便取代了「邏輯的構架」，使它顯示出一種「逼真」來；所謂「似乎無理」，是說這詩眼並不吻合物理世界運動情狀的邏輯，像「雁引愁心去／山銜好月來」中雁如何「引」愁心，山如何「銜」好月？「泉聲咽危石／日色冷青松」中

泉聲如何「嚥」，日色如何「冷」？而「想去竟是有理有情」，則指讀者深入到詩人心靈深處時，領悟到了這「無理」詩眼中蘊含的無盡詩情時的那一刹那「豁然開朗」，感受到了詩歌中所帶有的詩人的獨特「邏輯」與「情感」。

三、詩眼消解與篇法、句法與字法

「詩眼」的凸現使詩歌意象的物理運動或自然情狀染上了詩人的情感色彩，因而也使詩歌意象贏得了生命力，因此盛唐以後的詩人們似乎都迷上了這種語言技巧，我們在中晚唐詩歌中可以發現不少對偶整齊、詩眼精巧的句子，像「寒雨暗深更／流鶯度高閣」（韋應物）、「蟬聲靜空館／雨色隔秋原」（郎士元）、「孤燈寒照雨／深竹暗浮煙」（司空曙）、「過橋分野色／移石動雲根」（賈島）、「遠山籠宿霧／高樹影朝輝」（元稹）、「亂花漸欲迷人眼／淺草才能沒馬蹄」（白居易）、「疏雨殘虹影／迴雲背雁行」（馬戴）、「遠山橫落日／歸鳥度平川」（杜荀鶴）等等，而「推敲」的故事（賈島）和「一字師」的傳說（鄭谷）分別出自中、晚唐，也説明了「煉字」之風在當時的盛行。

不過，這裏又潛藏着另一種弊端，當人們紛紛去追求這一字之工、一字之奇的時候，卻忽略了詩歌意義的整體建構。詩歌並不能僅由一個或幾個字完成意境的創造，把其他意象都當作跑龍套的配角視為可有可無，其結果是把

戲劇演成了單口相聲，無論你多麼能耐，一棵菜畢竟成不
了席；把整體意脈割得寸寸分斷而只顧個別字詞的表現，
則是把明星劇照當成了電影，儘管那一個鏡頭精彩無比，
別人卻不能因此而瞭解劇情。中晚唐的一些末流詩人過分
酌句斟字的結果正是如此有字無句，有句無篇，特別是他
們把一些別人用得很精巧的字成雙成對地鑲嵌在自己硬湊
的句子裏，而且屢用不厭，就無形中使得「詩眼」成了
「俗字」，有生命的「鮮菜筍」變成了無生命的「死魚蝦」，
用宋人的話來說，就是「活字」變成了「死字」。像《石
林詩話》卷中所說後人學杜甫「江山有巴蜀／棟宇自齊
梁」中「有」「自」二字，「模仿用之，偃蹇狹陋，盡成死
法」便是一例；而晚唐詩人模仿賈島用「多」「半」二字
湊成大量對句，以致人讀來總是似曾相識也是一例。這就
像清人劉熙載《藝概‧經義概》裏所說的「字句能與篇章
映照，始為文中藏眼，不然，乃修養家所謂『瞎煉』也」[1]。

於是，當人們越來越注目於詩歌的意義表達功能，越
來越傾心於整體意境的自然高遠而厭倦僵滯呆板的形式拘
束時，詩人便開始對「詩眼」冷淡起來了，請看宋人的幾
段話——

1　《藝概》，上海古籍出版社，1978 年，第 178 頁。

意格欲高，句法欲響，只求工於句字，亦末矣。[1]

其（指詩歌）用工有三：曰起結，曰句法，曰字眼。[2]

詩以意為主，又須篇中煉句，句中煉字，乃得工耳。[3]

煉字莫如煉句，煉句莫若得格。[4]

請注意，這四段話不約而同地把詩歌創作分成了三個層次，借明人王世貞《藝苑巵言》卷一的話來說，即「篇法」「句法」「字法」[5]，而他們又不謀而合地認定「篇法」高於「句法」，「句法」高於「字法」，仍用王世貞的話來說，就是「篇法之妙，有不見句法者，句法之妙，有不見字法者」，顯而易見，「詩眼」即「煉字」的地位在宋人心目中是大大降低了，所以他們才一再地說「詩以意為主，文詞次之」[6]。

是不是「以意為主」，以篇法即全詩整體意境氣格為主就一定要把「字法」即詩眼的推敲拋開呢？顯然不是。

1　（宋）姜夔《白石道人詩說》，《歷代詩話》，中華書局，第 682 頁。

2　（宋）嚴羽《滄浪詩話》，《歷代詩話》，第 687 頁。

3　（宋）張表臣《珊瑚鈎詩話》卷一，《歷代詩話》，第 455 頁。

4　（宋）釋普聞《詩論》，見《重校說郛》第七十九卷，上海古籍出版社影印本。

5　《藝苑巵言》卷一，《歷代詩話續編》，中華書局，1983 年，第 961 頁。

6　（宋）劉攽《中山詩話》，《歷代詩話》，第 285 頁。

不過，強調同樣也意味着忽略，就像眼睛專注地凝視一點
必然對其他各點視而不見一樣，儘管抱着求全責備意圖的
詩論家總是試圖篇、句、字滴水不漏、錙銖必較，但事實
上卻總是十個指頭按跳蚤，顧東顧不了西，當宋人注意到
詩歌中「意」與「理」的表達的重要性時，他們就必然要
對妨礙「意」「理」傳遞渠道暢通的字、詞百般挑剔，於
是，本來三足鼎立、並駕齊驅的篇、句、字便在「出主入
奴」的心理中分出高下來了，《詩人玉屑》卷六引《室中
語》將「命意」當成「主子」而把擇韻求字視為「如驅奴
隸」，開了袁枚《續詩品》「意似主人，辭如奴婢」的先
河[1]；而楊萬里《誠齋集》卷六十六《答徐賡書》以「治兵」
為例論作詩文，則上承杜牧《樊川文集》卷十三《答莊充
書》「以意為主以氣為輔以辭彩章句為兵衞」，下啟元人
范梈以「將之用兵……多多益善而敵莫能窺其神」來論
詩「先須立意」[2]，《紅樓夢》第四十八回香菱論詩一段在香
菱誇了一陣詩眼之後，林黛玉劈頭説了一段話：「詞句究
竟末事，第一是立意要緊，若意趣真了，連詞句不用修飾
自是好的」，這當然是曹雪芹的意思，不過也正是曹雪芹

1　（宋）魏慶之《詩人玉屑》，上海古籍出版社，1978 年，第 127 頁。
2　轉引自吳景旭《歷代詩話》卷六十七《詩法》，中華書局，1981
　　年，第 1018 頁。

從傳統詩論那裏販來的「終審判決」。

　　「句眼端能敲一字，吟腸何啻着千年」，是不是「詩眼」的推敲有礙於意脈的流動，是不是字詞過分地遠離了「字典意義」就有可能使意義的傳遞受到了阻礙，就像「混沌鑿七竅」反而失去了生命？很難說，總之，在宋人高舉「自然」「意格」而貶低「字詞」之後，人們對「詩眼」確實是冷淡多了，詩人越來越趨向於把詩寫得流暢、自然，越來越不願意「以辭害意」，他們生怕哪一個過分凸出又頗為費解的「詩眼」成為閱讀的障礙或佔有了閱讀者的大部分注意力，因此，詩眼就在這種自然流暢的詩歌中被逐漸消解了。可是，對於詩歌這究竟是幸還是不幸呢？

第八章

從宋詩到白話詩

—— 詩歌語言的再度演變

中國詩史的研究，除依朝代劃分階段外，還有按詩風劃分階段的，比如古詩、齊梁體、初盛中晚唐詩、宋詩、白話詩、朦朧詩乃至第五代詩等等，都曾被用來作為「詩歌時代」的標誌。但是為什麼它們可以各成為一個時期詩史的標誌或名目，卻很難說清楚，大體在各個研究者心目中都有某種「可以意會而不可以言傳」的感覺在當標尺，但是一旦形諸筆墨，則眾說紛紜，有的從思想上立說，有的從風格中入手，有的從內容題材裏尋覓，爭吵不休，就好像丈量一段公路，時而用英尺，時而用公尺，時而用市尺，終究弄不清長短一樣，害得讀者莫衷一是。因此下面這段話也許會對我們有所啟發：

　　我的論點是，一首詩中的時代特徵不應去詩人那兒尋
找，而應去詩的語言中尋找，我相信，真正的詩歌史是語
言的變化史，詩歌正是從這種不斷變化的語言中產生的。[1]

於是，當我們從語言構成這個角度來審視中國詩史的時
候，我們就會驚異地發覺中國詩歌變化發展的脈絡實在
是很清楚的，一個又一個的「詩歌時代」其實也就是一
次又一次的詩歌語言的變革。這一看上去有點兒循環往
復 —— 當然也可以說「螺旋形上升」—— 的運動過程背
後的動因大約就是俄國形式主義文論所謂的「陌生化」
（defamiliarization），即詩人們對業已習慣的詩歌語言
不斷地有組織違反。這種「陌生化」並不像有些人所描繪
的那樣總是充滿了火藥味，也不像有些詩史上所寫的那
樣是語言的「解放」或「決裂」，卻時時讓人感覺到在看
似「斷裂」的語言革新中總有着某種「繫連」，詩歌似乎
總是在日常語言與特殊語言之間擺來擺去：「新」的探索
者儘管口頭心裏都不願承認卻實際上遙繼着上一輪語言較
量中失敗者的衣缽，而「舊」的籠罩着詩壇的語言形式雖
然被人熟悉而生厭但總會以另一種方式再度登臺。於是，

1　韋勒克與沃倫《文學理論》（中譯本）第十四章引貝特森語，劉象
　　愚等譯，三聯書店，1984 年，第 186 頁。

詩歌史就好像在不停地輪流上演兩部風格迥異的影片，詩歌語言形式在這擺來擺去之中，也好像無可奈何的演員，只好不停地變換臉譜，輪流充當兩部影片的主角，至於它究竟偏向哪一方，卻往往又要視一個時代詩人們對詩歌功能——即「為什麼寫詩」——的理解而定。

於是，一部詩歌史就簡化為詩歌語言形式的變化史，而中國詩歌語言的演變過程中最具有「革命」意義的變化，除了古詩到齊梁體詩及唐詩的那一次之外，就要算從宋詩一直延續到 20 世紀白話詩運動的詩歌語言演變了。

一、以文為詩：從唐詩到宋詩

我在《意脈與語序》一章中已經談及中國古典詩歌語言的建立過程。大體上說來，先秦兩漢魏晉的「古詩」，其語言與散文語言及日常語言在形態上的差異並不明顯，像語序的正常流動、虛詞的使用、音律及句內節奏的不講究等等，詩文都很相近。但是，從謝靈運、謝朓、沈約以後，中國古典詩歌語言與散文或日常語言分道揚鑣了：意象的密集化、凝練化，使得虛字逐漸退出了詩歌；語序與意脈的分離，使得習慣語法被破壞殆盡；聲律模式的形成，使詩歌有了一個華美整飭的圖案化格式；典故的運用及詩眼的推敲，使得古典詩歌尤其是近體詩有了精緻而含蓄的象徵意味。到了唐代，這一整套詩歌語言形式完全成

熟，它使古典詩歌形成了以下表現特徵 ——

敘述視角：由於代表敘述主體的主語的消失，多元交叉轉換的視角取代了日常語言中的固定不變視角；

描述過程：由於語序的省略與錯綜，平行呈列的共時性凸現取代了日常語言中的直線排列的歷時性描寫；

時空關係：由於標識時空的虛詞的消失，感覺構架取代了邏輯構架；

語言形式：各句各聯乃至全詩的勻稱構造及雙重對位式排列取代了日常語言或散文語言的散漫形式。

可是，正像古話「相反相成」和俗話「有利有弊」所顯示的那樣，當中國古典詩歌語言形式日益成熟的時候，它的缺陷也同時呈現。意象的密集化和語序的省略錯綜雖然促成了詩歌「埋沒意緒」的張力與含蓄朦朧的意境，也造成了意義的晦澀甚至隱沒，它所引發的多義性解釋有可能變成意義的消解，正如邊界過大等於沒有邊界，捆人的繩索太鬆太長卻變成了跳繩遊戲的工具。聲律格式的定型化雖然造成了華美的對稱性結構，但也引發了語言形式的板滯，就像整齊劃一的音樂節奏固然引發了人們美麗的舞步但也限制了人們邁動雙腳的自由一樣，因為形式的極致是形式美，而形式的極端是形式主義。詩眼的推敲增添了

詩的感受性與想像空間，但也可能使詩句失去了傳達意義的功能而變成文字自身的孤立表演，就像一個喧賓奪主的演員在臺上過分賣力地表現，而使全劇的故事被遺忘，儘管淋漓盡致卻恰恰導致了整體效果的敗壞一樣，造成「有字無句」。特別是這樣一種現象尤為普遍：當人們以熟悉的語言交談時，由於這種約定俗成的「熟悉」使大家並不經意於它的形式而將話語直接轉換為「意義」，很容易互相溝通與理解，決不會有人在聽他人聊家常話時去注意他的語序是否正常、用詞是否精妙、聲韻是否鏗鏘，可是當人們以錯綜顛倒、省略簡化、精琢對稱的詩歌語言「對談」時，人們就不得不把相當大的一部分注意力分給了對語言外在形態的凝視，於是形式凸出了，而意義反而被忽略了[1]。

當中國古典詩歌語言 ── 集中表現在近體詩中 ── 在盛、中唐詩人手裏日臻完美圓熟之後，很多詩人就不由自主地陷入這種定型的語言形式，在其中打筋斗淘沙金，他們那種「吟成五字句，用破一生心」（方干）、「詩近吟

1　這一點，在嚴復、夏曾佑《國聞報館附印說部緣起》中就曾有過分析，他們認為，「有用簡法之語言，有用繁法之語言。簡法之語言，以一語而括數事，故讀其書者，先見其語，而此中之層累曲折，必用心力以體會之⋯⋯繁法之語言，則衍一事為數十語⋯⋯讀其書者，一望之頃，即恍然若親睹見之事者然」。這雖然是在論散文，但也可以移來論詩歌語言，可見 20 世紀初，人們即已注意到了語言的結構與功能問題。

何句，髭新白幾莖」（李頻）式的苦苦追尋，竟沒有把詩歌語言技巧變為手段而往往被形式所役，甚至於把這種語言形式當作套數，因此，一條華麗的項鍊就變成了套脖子的鎖鏈，有意味的形式變為無意義的形式主義，「陌生化」的結果變為「熟悉化」的套路，這一點，從晚唐五代的詩歌理論與創作兩方面都可以看出。《詩式》《王昌齡詩格》《文鏡祕府論》《風騷旨格》《雅道機要》等書中的論「勢」論「格」，就常常把靈動變化、自出機杼、吟詠情性的詩歌語言變成了一套又一套的「標準試題與標準答案」，而末流詩人則把近體詩尤其是五律寫成了一套死板呆滯的語言「填空」格式：首聯起意，十字一串；中間兩聯寫景，必定是「實字疊用，虛字單使」，二一二、二一二、二二一、二二一地排列，頸頷兩聯的單字必定是精心推敲的動詞或形容詞的「眼」，而末一聯則必然要拓開一層結束大意。正如《升庵詩話》卷十一所說，晚唐詩「不過五言律，更無古體。五言律起、結皆平平，前聯十字一串帶過，後聯謂之頸聯，極其用工……惟蒐眼前景而深刻思之，所謂『吟成五個字，拈斷數莖須』也，余嘗笑之，彼之視詩道也狹矣」[1]，因此宋代人也諷刺道：

1　（明）楊慎《升庵詩話》卷十一，《歷代詩話續編》，中華書局，1983 年，第 851 頁。

　　唐末五代，俗流以詩自名者，多好妄立格法，取前人詩句為例，議論蜂出，甚有「獅子跳擲」「毒龍顧尾」等勢，覽之每使人拊掌不已。大抵皆宗賈島輩，謂之「賈島格」。[1]

以至於有人一而再、再而三地斥罵他們「卑而又俗，淺而又陋」「雕飾太甚，元氣不完，體格卑而聲氣亦降」，甚至痛罵這些詩人為「褌中之虱」[2]。於是，濫觴於杜甫、韓愈而大成於宋代詩人的一種詩歌語言革新潮流，應當被視為新的一輪詩歌語言陌生化運動，而這一輪「陌生化」的結果便是宋詩的形成。

　　儘管對宋詩有着形形色色的評價，諸如宋詩「主理」、宋詩「細膩」、宋詩「寡比興」、宋詩「愛講道理發議論」、宋詩「以筋骨思理見勝」、宋詩「不講形象思維」……但這些評價往往不是憑感覺印象的抽象評點，就是以內容取代形式的價值批判，雖然評論者心目中的潛在參照系都是唐詩，評論者卻不曾從語言角度去辨析宋詩與

1　（宋）胡仔《苕溪漁隱叢話》前集卷五十五引《蔡寬夫詩話》，人民文學出版社，1981年，第376—377頁。
2　以上參見（元）方回《瀛奎律髓彙評》卷四十七，上海古籍出版社，1986年，第1753頁；（明）陸時雍《詩鏡總論》，（明）楊慎《升庵詩話》卷十一，《歷代詩話續編》，中華書局，1983年，第1418、851頁。

唐詩 —— 宋詩總是被放置在唐詩的背景下拍攝的 —— 的差異，於是結論下得固然痛快淋漓卻總是隔靴搔癢地搔不到癢處。像嚴羽那一句「以文為詩」其實已經觸及要害，但儘管這句話被一引再引，卻總是被批評家當作一紙現成的判決書，至多為它找幾條「證據」來證明它的權威性，卻總是不去細細考究宋詩何以「以文為詩」，而僅憑這一紙「終審判決」便乾淨利落地了結此案。因此，我們要追問這樣一些問題：宋人為何要以文為詩？宋人如何以文為詩？以文為詩究竟有什麼不好而被貶來貶去？

從語言形式與語言功能之間的關係上來看，詩歌語言似乎可以分為兩大類。借用羅曼・雅各布森（Roman Jakobson）《語言學與詩學》（*Languistics and Poetics*）的一種理論，我們把詩歌語言按照它與它所涉及的「我」（說話者）、「你」（聽話者）、「它」（內容或事物）三方面的不同「焦距」進行分類。當詩歌語言的功能焦距集中在「我」與「你」之間的時候，它的目的是「表達」，換句話說，語言的目的在於溝通「我」與「你」之間，當然，如果更偏重「我」，那麼詩歌偏向於抒發自我的感情，如果更偏重「你」，那麼詩歌偏重於告訴「你」某件事情或某種意義，但抒情也罷，敘述也罷，都側重於溝通「我」與「你」之間的信息渠道，把情感與意義傳遞給對方，因此，情感與意義的明白無誤是至關重要的，它使得語言形

式趨向於約定俗成的習慣或規範，以便使信息傳達的線路暢通無阻。可是，當語言的焦距集中於「我」與「它」之間的時候，說話人便無須顧忌交流的暢通與否，而只關心描摹內心中所感覺到的「內容或事物」，因此它構成一種感覺的「表現」功能，它的目的只是在於表現那個感覺中的世界。由於它既不關心「我」如何說，也不關心「你」如何聽，因此，它往往肆無忌憚地破壞習慣的語言規範，就好像喃喃自語或內心獨白，語言中只是一個純粹的「印象」。

唐代近體詩往往偏重於後一種「表現功能」，它既不是宣泄「我」之情感的抒情詩，也不是要告訴「你」某種事情或意義的敘事說理詩——前者在唐詩中以李白、李賀為代表，後者在唐詩中以白居易、元稹的部分詩為代表，但他們的這些詩大都恰恰不是近體律絕而是古體詩——是以「表現」感受與印象為主的、獨白型的詩歌，恰如清人吳喬《圍爐詩話》所說：

> 唐人作詩，惟適己意，不索人知其意，亦不索人人說好……蓋人心隱曲處不能已於言，又不欲明告於人，故發於吟詠。[1]

1　（清）吳喬《圍爐詩話》卷一，《清詩話續編》，上海古籍出版社，1983 年，第 473 頁。

　　所以，在「亂聲 / 沙上石，倒影 / 雲中樹」（劉長卿）、「寒雨 / 暗 / 深更，流螢 / 度 / 高閣」（韋應物）、「孤燈 / 寒 / 照雨，深竹 / 暗 / 浮煙」（司空曙）、「漏聲 / 林下 / 靜，螢色 / 月中 / 微」（姚合）、「滄海 / 月明 / 珠有淚，藍田 / 日暖 / 玉生煙」（李商隱）等等詩句中，很少有古詩或古文中常有的「我」「汝」「儂」「君」等標誌行為主體的主語，也很少有使語序完整、意脈清晰的「在」「於」「之」「所」等關係詞，卻有許多語序簡略而錯綜的句式和詞性內蘊不明確的字詞，因此，你看不到詩人的「我」在那裏指手畫腳，說東道西，也感覺不到詩人要給「你」指明一個什麼「道理」或講述一個什麼「故事」，在詩句裏呈現的往往只是詩人感覺世界中的原初本相，在詩句中傳遞的往往只是一個純然無我的疊合印象，至於其中的微妙意蘊，要靠讀者自己揣摩，而詩歌只是一群意象的組合呈現，恰如《滄浪詩話》所說的「羚羊掛角，無跡可求，故其妙處透徹玲瓏，不可湊泊」。然而，宋詩則不同，吳喬《圍爐詩話》在說了唐詩後又談到宋詩，他說：

　　宋人作詩，欲人人知其意，故多直達。[1]

1　見《清詩話續編》，上海古籍出版社，1983 年，第一冊第 473 頁。

　　於是，「表現」的詩轉型為「表達」的詩，宋人總是急不可耐地要人品咂出詩裏的「理」，因而總要想方設法地給人以「我」的暗示、「我」的啟發；宋人苦心孤詣地要人涵詠出詩裏的「意」，於是總要半明半白、半推半就地說出那話兒這謎底來。「爭妍鬥巧，極外物之意態，唐人之所長也；反求於內，不足以定其志之所止，唐人所短也」[1]，所以，「定其志」、明其意成了宋詩的首要任務，溝通「我」「你」之間成了詩歌語言的首要功能，於是「意脈」的暢通是掃清閱讀障礙的必要條件，而「語序」的日常化便不可避免地要作為詩歌語言變革的重要因素。

　　讓我們隨意挑幾首最為人熟知的宋代律詩。以梅堯臣《魯山山行》、歐陽修《戲答元珍》、蘇軾《和子由澠池懷舊》為例，從中可以看出，中晚唐律詩裏那種一句內意象密集地平行組合方式在這裏開始發生變化，由於有了「適與」「復」「隨處」「疑」「猶」「欲」「那復」「無由」「還」「獨」等不標識實在視覺物象的語助之詞的間隔，意象被「疏離」了，意脈被貫通了，換句話說，由於有了這些語助之詞，詩句顯得疏朗而流暢了；同時，不僅意象不再「脫節」，就連句與句之間的意脈也因為有了「跨句」和「復疊」的現象而顯得十分連貫，像「人家在何處？雲

1　（宋）葉適《王楠詩序》，《水心集》卷十二，四部備要本。

外一聲雞」的一問一答，「春風疑不到天涯，二月山城未見花」的一因一果，「人生到處知何似，應似飛鴻踏雪泥」的自言自語。據說「春風」二句歐陽修自己甚為得意，曾對人說：「若無下句，則上句不見佳處，併讀之，便覺精神頓出」，就是因為這兩句不僅意脈相接，語序連貫，而且合為一個整句時才能顯示意味；而蘇軾的那首詩不僅首聯流暢如話，而且由於「踏泥留爪」與「飛鴻鴻飛」意象的反覆迭出，打破了律詩「一句一意」的格式，使得前四句層層遞進，環環相扣，意義便曲折而連貫。

宋詩裏這類語式非常之多，我們不必去尋訪那些冷僻的作品，就在我們熟知的名句中也可以看到「春陰垂野草青青，時有幽花一樹明」（蘇舜欽）、「我亦且如常日醉，莫叫絃管作離聲」（歐陽修）、「夜來過嶺忽聞雨，今日滿溪俱是花」（鄭獬）、「欲把西湖比西子，淡妝濃抹總相宜」（蘇軾）、「此生此夜不長好，明月明年何處看」（蘇軾）、「人似秋鴻來有信，事如春夢了無痕」（蘇軾）、「海棠真一夢，梅子欲嘗新」（蘇軾）、「不識廬山真面目，只緣身在此山中」（蘇軾）、「新月已生飛鳥外，落霞更在夕陽西」（張耒）、「餘花猶可醉，好鳥不妨眠」（唐庚）、「未到江南先一笑，岳陽樓上對君山」（黃庭堅）、「但知家裏俱無恙，不用書來細作行」（黃庭堅）……大概都與日常語言或散文語言的形態很相近，虛字關聯詞用得很多，因

而語句很完整，很難找到唐詩裏那種顯眼的「詩眼」，也很難區分出明顯的雙疊意象，所以後人看慣了唐詩或心裏總是以唐詩為標準，便總覺得它像「文」而不像「詩」。《石林詩話》說歐陽修的律詩「意所到處，雖語有不倫，亦不復問」[1]，而《四溟詩話》則乾脆說：「凡多用虛字便是『講』，『講』則宋調之根」[2]，所謂「語有不倫」是以唐代詩歌語言為標準語言的批評，而所謂「講」，則是以日常語言為反面標準的譏諷。

清人賀裳《載酒園詩話》似乎對宋詩，尤其對歐陽修有一種狹隘的偏見，他覺得「宋人詩文，皆至廬陵而一變，有功於文，有罪於詩」「詩至廬陵，真是一厄⋯⋯開後人無數惡習」「（歐陽修詩）佳處不易得，徒淺直耳，且有賦而無比興」[3]，其實，這未免刻薄過甚，詩歌語言的轉型並不見得全是壞事，如果我們把視野放寬些，從詩歌語言本身的「陌生化」要求與詩歌觀念的變化兩方面來看，這種「轉型」也許恰恰是一種歷史的必然。

1　（宋）葉夢得《石林詩話》卷上，《歷代詩話》，中華書局，1981年，第 407 頁。

2　（明）謝榛《四溟詩話》卷四，《歷代詩話續編》，中華書局，1983年，第 1224 頁。

3　《載酒園詩話》，《清詩話續編》，上海古籍出版社，1983 年，第411—413 頁。

　　從詩歌語言的「陌生化」追求來看，當杜甫以虛字入詩和以拗句入律的時候，當韓愈、孟郊以「鈎章棘句，搯擢胃腎」和「不可拘以常格」的「橫空瘦硬語」寫詩的時候，大概他們並不是自覺地要掀起詩歌語言的又一次革新，可是，促使他們如此破壞詩歌語言習慣的心理動因卻一定是對慣熟套路的不滿。杜甫所謂「語不驚人死不休」的發誓和用「俗語」、寫「拗律」的做法，顯然和他運用錯綜語序寫詩的動機一樣，是為了取得某種驚人耳目的效果；而韓愈所謂「詞必己出」的見解和「自樹立，不因循」的說法，顯然與他用生僻字、散文式語句寫詩的做法互為表裏，都是為了「惟陳言之務去」的有心立異。所以，在他們的律詩裏，行文自然如古詩的句子開始出現了；在他們的詩句中，過去整飭有序、節奏分明的句式開始鬆動變形了；在鬆動變形的句子中，過去被嚴格剔除的「語助」之詞又滲入了，不合平仄的「拗字」也出現了；而在句與句之間，意脈也開始暢通連貫了。像律詩中的「幸不折來傷歲暮，若為看去亂鄉愁」「秋水才深四五尺，野航恰受兩三人」「城尖徑仄旌旆愁，獨立縹緲之飛樓」「杖藜歎世者誰焉，泣血迸空回白頭」（以上杜甫詩），古詩中的「古人稱逝矣，吾道卜終焉」「去矣英雄事，荒哉割據心」（以上杜甫詩），「破屋數間而已矣」「不從面誅未晚耳」「忽忽乎余未知生之為樂也」（以上韓愈詩），「吾見陰陽家有

説」「又孔子師老子云」（以上盧仝詩），「生當為，大丈
夫，斷羈羅，出泥塗」（皇甫湜詩），「始疑玉龍下界來人
世，齊向茅簷佈爪牙」（劉叉詩），「黑雲壓城城欲摧，甲
光向日金鱗開」「我有迷魂招不得，雄雞一唱天下白」「飛
光飛光，勸爾一杯酒」（以上李賀詩）……這些形如散文
或口語的詩句使讀慣了辭藻典雅、節奏整齊的詩句的人感
到彆扭，也使苦於套語束縛的詩人感到新奇，因而從此改
變了古典詩歌語言的凝固形式，開啟了宋人無數法門，正
如葉燮《原詩》所説：

> 韓愈為唐詩一大變，其力大，其思雄，崛起為鼻祖，
> 宋之蘇（舜欽）、梅（堯臣）、歐（陽修）、蘇（軾）、王
> （安石）、黃（庭堅），皆（韓）愈為之發其端……
> 開（元）、（天）寶之詩，一時非不盛，遞至大曆、
> 貞元、元和之間，沿其影響字句者且百年，此百餘年之
> 詩，其傳者已少殊尤出類之作，不傳者更可知矣，必待有
> 人焉，起而撥正之，則不得不改絃而更張之。[1]

這話説得很精彩，把「改絃更張」即「陌生化」的分界線

1　（清）葉燮《原詩》，《原詩　一瓢詩話　説詩晬語》合刊本，人民
　　文學出版社，1979年，第8—9頁。

定在「大曆、貞元、元和」時代也很適當，唐人也已有
「元和之風尚怪」的感覺，不過，說到為宋詩「發其端」
則更應上溯到杜甫，《後山詩話》引黃庭堅云：「韓以文
為詩，杜以詩為文，故不工耳」，就很明白地把「以文為
詩」的淵源平攤給了兩個創始人[1]。用宋人自己的話來說，
破棄聲律的始祖是杜甫，張耒曾想把這始創之功歸於他的
朋友，說：「以聲律作詩，其末流也，而唐至今詩人謹守
之，獨魯直一掃古今」，可胡仔卻馬上反駁說：「詩破棄
聲律，老杜自有此體，如《絕句漫興》《黃河》《江畔獨步
尋花》《夔州歌》《春水生》皆不拘聲律……故魯直效之」[2]；
用俗語白話入詩的始祖也是杜甫，像「禁當」「誰能那」
等，《歲寒堂詩話》卷上就特意點出：「世徒見子美詩多
粗俗，不知粗俗語在詩中最難，非粗俗，乃高古之極也，
自曹、劉死，至今一千年，唯子美一人能之。」[3]而《鶴林
玉露》丙編卷三更把這種與精巧工整的古典詩歌語言大為
不同的句子稱為「拙句」，覺得「夫拙之所在，道之所存

1　（宋）陳師道《後山詩話》，《歷代詩話》，中華書局，1981 年，
　　第 303 頁。

2　《苕溪漁隱叢話》前集卷四十七，人民文學出版社，1981 年，第
　　319 頁。

3　（宋）張戒《歲寒堂詩話》卷上，《歷代詩話續編》，中華書局，
　　1983 年，第 450 頁。

也」，所謂「破棄聲律」和「粗俗拙句」，恰恰也就是對古典詩歌語言形式中兩個最關鍵因素 —— 格律與語序的「有組織的違反」，而應當指出的是「新的藝術形式的產生是由把向來不入流的形式升為正宗來實現的」[2]。

從詩歌觀念的變化的角度來看。一方面傳統的「言志」「美刺」的詩歌觀念的沿襲及現實中自「安史之亂」以來的變亂的刺激，使詩人不能不重新調整詩歌的任務，從元結到白居易，從柳冕到韓愈，一種強烈地要求文學承擔社會義務的思潮使得詩人不得不思考個人內心之外的世界，使得詩歌不得不肩負社會倫理道德甚至政治方略的宣傳重任。另一方面，愈來愈深入而細膩的哲理思索與人生體驗，伴隨着愈來愈濃重的宗教 —— 如道、禪 —— 經驗使人們逐漸形成了一種冷靜、細微而形上的思維習慣。不僅僅是理學家，就是一般詩人，也常常善於「自一毫毛處體認大千世界」或「自平常歇腳處悟入」，內在的胸襟與氣質，外在的翠竹與黃花，觸得着的萬事萬物，觸不着的理念天道，在他們頭腦中都打得通，由格物而入，由悟道而出，「定亂兩融，心如明鏡，遇物便瞭，故縱口而筆，肆

1　（宋）羅大經《鶴林玉露》，中華書局，1983 年，第 288—289 頁。

2　V. Shklovsky 語，轉引自張隆溪《二十世紀西方文論述評》，三聯書店，1986 年，第 77 頁。

談而書，無遇而不貞也」[1]。所以，他們希望詩歌語言能擔負
起更深入而細膩地傳遞與表現的功能，所謂「不着一字，
盡得風流」的説法及「言有盡而意無窮」的説法，不僅蘊含
了詩人對語言的期望，也充滿了詩人對語言的失望，所以他
們把更多的注意力放在了語言對「意」的傳遞能力上。上述
兩方面 ── 對「理」的宣傳與對「意」的表達 ── 使詩歌
語言轉向了對「我」「你」的溝通與理解，卻逐漸拋開了對
「它」── 純然無我的印象世界 ── 的描摹。我們常常注意
到的是宋人對唐詩的頂禮膜拜或讚譽稱頌，卻不常注意到
他們對唐詩的批評與諷刺，請看下面幾段話 ──

> 唐人作詩，用思甚苦而所得無多。
>
> 世稱唐文物特盛，雖山林之士輒能以詩自鳴，以余視
> 之，如雙井茶，品格雖妙，然終令人咽酸耳。
>
> 世之病唐詩者，謂其短近，不過景物，無一言及理。
>
> 取成於心，寄妍於物，融合一法，涵受萬象，此唐人
> 之精也。然厭之者，謂其纖碎而害道。[2]

1　謝逸《溪堂集》卷七《林間錄序》，胡思敬輯校《豫章叢書》本。
2　以上參見張耒《張文潛文集》卷五十五《答李援惠詩書》，中華書
　　局，1990 年，第 835 頁；惠洪《石門文字禪》卷二十六《題權巽
　　中詩》，嘉興藏本，第 707 頁；趙汝回《雲泉詩序》，見張健編《南
　　宋文學批評資料彙編》，成文出版社，1978 年，第 545 頁；葉適
　　《水心集》卷十七《徐道暉墓誌銘》等。

他們對唐詩「所得無多」「無一言及理」「纖碎而害道」的
譏諷無非是由於唐人過分注重「純然無我的印象世界」，
而忽略了對「我」的思考，及對「你」的意義的表達與傳
遞，於是，溝通「我」「你」，承擔傳播「意義」與「哲理」
責任的語言功能凸現了，如果說梅堯臣所謂「意新語工」
的見解還是在意義與形式之間執平的話，那麼，「詩以意
為主，文詞次之」之後的種種議論，如「不反求於志，而
徒外求於詩，猶表邪而求影之正也，奚可得哉」「意到語
自工」[1]的正面說教，與「淡沾文字癖，虛覺鬢毛斑」的反
面懺悔，似乎都以「意義」掩抑了「形式」，魏了翁有一
段話說得明白：

　　理明義精，則肆筆脫口之餘，文從字順，不煩繩削而
合。彼月鍛季煉於詞章而不知進焉者，特秋蟲之吟，朝菌
之媚耳。[2]

因此，為凸現意義的語言功能就必然要促使詩歌向「文從

1　以上參見宋劉攽《中山詩話》，《歷代詩話》，中華書局，1983 年，
　　第 285 頁；宋包恢《答曾子華論詩書》，見張健編《南宋文學批評
　　資料彙編》，第 443 頁；謝逸《溪堂集》補遺《讀陶淵明集》等。
2　（宋）魏了翁《跋康節詩》，《鶴山先生大全集》卷六十二，四部叢
　　刊本。

字順」即更易於表達與更易於理解的語言習慣靠攏，而朦朧玄遠的個人吟唱也必然被溝通「我」「你」的對談性詩歌取代，於是詩歌語言中的「陌生化」追求與詩歌觀念中對「理」與「意」的追求，構成一種推動詩歌語言形式變革的「合力」，形成了宋詩「以文為詩」的語言特徵。不過，在這裏還應該指明的是，「以文為詩」的內涵並不像有的人想像的那麼狹隘，似乎「文」僅僅指「古文」而不包括日常語言。其實，如果我們仔細辨析就可以看到，雖然有的詩人在掙脫唐詩爛熟套數中，有意較多地偏向了古文語言以破壞詩律規範，形成夭矯瘦硬的詩歌語言，但他們無疑走了偏鋒，因為那種生澀險奇的語式與詞彙依然是阻礙「我」「你」溝通的絆腳石（如黃庭堅的某些詩）；相反，真正達到「陌生化」效果與溝通意義效果的卻是以日常語言入詩的那類詩歌，因為日常語言不僅在「凸現意義」上優於生澀的古文語言，而且更吻合於宋人理念上所追求的「平淡」「自然」等美學原則，更能夠體現一種風趣而生動的勃勃生機，像下面幾首詩，不必寫出作者與詩題，你也不會誤認它們為唐詩──

莫言下嶺便無難，賺得行人錯喜歡。正如亂山圈子裏，一山放過一山攔。

游絲浩盪碎春光，倚賴微風故故長。幾度鶯聲欲留住，又隨飛絮過東墻。

半畝方塘一鑒開，天光雲影共徘徊。問渠那得清如許，為有源頭活水來。

二、以白話為詩：20 世紀初的詩體革命

宋詩的命運似乎遠不如唐詩那麼燦爛輝煌。

從詩歌語言角度來說，宋詩的全部內涵就在於四個字：凸顯意義，而凸顯意義的結果是誕生了一代新的詩歌語言形式，它在細膩、明快、流暢上超越了唐詩：它的正常語序疏離了過去密集的意象，雖然密集平行呈列的意象能夠構成一種撲朔迷離、五彩繽紛的視境，但它的意境卻不清晰透明，往往炫人眼目，如七寶樓臺，拆碎下來卻一無所有，使讀者窮於應付意象的轟炸卻無暇深入體驗。而宋詩的日常語序卻使人們更容易理解詩的意義，因為對於熟悉的話語，無須過多地琢磨便能在瞬間轉換為它的所指；它對虛字虛詞的使用改變了古典詩時空、因果關係的朦朧含糊，雖然朦朧含糊的時空因果關係增加了詩歌的「張力」，但它卻淹沒了「說話人」即主體意識的存在，好像說話人把那一堆意象一古腦兒地推給讀者就算完事，根本沒有表示過自己的感覺或知性似的，於是，「我」要

説什麼、「我」説這些幹什麼便成了一本糊塗賬，「意義」與「關係」就被湮沒了，而宋詩卻使詩歌的表達更為明晰、主體意識的傳遞更為明確，而且更能曲盡其意，因為層次豐富的意義畢竟要通過因果、時空等關係詞來層層遞進，而微妙曲折的心理活動畢竟是要由各種各樣虛詞來細微表述的，所以翁方綱《石洲詩話》説：

> 詩至宋人而益加細密，蓋抉刻入裏，實非唐人所能囿也。[1]

但是，凸現意義的代價卻是使詩歌受到了另一種損傷，詩歌是需要朦朧的，過分清晰便會一覽無餘；詩歌是需要自由的，主體意念的過多介入則限制了讀者的想像；詩歌是需要逃避理念與抽象的，但是，凸現意義卻使抽象與理念隨着散文語言與日常語言 —— 具體性意象的疏離、無形象虛詞的使用與淡化形式的正常語序 —— 的回歸再次滲入詩歌。所以從宋代起，就有人罵宋詩「不是詩」，劉克莊《竹溪詩序》説：

1　（清）翁方綱《石洲詩話》卷四，《談龍錄　石洲詩話》合刊本，人民文學出版社，1981 年，第 119 頁。

本朝則文人多詩人少……要皆經義策論之有韻者耳，
非詩也。[1]

從此以後，這類尖酸刻薄的話就更多了，李夢陽的
「宋人主理作理語……若專作理語，何不作文而詩何為
耶」說得還有分寸，但另一句「宋人……無詩」和何大
復「宋無詩」、屠隆「彼宋而下何為？詩道其亡乎」等一
樣[2]，就乾脆一筆抹倒了宋詩，即使斷斷續續有不少人讚褒
宋詩，倡導宋詩，但他們仍沒有理解宋詩的真正意義。於
是宋詩總是在唐詩的萬丈光焰中顯得黯然無光，就像星辰
太靠近了月亮似的，總免不了「月明星稀」的命運。所以
幾百年中，詩歌語言並沒有沿着宋詩的路數變化，卻始終
在唐代詩歌語言形式的籠罩下徘徊，就連夏曾佑、黃遵憲
等號稱「詩界革命」的大人物，也只不過是提掇了幾個新
名詞、新意象來鑲嵌舊格式而已，並沒有真正做到「我手
寫我口」。

可是，極為有趣的是，在被稱作「詩體大解放」的
20 世紀白話詩運動中，我們卻看到了宋詩凸現意義、以

1　（宋）劉克莊《後村大全集》卷九十四，四部叢刊本。

2　以上參見李夢陽《空同集》卷五十一《缶音序》，何大復《何大復集》
　　卷三十八《雜言》，屠隆《由拳集》卷十二《唐詩品彙選釋斷序》等。

文為詩這一精神的真正復活。

　　白話詩歌語言形式與古典詩歌語言形式的差異在高倡「打破文法底偶像」的康白情口中説得清楚之極：「舊詩大體遵詩律，拘詩律，講雕琢，尚典雅；新詩反之，自由成章而沒有一定的格律，切自然的音節而不必拘音韻，貴質樸而不講雕琢，以白話入行而不尚典雅。」[1] 這裏所謂「自由成章」「切自然音節」「質樸」與「以白話入行」大抵就是指白話詩歌語言形式的散文化與口語化。雖然在胡適自嘲為「纏過腳後來又放大了的……放腳鞋樣」的初期嘗試性白話詩中，多少還有些古典詩歌的痕跡 —— 如《蝴蝶》還殘存了五律體五言八句的外在格套，《赫貞旦答叔永》還頗像五言古詩 —— 但就在這些詩中，也已經摒棄了黃遵憲那種在舊瓶裏裝新酒，僅靠新詞來裝點舊門面的做法，而是採用了散文句法與口語句法。前一首詩裏，「不知為什麼 ／ 一個忽飛還」一句中，具有視覺性的實詞意象已經被不指代任何實義而只標示心理流程的虛詞所疏離間隔，使心理過程完全表現在語言過程中，換句話說，就是語言更明晰地表述了詩人面對外在世界現象時的心理活動過程與「現象」活動過程，「不知為什麼」是心中所想，「忽」是表示感覺到的時間狀態的虛詞，這裏過去那

1　康白情《新詩底我見》，載《少年中國》一卷九期，1920 年。

種「平行呈列」而密集化的意象世界被散文或口語式的語言疏離成了直線排列的意象過程與心理過程，而「也無心上天／天上太孤單」的前一句，按意義節奏劃分就與古典詩的音步全然不同，不再是二二一或二一二的齊均節奏，而是一二二式的散行句子，至於「太」字，則純粹是口語詞彙了；而在後一首詩中，儘管還有文言語彙，但「聽我告訴你」「朝霞盡散了」「老任倘能來，和你分一半」等，也已經在音步節奏、詞語構成、語法組合上向散文尤其是口語日益靠攏了。

不必專門挑選，在蓬勃而興的眾多白話詩中，我們都可以看到散文語言對白話詩的大面積滲透。

首先，古典詩歌尤其是格律詩中，越來越罕見的虛詞及不標誌任何視覺性意象的詞語越來越多地用在白話詩中，像「我（和）一株（頂）高（的）樹並立（着）／（卻）沒有靠（着）」（沈尹默《月夜》），「屋子（裏）攏（着）爐火／老爺吩咐開窗買水果／說天氣不冷火（太）熱，（別任）他烤壞（了）我」（劉半農《相隔一層紙》），「你看（那）淺淺（的）天河／（定然是）不（甚）寬廣／我（想）（那）隔河（的）牛女／（定能夠）騎（着）牛兒來往」（郭沫若《天上的街市》），「（偶然）停住（了）圓肩／默默地低垂粉頸／（好像在）街水中間／自顧娉婷的孤影」（俞平伯《東都春雨曲》）……括號中這些幾乎從未出現於古

典詩歌的虛詞虛字，一方面標明了意象世界與主體之間的時間與空間關係，一方面呈示了詩人的心理活動與思維過程。前者如「着」「裏」「了」，它們使詩歌所指向的那個意象世界更加清晰，顯得整齊有序，同時也由於這種清晰暗示了視角的出發點（詩人）與終結點（物象）的存在，讀者不得不以詩人視角為自己的視角，以詩人的時空位置為自己的時空位置，像「屋子裏攏着爐火」一句，一個「裏」與一個「着」字就限定了行為的空間位置（屋子裏）與時間狀態（正在進行着），因此，詩人所想所見所聞便清晰而準確地傳達給了讀者；後者如「定然是」「定能夠」「好像在」「別任他」，則明確地表達了詩人心理上的思索與判斷，它們都不標誌任何視覺性意象，但都負擔着把詩人的意向明晰地告訴讀者的任務，使讀者面前有一個詩人在，並細微地理解了詩人的思路與情感。

其次，意脈與語序都顯得貫通流動了，這些虛詞虛字使得那些具有視覺性的意象之間有了繫連的紐帶，如果把意象比作一個個澄澈而靜謐的湖泊，那麼虛詞虛字就像湖泊之間的溝渠，它們使得各個湖泊的水互相流通，形成了動態的網絡。於是，語言不再是意象的綴合而是意義的過程，語序變得流暢，意脈顯得貫通，讀起來不再生澀扞格而是非常暢快，像胡適《一念》中的「我若真個害厲害的相思／便一分鐘繞遍地球三千萬轉」，不僅語序很自然，

而且毫不介意地跨句跨行，直到把話全都說完，再如胡適
很自負地稱為真正「新詩」的那首──

　　熱極了！/ 更沒有一點風！/ 那又輕又細的馬纓花鬚，/
動也不動一動。

且不說它毫不顧忌相同字面的重複、口語化的俚俗及標點
符號的使用，就是語序也完全自然，意脈從「熱」的感
覺出發，用「更」字推開一層寫外在世界的「熱」，後兩
句再承接上一句寫花鬚不動以證實「無風」，始終圍繞
「熱」字，非常清楚，全詩像一句話似的，沒有省略簡化
所造成的「跳躍」式中斷，也沒有錯綜顛倒所引發的「多
義」性障礙。至於被稱作「新詩正式成立」標誌的周作
人的《小河》，你從「一條小河，隱隱的向前流動。/ 經
過的地方，兩面全是烏黑的土，/ 生滿了紅的花，碧綠的
葉，黃的果實。……」中，也可以看到白話詩那種頂頂規
範而完整的句式，主語、謂語、賓語、定語、補語、狀語
都那麼安分守己地各歸其位，舒舒展展地伸長開來，全然
不像古典詩歌語言那樣藏頭露尾，截長去短，以至於不成
句子。

　　再次，古典詩歌那種五言、七言的整齊句式、四句八
句的規定行數、平仄相間對稱錯綜的圖案化格式被完全摒

棄，白話詩以散文般的自由形式，衝擊着千年以來形成的詩歌美學原則，把人們習慣的對稱性結構全然打破，白話詩中，沒有嚴格的聲律，沒有精工的對偶，沒有實字雙疊虛字單使的詞彙規則，三字四字乃至八字九字都可以獨立成句，三行四行七行八行十行二十行都可以構成詩篇，一句話可以跨行，一行可以是兩句話，的確「等於說話，等於談家常，結構既不謹嚴，取捨更無分寸」[1]，「算得上是一種『詩體的大解放』」[2]。像周作人《兩個掃雪的人》前面一小節：

　　陰沉沉的天氣，香粉一般白雪下得漫天遍地，天安門外白茫茫的馬路上，全沒有車馬蹤影，只有兩個人在那裏掃雪。

又像胡適的《人力車夫》中的對話：

　　客問車夫：「你今年幾歲？拉車拉了多少時？」車夫答客：「今年十六，拉過三年車子了，你老別多疑。」

1　孫作雲《談現代派詩》，載《清華周刊》第 43 卷第 1 期，1935 年。
2　胡適《談新詩 —— 八年來一件大事》，收入《中國新文學大系‧建設理論集》，良友圖書公司，1935 年，第 295 頁。

這裏沒有整齊的句式，沒有音樂般的韻律，它是詩，還是散文？至於康白情那首被成仿吾《詩之防禦戰》譏諷為「演說詞」的《別北京大學同學》，實在是「分成行子」的散文，而最典型的是冰心那篇《可愛的》，原本是抒情散文，卻被《晨報》副刊編者分成「行子」硬當作詩來發表，違背冰心本意的記者做得實在魯莽，可冰心本人卻完全接受了這種「魯莽」，竟「立意做詩」了，這個有趣的誤會與默認很讓人看到了「文」與「詩」在當時的合流。

三、宋詩與白話詩：一種共同的詩歌觀念導致的語言革命

誠然，白話詩的確相當徹底地破壞了中國古典詩歌自齊梁以來的語言形式，但是，它真是「前無來者」或「史無前例」的「大解放」或「大決裂」嗎？當時白話詩人沉浸在一種沖決舊羅網的激動情緒中，自然要用「解放」與「革命」這樣擲地有聲的字眼，因為不這樣嘎嘣乾脆就不那麼痛快淋漓，但在冷靜下來的研究者這裏，就應當看到「舊」與「新」之間並不可能那樣一刀兩斷式地「銀貨雙訖」，每一個寧馨兒的誕生都不會是「天生石猴」似的毫無「來處」。雖然，新詩風的開創者及其追隨者那種自尊與驕傲，曾使他們總是有意無意地遺忘自己的「出身」，生怕這種出身會辱沒了自己的業績，但是那割斷了的臍

帶與烏青的胎記總是會使他們暴露自己的譜系。於是，有人試圖從詞曲、民歌那裏尋找白話詩的源頭，似乎以這些出身比較「乾淨」的藝術形式為白話詩的濫觴就能使它的「革命」意義不言自明；也有人試圖從西洋那裏尋覓白話詩的發源，似乎它來自異邦新聲便更能顯示一種與傳統決裂的意味，這些淵源當然都不算錯，但是，為什麼都不願意承認它與宋詩那裏已經開始的詩歌語言變革的關係呢？是不是因為宋詩屬於古典詩歌，承認了這層關係就與傳統黏黏糊糊、藕斷絲連？是不是因為宋詩地位在唐詩之下，承認遙續宋人之風便等於承認「庶出」？我們不知道，但是，我們可以感到，以詞曲民歌或西洋詩歌為唯一源頭的說法至少不太全面。試想，有幾個初期白話詩人的詩歌素養是從《山坡羊》《小放牛》《蓮花落》中來的呢？有幾首初期白話詩是按照商籟體（sonnet）、迴環體（rondeau）、素詩（blank verse）或輕重律、重輕律來寫的呢？從白話詩運動的主將們浸潤於中國文化，諳熟中國古典詩歌這個事實中，從當時盛行宋詩這一背景中，我們應當看到，白話詩恰恰與他們所反對的中國古典詩歌有某種似反實正的淵源，在這裏，我們尤其要拈出的是白話詩運動的精神與宋詩「以文為詩」趨向的微妙關係。

說到白話詩的「以文為詩」，有不少人還是承認的，

像 20 世紀 40 年代廢名與李廣田就有兩句簡略而明白的
論述 [1]：

> 我們寫的是詩，我們用的文字是散文的文字，這就是
> 所謂自由詩。
>
> （今日新詩的一種共同特色是）詩的散文化。

可是，在白話詩運動初期，卻只有坦率得可愛的胡適「童
叟無欺」般地把新詩與宋詩的淵源關係一語道出，在《白
話文學史》《逼上梁山》中他幾次說到宋詩 ——

> 其實所謂「宋詩」，只是作詩如說話而已。[2]
>
> 我認定了中國詩史上的趨勢，由唐詩變到宋詩，無甚
> 玄妙，只是作詩更近於作文，更近於說話……宋朝大詩
> 人的絕對貢獻，只是在於打破了六朝以來的聲律束縛，努
> 力造成一種近於說話的詩體。[3]

1　參見廢名《新詩應該是自由詩》，見《談新詩》，北平新民印書館，
　　1944 年。李廣田《論新詩的內容與形式》，載《文學評論》1943
　　年創刊號。
2　胡適《白話文學史》第十四章，新月書店，1928 年，第 355 頁。
3　胡適《逼上梁山》，收入《中國新文學大系·建設理論集》，良友
　　圖書公司，1935 年，第 8 頁。

　　並且他直言不諱地承認——「我那時（指 1915 年）的主張頗受了讀宋詩的影響，所以說『要須作詩如作文』，又反對『琢鏤粉飾』的詩」。這裏指的是他當時宣誓要進行詩體變革的一首詩：「詩國革命何自始，要須作詩如作文。琢鏤粉飾喪元氣，貌似未必詩之純。小人行文頗大膽，諸公一一皆人英。願共戮力莫相笑，我輩不作腐儒生。」這決不是胡適漫不經心的信口開河，只是這個由白話詩開創者親口道出的事實被人們有意無意地忽略了而已。其實，當時中國詩壇正處在「宋詩」餘波未盡的時代，據說當時人紛紛模擬宋詩，甚至連杜甫都被斥為「頹唐」[1]，正如胡適所說「最近幾十年來，大家都愛談宋詩，愛學宋詩」「這個時代之中，大多數的詩人都屬於宋詩運動」[2]。所以，只要對宋詩在詩歌語言變革中的意義有正確的估價，對白話詩的語言結構與功能有冷靜的分析，人們就能明白「要須作詩如作文」的白話詩與「以文為詩」的宋詩之間確有許多共同之處和直接的淵源。

　　也許，在宋詩與白話詩的共同之處中，最應當注意的並不是它們趨向散文與口語的相同語言形式，而是促使這

1　柳亞子《胡寄塵詩序》引畏廬語，載《南社》第五集，1912 年 6 月。

2　胡適《國語文學史》第三編第二章《北宋詩》，參見第三編《附錄，五十年來中國之文學》，北京文化學社，1927 年，第 267 頁。

種語言形式萌生的相同的詩歌觀念。白話詩的創始者們有
一個很固執的觀念即茅盾所謂的「寫實主義」[1]，這種「寫
實主義」並不是狹隘的「現實主義」，而是胡適所謂「須
言之有物」。1916 年胡適在《寄陳獨秀》中提出過八條
「文學革命」的建議，其五為「須講求文法之結構」，其
七為「不摹仿古人，語語須有『我』在」，其八為「須言
之有物」[2]，但過了兩個多月（1917），他在深思熟慮後寫
下了《文學改良芻議》，次序卻重新排列過，變成了 ——

一、須言之有物。
二、不摹仿古人。
三、須講求文法之結構。[3]

從這種次序的顛倒中，可以看出在白話詩運動的倡導者心
中對詩歌內容的重視實在是超過了對詩歌形式的考慮，
而在陳獨秀那篇以激進的口吻響應胡適的《文學革命論》
（1917）中所謂的「三大主義」裏，我們也可以看到「平
易的抒情的國民文學」「新鮮的立誠的寫實文學」「明瞭的

1　茅盾《論初期白話詩》，原載《文學》第八卷一號，1937 年 1 月。
2　胡適《寄陳獨秀》，《新青年》二卷二號，1916 年 10 月。
3　《文學改良芻議》，《新青年》二卷五號，1917 年 1 月。

通俗的社會文學」，其實關心的焦點仍是在如何使詩歌寫得內容充實即「言之有物」。

「言之有物」的「物」當然不能簡單地理解為有故事、有情節，但也不能簡單地理解為寫問題、寫主義。也許更準確地說，「言之有物」正是後一條「語語須有個『我』在」的另一種說法。古典詩歌注意的是表現「純然無我」的印象世界，古典詩人的人生情趣與審美理想更使得他們的詩歌凸現視境而消解意蘊，理念被含蓄地隱藏在視覺性的印象世界之下，情感則消融在聲色各異的自然意象之中，因此，「我」即詩人無形中消失在詩歌之外，而「你」的理解、「你」的接受也不在詩人的考慮之列，一切都那麼平和、隱晦、艱澀、含蓄。但是，白話詩人卻希望詩歌處處有個「我」在。我的情感衝動、我的理智思索、我的「主義」、我的「精神」、我的觀察、我的見聞，正如當時人所說，「主義是詩的精神……藝術離了主義，就是空虛的、裝飾的，供人開心不耐人尋味使人猛醒的」[1]，「今日文學大病於徒有形式而無精神，徒有文而無質，徒有鏗鏗之韻、貌似之辭而已」[2]。我們看當時的白話詩，無論是寫人

1　俞平伯《社會上對於新詩的各種心理觀》，《新潮》二卷一號，1919年10月。

2　胡適《逼上梁山》，收入《中國新文學大系·建設理論集》，良友圖書公司，1935年，第8頁。

力車夫的苦辛（《人力車夫》），寫貧富懸殊、冷熱迥異
的人間（《相隔一層紙》），寫學徒的受苦受虐待（劉半
農《學徒苦》）；無論是寫蝴蝶孤單而暗示人生的寂寞（胡
適《蝴蝶》），寫鴿子「迴環來往，夷猶如意」的自由來
反襯人生的壓抑（胡適《鴿子》），寫落葉墜地象徵生命
的短促（劉半農《落葉》）；無論是擬山歌寫對河邊阿姊
的愛慕（劉半農《河邊阿姊》），寫自己對無私母愛的感
激（鄭振鐸《母親》），寫愛神的亂點鴛鴦譜（魯迅《愛
之神》），還是寫人生與時間（魯迅《人與時》及周作人
《過去的生命》）、人生與自然（俞平伯《淒然》）的思索，
大凡都追求一種出自「我」——詩人——的理智思考與
感情衝動的表白。在他們筆下，很少有「無我」的境界，
「寫人生」也罷，「為人生」也罷，「寫實」也罷，「為社會」
也罷，他們心中對於詩歌都存有這樣一種觀念：詩是寫
「我」之所思所聞所見所感的，詩是供「你」閱讀，使「你」
感動，讓「你」受教育的。當年胡適曾批評古文學的缺點
「就是不能與一般的人生出交涉」，什麼是「交涉」？按他
的說法就是要有「我」和「人」，「有我就是要表現著作
人的性情見解，有人就是要與一般的人發生交涉」[1]，用我

---

1 《國語文學史》第三編《附錄·五十年來中國之文學》，北京文化
學社，1927年，第287頁。

們的話來說就是要溝通「我」和「你」之間。因此，他們一方面尖銳批評古典詩歌「有形式而無精神」，提出在詩中要凸現「情感」與「思想」，一方面為着這種「情感」與「思想」的凸現而提倡更通俗平易的白話，藉這種形式來疏通「我」與「你」之間的信息渠道。正如劉半農所說：

> 文字為無精神之物，非無精神也，精神在所記之事物，而不在文字之本身也。故作文字……不必矯揉造作，自為損益。文學為有精神之物，其精神即發於作者腦海之中，故必須作者能運用精神，使自己之意識、情感、懷抱，一一藏納於文字中，而後所為之文，始有真正之價值。……否則精神既失，措辭雖工，亦不過說上一大番空話，實未曾做得半句文章也。[1]

為了這個「自己之意識、情感、懷抱」的記述與表白，所以才有「有什麼材料做什麼詩，有什麼話說什麼話，把從前一切束縛詩神的自由的枷鎖鐐銬統統推翻」的「詩體的釋放」[2]。而用茅盾《論初期白話詩》（1937）

1　劉復《我之文學改良觀》，收入《中國新文學大系·建設理論集》，良友圖書公司，1935 年，第 65—66 頁。
2　胡適語，見《中國新文學大系》二集，第 72 頁。

的話來說，就是：

　　內容決定了形式。⋯⋯詩的形式力求解放而決不炫
奇作怪，也是無意中自成規約，而不是有意地在自防，因
為健康的寫實主義不容許炫奇作怪。

　　也許，正是到了白話詩，宋詩「凸現意義」的詩歌觀
念與「以文為詩」的語言形式，才真正地達到了前所未有
的極致。無怪乎胡適、錢玄同、陳獨秀在縱觀中國文學史
時，要把宋代視為「不獨承前，尤在啟後」的時代，這或
許是「心有靈犀一點通」吧？

四、巧思與機智：走向精緻化的白話詩

　　魯迅的一段話似乎代表了「五四」以來相當多文學家
的心態——

　　要說現代的、自己的話，用活的白話，將自己的思
想、感情直白地說出來。[1]

1　魯迅《無聲的中國》，《三閑集》，人民文學出版社，1973 年，第
　9 頁。

在那個時代裏，詩人都負荷了許多責任，強烈的道德責任感和社會責任感使新詩不得不把宣傳與說教、宣泄與呼號都劃歸自己屬下，於是，「為人生」「為社會」甚至為「教育國民」的詩歌不得不寫得淺俗平直。胡適所謂「因為有了這一層詩體的解放，所以豐富的材料、精密的觀察、高深的理想、複雜的感情，方才能跑到詩裏去」[1]，在他看來似乎可以作為自誇的資本，實則卻又恰恰是使詩歌越來越喪失詩味的根源。因為這些「材料」「觀察」「理想」「感情」太沉重了，以至於詩歌像一個不堪重負、氣喘吁吁的人路過山林只顧匆匆走進而無心細細遊賞一樣，白話詩無法不把溝通「我」「你」、凸現意義作為當務之急來完成，所以詩裏缺少語言的錘煉與意味的涵詠，總是把白開水似的大白話匆匆吐出來就算完事大吉。就像後來一個詩人所說的那樣，「當時……做詩通行狂叫，通行直說，以坦白奔放為標榜」[2]。

這種初期白話詩的粗糙淺俗曾引起人們的不滿，如成仿吾《詩之防禦戰》一口氣舉了胡適（如《他》《我的兒子》《樂觀》），康白情（如《別北京大學同學》），俞平伯（如

1　胡適《談新詩——八年來一件大事》，《中國新文學大系·建設理論集》，良友圖書公司，1935 年，第 295 頁。
2　杜衡《望舒草序》，載《望舒草》卷首，上海現代書局，1933 年。

《山居雜詩》《愚的海》），周作人（如《所見》），徐玉諾（如《將來之花園》）等人的十幾首詩，着實奚落了一番，呼籲要「守護詩的王宮」。而穆木天在《譚詩 ——寄沫若的一封信》裏痛斥胡適，認為「作詩須得如作文」簡直是詩的一大厄，而「中國新詩的運動，胡適是最大的罪人」。於是，當詩人們心靈上那些「為人生」「為社會」的責任感稍許輕了一些，當詩人有可能冷靜地思索詩歌藝術本身的意義時，詩歌語言的作用便逐漸為人們重新認識，詩人們才開始試圖在白話的基礎上重建一種與日常語言不同的詩歌語言，既保持白話的「明白清楚」「平易親切」，又可以恢復詩歌在音律上的鏗鏘、格式上的精美、意象上的鮮明與意境上的含蓄悠遠深邃。因而古典詩歌的諸多語言技巧再次悄悄地被人們用於白話，當年白話詩最堅定的反對者胡先驌那句被人痛斥的名言「詩家必不能盡用白話，徵諸中外皆然」[1]，居然在白話詩人中也有人應之如響了，像俞平伯看出了「（白話）不是作詩的絕對適宜的工具」[2]，郭沫若看出了「舊體的詩歌，是在詩之外更增

1　胡先驌《中國文學改良論》，載《東方雜誌》十六卷 3 期，1919 年。

2　俞平伯《社會上對於新詩的各種心理觀》，《新潮》二卷一號，1919年 10 月。

加了一層音樂的效果」[1]，聞一多又開始讚賞與倡導「節的勻稱與句的勻齊」[2]，徐志摩則乾脆「承認我們是『舊派』」[3]。於是，在半遮半掩、羞羞答答地默認了舊詩的意義之後，人們又開始藉古典詩歌語言形式為白話詩尋覓了種種補救方略，像新月詩人的講究格律，追求音樂的美感，試圖在語音形式上使白話詩變得精緻起來，而象徵派詩人的追求象徵，雕飾意象，則力圖在語詞內涵上使白話詩變得更富有視覺的鮮明，而其中一個更普遍的趨向則是採用非口語化非生活化的語言。在相當多的詩歌中，詩人為避免白話一覽無餘、不耐咀嚼的短處而以「語言」的「機智」來增加詩味，則表現了詩人們力圖在語句構成上使白話詩變得更含蓄精巧。正如周作人在《揚鞭集・序》裏批評的那樣，白話詩「像是一個玻璃球，晶瑩透徹得太厲害了，沒有一點朦朧，因此也似乎缺少一種餘香與回味」，它表明了詩人們開始自覺地反省白話詩的「大白話」趨向給詩歌帶來的損害。

1　郭沫若《論節奏》，載上海《創造月刊》第 1 卷第 1 期，1926 年 3 月 16 日。

2　聞一多《詩的格律》，《聞一多全集》第三冊，三聯書店，1982 年，第 414 頁。

3　徐志摩《詩刊放假》，《晨報》副刊《詩刊》第十期，1926 年 6 月 10 日，引自《中國新文學大系・史料，索引》，良友圖書公司，1935—1936 年，第 120 頁。

先讓我們看幾段較晚出的詩句：

本想在冬天就忘掉你 / 像樹枝忘掉它的葉子 / 葉子也就永遠化成泥（方瑋德《一年》）。

天天下雨，自從我走了 / 自從我來了，天天下雨 / 兩地友人雨我樂意負責 / 第三處沒消息寄一把傘去（卞之琳《雨同我》）。

……又是殘夜夢回 / 枕畔的書瘦損了。遠處擲來一片狗吠 / 擊破沉寂的夜網（吳秋山《雪夜》）。

故鄉蘆花開的時候 / 旅人的鞋跟染着征泥 / 沾住了鞋跟沾住了心的征泥 / 幾時經可愛的手拂拭（戴望舒《旅思》）。

尋夢？撐一枝長篙 / 向青草更青處漫溯 / 滿載一船星輝 / 在星輝斑斕裏放歌（徐志摩《再別康橋》）。

乍一看去，這裏的語句都是十分通暢的白話，可是仔細品咂，卻體味出其中處處暗含的巧思。樹與落葉的分離，葉化為泥，泥又滋養樹的層層暗示；第三處沒消息寄一把傘的情思；枕畔的人瘦損卻只説書瘦損，狗吠是被「擲來」的聲音可以擊破夜網；征泥沾住了鞋也沾住了心，還要用可愛的手拂拭；夢是不能尋覓的，卻要撐一枝長篙去尋……這是不是一種巧妙的構思呢？也許這正如一位評論家説的，是「峰迴路轉、千疊萬嶂」，你只能用自己

的思索來重擬它的思緒來路。因此，無論是巧喻、暗示還是象徵，它都屬於「機智」，一種類似出謎與猜謎的「機智」。

「巧思」與「機智」彌縫了白話詩的種種缺陷，使它們逐漸與古典詩歌語言貼近起來。

首先，它自覺地運用「主語轉換」的方法，消解了日常語言由於敍述主體即「我」的出現而造成的固定視角，使詩歌也呈現了一種古典詩歌式的「無我」般的靈動與搖曳。如卞之琳那首有名的——

你站在橋上看風景 / 看風景的人在樓上看你。明月裝飾了你的窗子 / 你裝飾了別人的夢。

第一句從「你」的視角（橋上）去攝取風景，第二句卻從「看風景的人」的角度（樓上）來攝取「你」，第三句以被動的方式將「明月」貼在了「窗子」上，而第四句又把「你」投擲到別人的「夢」裏。在這種視角的轉移中——實際上是主語的變幻中，詩人的精魂似乎被拋擲在一種茫然無定的境界，恰好表現了一種自我的失落感。儘管這首詩很讓我們想到李商隱的《夜雨寄北》，但《夜雨寄北》主語的罕見，使它的自我並不強烈地表現無家可歸的荒誕感，人們可以通過無主語的詩句去想像詩人的思緒與視角變幻，而這首詩卻以明確的主語轉換與視角變幻，使人感

到詩人的迷惘。當人一會兒像旁觀者觀看自身，一會兒又是自己看旁觀者，一會兒清醒地觀看別人，一會兒又似乎成了別人的觀看對象時，就真有一種「不知周之夢為蝴蝶與，蝴蝶之夢為周與」的彷徨與失落了。人們不僅會問：我是誰？我在那兒幹什麼？我真的存在嗎？白話詩慣常表現出來的強烈的主體理念便這樣被瓦解，人們不得不通過自身的體驗來把摸詩人的感受。另外還有幾首詩則採用了另一種「視角轉換」的方法，像「人在花裏／人在風裏／風卻在人心裏」（劉大白《淚痕》九十四），「花瓣兒在潭裏／人在鏡裏／她在我底心裏／只愁我不在她底心裏」（康白情《疑問》二），「雲在天上／人在地上／影在水上／影在雲上」（郭紹虞《江邊》），它通過方位的游移構成主體視角的變化，似乎人沒有一個固定的處所，被拋擲在茫茫然的曠野中，分不清上下左右東西，它很令人想起禪宗的機鋒「竹來眼底？眼到竹邊？」「倩女離魂，哪個是真的？」[1]，也令人想到今天朦朧詩人的名句「我看你時很遠很遠／我看雲時很近很近」，它打破了理念與知性的框架，還給人們一個置身其中四處環顧的立體世界，使人們能以自己的感覺印象重構一切。於是，這種語言技巧便使白話詩與古典詩越來越像了。直到當代的一些詩，

1　《五燈會元》卷十，中華書局，1984 年，第 564 頁。

仍在使用這種方式表現一種惘然如失的情緒，像非默依據《莊子》中夢蝶一段而寫的《菊·蝴蝶·莊子》：「……蝶在想菊，蝶管不了很多的事／一個不停地飛，一個卻那麼安靜地開放……而菊在觀看雙目微啟的莊子／菊的感覺一片純白……他為什麼不是一株菊／種在秋天的園子裏，而我是他／坐在一邊，看蝶的嬉戲」，視角不停地在菊、蝴蝶、莊子之間輪換，時而從菊想莊子，時而從莊子想蝶，時而從蝶想菊，詩人的精魂似乎茫然無定，尋找不到歸宿；而鄭愁予的《夢土上》則以「雲在我的路上，在我的衣上／我在一個隱隱的思念上／高處沒有鳥喉，沒有花靨／我在一片冷冷的夢土上」，把「我」拋擲在一個渺茫的夢境中，使人感到詩人處在一種「出竅」狀態，於是，有主語句便完成了無主語的使命，使「我」隱沒不見，使「你」再也感覺不出有一個詩人在指手畫腳。

其次，它自覺地運用「邏輯中斷」的方式，打亂句與句之間的傳遞鏈條，使詩歌出現一種「跳躍」式的句子，而由讀者自行綴合，利用這「跳躍」的空白來擴展詩的空間張力。這裏指的不是像「一捲煙，一片山，幾點雲彩／一道水，一條橋，一支櫓聲／一林松，一叢竹，紅葉紛紛」（徐志摩《滬杭車中》）或「棧石星飯的歲月／驟山驟水的行程」（戴望舒《旅思》）這樣極像古典詩平行呈列意象而全無繫連詞的詩句，這樣的詩句既不多也並非白話詩

之所長，白話詩的「白話」性質使詩人不能不把詩句大體
上說「通」，但是，詩人可以使句內通順的白話在句間不
「通」。像李金髮《題自寫像》的頭四句：

> 即月眠江底／還能與紫色的林微笑／耶穌教徒之靈／
> 吁，太多情了。

分開來哪一句不成句子？但合起來又如何詮釋？儘管有
「還能」「太」「了」這樣的虛詞，但卻全然沒有邏輯串連
的功能。又如穆木天的《蒼白的鐘聲》：

> 一縷一縷的檀香／水濱枯草荒徑的近旁／──先年的悲
> 哀永久的憧憬　新殤／聽一聲一聲的荒涼／從古鐘飄盪　飄
> 盪不知哪裏朦朧之鄉／古鐘消散入　絲動的游煙……

連起來是什麼意思？不太清楚，拆開來，卻似乎每句都可
以明白，這很讓人想到李商隱與溫庭筠的那些詩，或被胡
適稱為「詩謎」的那些老杜七律，看似零散而無法連貫的
詩句合起來並不是告訴「你」什麼思想，也不是傾訴「我」
什麼思想，而是構成一種氛圍，一種可以意會而不可言傳
的心理感受。當然，李金髮、穆木天的詩句可能「跳躍」
得太過分太晦澀了，但當時相當多的詩確實很普遍地運用

着這種方法，像吳秋山《雪夜》、卞之琳《雨同我》，都有這樣的「句間中斷」現象，「我的憂愁隨草綠天涯／鳥安於巢嗎，人安於客枕」，句間究竟怎麼聯繫？「又是殘夜夢回／枕畔的書瘦損了」，句間究竟是什麼關係？都要你自己去沉思，去體驗，而當你沉思體驗時，你就不由得添加了許多自己的感覺，於是在那剎那間，這詩人的經驗也就成了你的經驗。當代詩人的許多詩也是如此，像「風，掀動書頁／歷史在你掌心／自語」（劉祖慈《歷史學家》），從書頁到歷史，從掌心到自語，中間有幾許環節需要填補？「徑隱／院燕。籬散／簷曲。灶小煨得兩人／樹斜紅過三窗」（鄭愁予《踏青即事》之二），這徑、院和籬、簷構成一幅「庭院深深深幾許」的立體畫圖，你得有多少空白依想像增添？從「灶小」到「樹斜」，又得加進多少心理的空間？白話寫成的詩本來無法擺脫因果、時空及思維的鏈條，可是機智的巧思卻把句間的關係打散，騰出了一大片想像的空間。

再次，詞的活用使詩歌再度獲得詩的魅力。在《論詩眼》一章中我曾談到古典詩歌中的動詞、形容詞的活用，但在古人來說，漢字本來就無所謂動詞、名詞、形容詞的自覺區別，活用是很自然的事，但在現代人來說，這詞的活用便是機智的騰挪、巧妙的借用。像「寺上的一聲聲晚鐘／敲進了我心扉的深處」（馬子華《臺城上》）的「敲」，

「細雨牽住行舟」（李金髮《無名的山谷》）的「牽」，都
是把表述物理世界運動的詞彙借用到心理世界的感受中，
使不可言傳的感覺變成了具有視覺性的意象，並與「晚
鐘」「細雨」串連起來，利用它們本身蘊含的情感象徵意
義給心理以具象的説明。顯然，這種詞彙的活用還沒有完
全超出古典詩歌語言技巧的圈子，但身在 20 世紀用白話
來寫作的詩人卻與古人不同，他必須超越自身的語言習慣
才能做到這一點，也就是説，他必須有「語言的自覺」，
否則，如果他像古人一樣在習慣中寫作，就寫不出這樣的
詩句了。當然，白話詩人們更多利用的不是單個字單個詞
的詞性挪移，而是整個語碼程序的「合理錯位」，像「讓
夢香吹上了征衣」（戴望舒《山行》）把「夢」「香」捏在
一起並讓它「吹上」征衣，「古鐘飄散在水波之皎皎」（穆
木天《蒼白的鐘聲》）先以「古鐘」代替「鐘聲」，又將
聲音當作一種可觸可見的物「飄散」於水中，「我將由你
的熠爍裏 / 凝視她明媚的雙眼」（朱自清《燈光》），則將
燈光視為「雙眼」，又從其中「凝視」「她明媚的雙眼」。
這些並不合「常情」的語彙編在一起，互相糾纏，便使人
們閱讀時不能不考慮其中的意味而拋開字典意義，於是便
擁有了一種由「自我闡釋」而產生的新的語義世界，因為
這種語言的編碼方式雖然是詩人智慧加想像力的產物，但
一旦呈現在你面前並抽去了思維的若干中間環節，你在閱

讀時加入了你的體驗與思索，那麼，這個被補足了的新的語言世界就屬於你自己了。

應該說，這種「機智」使白話詩變得有詩味了，但它並不是中國古典詩歌語言的「正脈」，而仍是沿着宋詩那種「主理」的路子，因為「機智」是理性「巧思」的編織品，而不是感覺信手拈來的「印象」。古典詩歌那種平行呈列的密集意象所構築的世界是含蓄朦朧的，但那是渾然一體的、無我的直覺印象，而詩人的運思、編織、經營痕跡卻如羚羊掛角，無處尋覓；宋詩的世界不是含蓄朦朧而是曲折幽深，它是以精巧而細密的平易語句把作者思路中那些綿密針腳巧妙地暗示出來，使人讀後頓時恍然，從恍然開悟中獲得一種「破譯」的快感，於是生出會心的一笑。宋詩中那些頗似禪家機鋒的反諷、似俗實巧的隱喻、挪借的精緻的象徵與繞路迂迴的説解，都顯示了一種詩人的「機智」。正如特萊登所説的，它是「鋭利的巧思」，它是詩人大腦中「一個思想接一個思想的快速連續動作」在語言表述時省略了繫連環節的結果，它通過語言的巧妙組織把要表述的思想以「謎面」的平易方式寫出來，而把內蘊深刻的謎底用種種邏輯上可以推論與判斷的方式隱藏起來，讓你在「射覆」中的時感到一種愉快。這種「機智」來源於一種思維的精巧安排，因此，宋詩被視為「主理」並不冤枉，何況它的「謎底」也是人生哲理居多。詩人以

「機智」表現自己深邃的人生思考，他所用的語言，在表面的平易、通暢、自然下顯露着種種「巧思」，如曲折的迂迴的邏輯逼近，似反實正的欲擒故縱，化俗為雅的深入淺出，比擬借喻的出人意表，巧用詞語的雙重意味等等。而 20 世紀 20 年代以來的白話詩正走上了這種「巧思」與「機智」的路子，並開始與古典詩歌語言彼此融會，向「現代詩」邁出了第一步。

也許，這還算不上「現代詩」。因為那個時代的詩人們還沒有現代的語言意識，只是把語言當作意義的載體，他們關心的不是在語言形式本身中所體現的本體、無、存在、存在者的境況，而是語言形式如何傳遞意義與情感。那個時代的詩人們還沒有現代的文化心理及哲學意識，他們雖然也感到迷惘、孤獨及隔絕的苦悶，但這些在他們心靈上只是一種情緒，一種來自生活與愛情、社會與事業等具體領域裏的情緒，而不是來自人與自然、人與人、人與自我分裂的帶有本質意義的體驗。特別是，正當白話詩不斷發展，在 20 世紀 30 年代中葉出現了極佳的勢頭時，民族危機卻降臨了。「救亡」的沉重責任壓倒一切。詩人們迅速把詩的重心移向現實，於是，詩歌「走向精緻與巧思」的進程中斷，這一中斷長達數十年，直到 20 世紀 80 年代。但是，從宋詩開始，到白話詩而大成的這一輪詩歌語言革命，不正是「走向現代詩」的前奏麼？

附錄

語言學批評的前景與困境 [1]

—— 讀高友工、梅祖麟著《唐詩的魅力》

一

　　讀一部好書總是愜意的，高友工、梅祖麟的《唐詩的魅力》中譯本尤其以他們那些富於啟迪性的方法和意見令人感到興味十足。

　　這部由《杜甫的〈秋興〉》《唐詩的句法、用字與意象》和《唐詩的語意、隱喻和典故》三篇長論組成的著作反覆提到雅各布森、燕卜蓀和瑞恰慈等人的名字，已經表明它基本上是用「形式主義－新批評」的方法即語言學方法來談論唐詩的。這種以「細讀」（close reading）為手段對詩歌語言進行細緻的分析與詮釋的方法不僅注意對詞句語意的發掘，而且注意語法即語詞搭配的樣式、語音即音型的變化對詩歌意義的影響，過去人們粗率流覽而輕輕忽略的精微細密之處被它一一剔抉

1　之所以把這篇書評作為本書的「附錄」，是因為它是在《漢字的魔方》一書出版之後撰寫的，也許可以反映當時我對詩歌的語言學批評的看法。

出來，過去人們漫不經心而置之一旁的語言形式意味被它一一
爬梳清楚，於是便使唐詩研究面目一新，讓人確確實實地領悟
到唐詩語言魅力所在。比如本書對唐詩中「構成意象、摹擬動
作、推演銜接」三種句法的分析，不僅基本上勾勒了唐詩語法
結構的類型，而且深入到詩歌思維心理的深層，揭示了詩思的
規律與特徵；對漢、英詩中基本意象的解析，不僅指明了漢、
英詩中的意象作為簡單意象與複雜意象、泛指與特指，分別有
指向性質與指向事物的差異，而且深入到了由語言所表現的中
西思維方式的差異；對隱喻與典故的描述，不僅巧妙地以「天
真爛漫與飽經滄桑」劃清了二者的畛域，指出了「動詞中心性」
與「詩歌語詞分類範疇」之於語意的作用，而且還運用「對等
原則」指出了使用隱喻與典故的詩人一方面「渴望回到萬物合
一的理想世界」，一方面又不得不注目於現實「為世故放棄純
真」，因而「用分裂的自我的聲音來説話」。

　　不僅如此，作者還試圖超越形式主義和新批評派語言學方
法的局限，使語言學與現代的文化思維語理論與傳統的背景
意圖印象批評融匯溝通，這不僅表現在行文中常常徵引的卡西
爾、喬姆斯基等理論之中，表現在常常參照的古人詩論之中，
還常常反映在具體的詩歌批評實例之中（如對《秋興八首》的
分析）。尤其是作者注意到，唐詩的語意往往很難在純語言範
圍內尋覓，它所蘊含的更豐富的內涵使分析者「不斷發現自己
每每不得不超出這種（文本語言）限制」，分析者必須將詩歌
置於一個更廣闊的時空之中，「從文本發展到了背景」，於是，
在全書的結尾作者指出——

　　把「傳統」這一概念引入結構主義的理論，似乎是對它進行揚長避短地改造的最好方法。

這一方向無疑向人們指示了語言學批評的前景。但是，正是從這裏也出現了理論的裂痕，使我們開始感到疑惑，我們知道，每一種經過長期醞釀、反覆研磨而誕生的文學批評理論，都已經形成了自我完足的獨特視角與自成體系的批評方法，對它的超越如果不是總體性的「顛覆」而是局部性的「修補」，常常會出現中國謎語中關於大蒜「兄弟七八個，圍着柱子坐，只要站起來，衣裳就扯破」似的現象，對它完整的「質體」造成瓦解。那麼，引入「傳統」的後果是什麼？背景批評與語言批評二者如何協調統一？瓦解文本內部批評的因素會不會損害語言學批評本身？「傳統」是否會悄悄地越俎代庖或指手畫腳，從而把語言學批評引入困境？

二

　　以文本語言為中心的詩歌語言學批評，強調批評的「客觀性」，斷言「研究（作品產生原因）起因永遠解決不了文學作品這樣一種客體的描述、分析與評價問題」（韋勒克、沃倫《文學理論》）。這一見解當然有其偏執之處，但是誰也不能否認，當人們既想用語言學方法對文本進行純客觀或建立在閱讀反應基礎上的批評，又想通過溝通歷史背景、作者意圖，以準確還原詩歌內涵的時候，常常會出現 W.K. 文薩特和 M.C. 比爾茲利所說的「意圖謬誤」（intentional fallacy），所以他們堅持

這樣一個信念，「將詩與其產生過程相混淆」，就會導入「傳記式批評和相對主義」。

但是，當作者「發現自己每每不得不超出這種（文本語言）限制」而「從文本發展到了背景」時，一個瓦解語言學批評大廈的因素就開始出現，最明顯的就是批評的客觀性受到挑戰，語言被背景所干擾。如對《秋興八首》的批評，作者顯然受到來自「傳統」的有關它背景的種種議論的影響而形成了先入之見，而這種先入之見引發的閱讀感受又成了語言分析的前提。像時時出現在論文中的「淡淡的憂傷」「失望情緒」，究竟是文本語言分析的結果還是分析文本語言的前提？「特定的對比」「有意的淹留」是來自關於背景、意圖的舊說的啟迪還是來自語法、語意、語音研究的產物？作者認定，《秋興八首》中處處存在着盛衰對比、今昔對比、遠近對比，而「音型和節奏的變化，其作用在於體現這些對比」，這些語言上的變化「應是作者有意識的安排」，於是，這樣的分析就把背景意圖、文本語言、感受反應聯綴在一起了。

這當然是一種相當圓滿的結果，如果我們能夠斷定作者的確有如此的意圖，語言的確有如此特徵，讀者閱讀的確有如此反應，那麼這裏自然天衣無縫。問題是作者的意圖只是一種推測，這種推測的來源往往是後人一些無須負責的議論，而以不可靠的前提來討論語言，常常使語言分析成了背景意圖的諂媚證人而失去其客觀、公正與獨立，例如《秋興八首》之五中「西望瑤池降王母，東來紫氣滿函關」這兩句，因為作者事先的「定見」，便將這兩句套入盛衰對比的歷史背景與作者意圖，

説「（瑤池、王母、紫氣、函關）這四個名詞都帶有道教那種淡乎寡味的神祕色彩，這樣的搭配暗示了一種批評：唐王朝的衰落原因可以追溯到源於楊貴妃的腐敗影響，這種暗示是通過『瑤池』和『王母』傳達的」，並且進一步推論，這兩句「對仗的不嚴整」表現了「某些不祥的暗示」，而音型的變化（降王母的 k-r-m 是滿函關的 m-r-k 的顛倒）則表現了「一種驕矜，這種驕矜預示了唐王朝式微的命運」。但是，瑤池、王母、紫氣、函關這些來自道教的名詞決非淡乎寡味，反而如花團錦簇，至少在唐代是這樣的，它們的搭配並不給人以「不祥的暗示」或「式微的命運」的感覺，而恰恰給人以繁盛、吉祥、喜慶和神奇的感覺，因為瑤池王母正是奇麗神異的永恆象徵，而紫氣函關更是表示吉祥的常用典故。後世人合用這兩個典故的，也常常用來烘托熱鬧的氣氛，像洪昇《長生殿》十六出「紫氣東來，瑤池西望，翩翩青鳥庭前降」。至於用「王母」「瑤池」影射楊貴妃，這說法更不近情理。且不說唐詩很少這樣的例證，就是從情理上推斷，也不至於如此，因為西王母之於漢武帝並不同於楊貴妃之於唐玄宗，這種「暗示」和「表現」與其說是來自文本語言或杜甫「有意安排」還不如說是來自後世對背景意圖的穿鑿附會，而以此為出發點來分析語法的「不嚴整」和音型的「顛倒」，似乎就有倒因為果的嫌疑了。

我們過分苛刻地舉了這一例子並非要否定「從文本發展到背景」的努力，而是試圖指出這種努力可貴卻潛伏危險。從形式主義到新批評派之所以讓「作者死去」，乃是避免「意圖謬誤」的一種畫地為牢的辦法，這種辦法利弊如何且不去說它，

但要「摒棄」他們的基本觀點卻須時時謹防陷阱，這陷阱類似邏輯上的「循環論證」。本來，當傳統的方法把意圖、背景當作解釋詩歌的鑰匙時，常常會忘記語言的魅力，將背景意圖視作文本的意義，而當現代的人們分析語言時，又常常要把背景意圖拋開以追求「客觀」，卻忽略了文本與語境之間千絲萬縷的聯繫。可是，當人們試圖將背景意圖和語言分析結合起來時，卻也會發現這一方法失去了前兩種方法在邏輯上的「自足」，因為它們互相消解、彼此干擾；語言學批評希望以精細可靠的規範建立一個標準的分析模式，讓文本獨立以擺脫因人而異的尺碼干擾，但同時語言分析尤其是語意分析又使它不得不引入「傳統」來作參照或乾脆以背景意圖為基點，於是，背景滲入文本之後的分析者便陷入了一個怪圈：背景證明文本，文本證明背景，結論產生於根據，根據卻來源於結論。

三

「引入傳統」的涵義當然並不局限於背景和意圖分析，還應當涉及語言分析本身，在第一百五十八至一百五十九頁中，作者強調自己「提出了一種以中國文化傳統為前提的詩性結構的分析方法」，這種「以中國文化傳統為前提的詩性結構的分析方法」顯然就是指引入了傳統的語言學方法或「揚長避短地改造」過的語言學方法。

不過，要麼是這種「改造」並不徹底，要麼是這種「改造」並不成功，因為我們在《唐詩的魅力》有關唐詩語言的描述中既看到了西方句法理論在中國古典詩歌分析中的尷尬和局促，

又看到了作者所謂「改造」後的分析方法的矛盾與缺陷。一個很明顯的例證就是第二篇中關於句法理論的引述。

當休姆、費諾羅薩和朗格的三種句法理論被引入唐詩時，它們分別對應了三種句式，即純粹由名詞並置而成的句式、名詞＋動詞（或形容詞）＋名詞的句式、推論的句式，為什麼要用三種句法理論來解析中國古典詩歌的語法現象？作者解釋道：

多元化的觀點應是最合理的，在一首近體詩中，不同的部分應有不同的句法，這些句法也就起着不同的作用。

可是，這三種句法理論不僅各有側重而且彼此矛盾。休姆希望詩歌「完整地傳達感覺」因而強調詩歌的視覺性，趨向於取消句法連綴；費諾羅薩追尋詩歌中所表現的「自然的過程」，因而注意「力的轉移」，偏重於尋找合乎自然的句法鏈條；朗格則以含糊的「統一的、包羅萬象的節奏技巧」來比擬詩歌語言，試圖把韻律節奏、意義節奏、語法構成都囊括進去。因此他們似乎在各說各的，全然找不到一個互相兼容的契合點。而用這樣三種句法理論來討論唐詩並名之為「多元化」，就使得「多元化」成了推諉責任的遁詞，似乎唐詩中有多少種特殊句式就可以用多少種句法理論來對應，而各種句法理論面對着自由散漫變化多端的詩句又成了多事之秋的「消防隊」或「救火車」，哪裏有問題就奔向哪裏，不得不顧此失彼，捉襟見肘。顯然，句法理論只是後人歸納的結果而不是詩人寫詩的金科玉

律，儘管後人總結了一條又一條的「語言法則」，但詩人的詩思卻始終未曾被它束縛反而不斷地破壞「語法家族」的大團圓，雖然不少唐詩可以歸入上述句法理論的桎梏，但也有不少唐詩仍然無法歸類而逸出界外，比如說「白花／籬外／朵，青柳／檻外／梢」(杜甫《題新津》)該入什麼句法？「正月／喧／鶯／末，茲晨／放／鷁／初」(杜甫《將別巫峽贈南卿兄……》)又該入什麼句法？這種使唐詩句法分析陷於支離破碎的方法並不如作者自己承認的，「應當歸咎於我們分析角度的局限」，而應當歸咎於句法理論本身的缺陷，即它是挪借了西方語法學的現成理論而不是來自對中國古典詩歌語言現象的總結，它是三種句法理論的拼合而不是一種「包羅萬象」的理論體系。

比如第八十一頁至八十二頁作者分析了杜甫的兩聯詩：

> 細草微風岸／危檣獨夜舟。
> 星垂平野闊／月湧大江流。

作者認為，第一聯是「靜態意義」的，「完全由並列的簡單意象構成，其中只是通過肌質，通過性質上的相似發生一點微弱的聯繫」，第二聯是「動態意義」的，「垂」與「湧」都是不及物動詞，「但它們卻貫穿於兩個對象之中……包括了向下與向旁的兩個動作」。按照作者所引述的句法理論，前一聯屬於休姆所贊同的「名詞＋名詞」式的否定句法非詩性因素的句式，後一聯是費諾羅薩所謂「力的轉移」式的「名詞＋動詞＋名詞」句式，至少是這類句式的變體。但是，在中國人閱讀過程

中，前一聯常常是讀成：

> 微風岸邊，夜舟獨繫（仇兆鰲《杜詩詳註》卷十四）；
>
> 在細草微風的岸邊，孤獨的夜裏，停泊着桅杆很高的江船
> （施蟄存《唐詩百話》）；
>
> 微風吹拂着江岸的細嫩小草，月光下停泊着高桅杆的孤舟
> （張國榮《唐詩三百首譯解》）。

毫無疑問，這裏「繫」「停泊着」「吹拂着」之類的動詞性語詞都是讀者補入的，在詩句中本來沒有。可是，為什麼讀者會補入這樣的詞語，使這「靜態」轉化為「動態」、名詞性並列句轉化為名動型句式，從而消解了休姆與費諾羅薩之間的差異呢？這超越句法的因素又是如何潛存於句式之中的呢？

我們注意到作者在這裏（以及在相當多的地方）運用了一個「肌質」（texture）概念，如果我理解得不錯的話，這是 J.C. 蘭姆創造的術語，指詩歌中「無法用散文轉述的部分」或反邏輯的部分，而在這裏它對應「構架」（structure），後者相當於語言結構而前者類似於傳統詩論的「意脈」，正如前人所說，是「語脈既屬，如有理詞狀」（《詩人玉屑》卷五），即意脈將不相連屬的語詞轉化為符合語法的可以理解的句子，使詩句「似語無倫次而意若貫珠」（《潛溪詩眼》），因而將句式由不通而通，不連而連，將那些看似靜態的名詞變成了鮮活動態的意象。

問題是，「肌質」或「意脈」本身卻不屬於語言學而是

一個心理學意味很強的概念，按照西方語言學的習慣，語言學尤其是語法學是不應當討論這種「不可言傳只可意會」的現象的，用喬姆斯基的術語，即語言學本來研究的是「合乎語法的」（grammatical），而「肌質」卻涉及「可接受的」（acceptable），而這些詩句為什麼可以超越「語法」而具有可接受性，則需要聯繫「文化－思維」這樣一個難以精確描述的心理領域才能解決。於是，語言學批評在這裏又遇到了一個問題：是恪守語言學尤其是西方語言學的畛域，對可觸可摸可分解的語言本身進行研究，還是突破這一畛域的限制？無疑，作者是力圖突破的，引入「肌質」一詞便是例證。可是，當「肌質」——即傳統詩論中的「意脈」——這個詞被引入語言學批評時，句法理論便出現了破綻，純語言學方法便受到了干擾，既然「近體詩弱於句法聯繫而強於肌質聯繫」，那麼，當「肌質」與「句法」之間出現矛盾時，或者說，當「肌質」在詩中起着比句法明顯的作用時，我們應當用怎樣的語言學理論來解釋「肌質」，又應當用什麼樣的方法來「改造」現有的句法理論使之與「肌質」吻合？

四

近來，有的語言學者已經試圖解釋漢語中語法關係的特殊性並引入了一些心理學意義上的概念來補充語言描述中的缺失，如「神攝」「散點透視」等等，這為我們提供了一些啟迪。的確，中國古代語言尤其是詩歌語言常常是不可以用西方語言學理論來切割的。但是，「神攝」「散點透視」的說法未免

過分虛玄抽象，「肌質」的術語也未免過分遠離語言學本身，它那以不變應萬變、放之四海皆准的含糊性使分析有可能回轉到「傳統」的印象取代解析、感受偷換文本的老路上去，以致語言學批評最終瓦解，語法差異性最終泯滅，又淪入混沌不分的舊框架中。因此，文化心理學理論與語言學批評的技巧的結合，仍需尋找一個新的途徑與新的契合點，而在這一方面，應當引起我們注意的是喬姆斯基的語言學理論。諾姆‧喬姆斯基在他關於語言學的著作裏曾以「深層結構」「表層結構」及「轉換生成規則」等理論指明思維與語言的一個普遍現象，即「每一個說一種語言」的民族都擁有一套獨特的規則將思維轉換成自己的語言，因此，他認為，研究這種規則不該不涉及心理過程而僅僅停留在語言表層，「任何能引起人興趣的生成語法的大部分內容將涉及各種心理過程，這些心理過程遠遠超越實在意識甚或潛在意識這一平面」（《句法理論的若干問題》中譯本）。

喬姆斯基的說法溝通了語言學與心理學，也接上了洪堡德以來便萌芽了的文化語言學。洪堡德在一八五九年出版的《論爪哇島上的加維語》，其副標題即「論人類語言結構的差異及其對人類精神發展的影響」。在這部著作裏洪堡德指出，「每種語言中都含有自己的世界」，因為任何客觀感知都牽涉到主觀感受，所以，作為主體描述客體的語言，不可避免地有自己獨特的認知框架，這一理論在「薩丕爾—沃爾夫假說」（The Sapir-Wolf Hypothsis）中進一步完善與加強，並形成民族 —— 文化 —— 思維 —— 語言的連綴性研究體系。喬姆斯基

的生成語法正好以它對「思維－語言」生成的縱向描述及對不同語法分配的橫向分析的廣泛適用性為這種研究體系提供了一個語言學方法，並為心理與語言之間的綜合研究提供了一個契合點——雖然他主要的例證都取自英語。

記得前些年曾看到過一本台灣學者寫的《漢語轉換生成語法》，內容是什麼根本記不清了，但現在想起來卻覺得它可以提示我們，中國人說中國話，中國人寫中國詩是否也可以借用這一方法重構自己獨特的詩歌語言學？既然感知、思維到語言的「通道」是相同的，而「表達意指的深層結構是所有語言共有的」，那麼，「轉換生成」無疑同樣存在，既然各民族思維樣式不同，詩歌思維樣式更不同，「使深層結構向表層結構轉變的轉換原則會因語言而異」，那麼，漢詩語言是否可以有一套自身的語言學規則而不必牽惹某種來自西方語言的句法理論來硬性解釋，是否更不必削足適履地弄上好幾種互相矛盾的句法理論來截長續短？當年洪堡德所謂漢語中「純粹的默想代替了部分語法」的說法無疑有一些缺陷，他在漢語語法分析上感到的困惑正是心理與語言為何可以互相補足的問題，但運用喬姆斯基的理論是否可以解釋這一問題呢？也許，這恰恰是漢民族「思維－語言」從深層結構向表層結構轉換的一種特殊規則，而這一規則之所以滿足了語言溝通的需要，乃是由於漢民族思維語言中心理成分滲入過多的緣故。

至此，我們可以回到唐詩的語言中來了，我們不必對那些奇特的句式感到無所適從，也不必搬來十八般兵器一一對付，讓各種句式對號入座或按圖索驥似的尋覓各種句式，對於規則

較疏略的語言必須以較疏略的句法去分析，對於心理成分較多的語言也必須藉助心理學的方法來輔助語言學批評，拿橄欖球規則去裁判足球固然會使足球場上亂作一團，但以足球裁判的嚴格去要求橄欖球比賽也只會使球員無所適從，語法規則畢竟是對語言現象的事後歸納而不是事先規劃，既然語言本身已經突破了挪借來的句法框架，那麼我們不妨用自家的框架來測度它。

五

問題仍然遠未解決。如何避免我們前面提出的「損害語言學批評」的現象，仍然是一個懸而未決的問題，換個角度說，我們應當怎樣在不損害語言學批評的客觀性、精確性的前提下引入「傳統」，使「外部的批評」與「文本的批評」結合起來？這篇文章並不奢望解決這一問題，只是通過評介《唐詩的魅力》來提出這一難題。說實在話，我是極為欽佩這部出色的著作的，它的精緻細密的分析、眾多發人深省的啟迪、獨具慧眼的論點都極其出色，但是，在它的面前的確橫亙着語言學批評的困境，這使我們大家都不得不面對這些詰問與挑戰。

原載《讀書》一九九○年第十二期
（高友工、梅祖麟《唐詩的魅力》，李世耀譯，上海古籍出版社，1989 年出版。）

2007 年版序

　　閱讀唐詩宋詞，幾乎是大半文科學者起步時代的共同愛好，我也不例外，大學雖然攻讀古典文獻，最先細讀的是《史記》，論文做的先是《通鑑》，後是明清史學，但是仍然時時旁鶩文學尤其是古典詩歌。讀得多了些，反過來看各種文學史和詩歌史，就生出一些疑惑，為什麼這些研究論著和入門引導給人說詩，總是有些像「嚼飯與人」，把印象和感受當作詩歌分析和解釋的唯一途徑，弄得通過這個途徑進入詩歌閱讀的讀者，仿佛在吃唾餘剩飯。於是，我有些想另闢蹊徑，剛剛好，那時一些西方學人對於中國詩歌的解讀傳入，一些新理論新方法也很吸引人，技癢之下，開始嘗試重新解釋古典詩歌。在初版有而再版時被刪去的文字中，開頭一節是專門討論「漢詩是漢字寫成」的，我當時覺得，這是重新理解古典詩歌尤其是特別凸顯着中國詩特色的近體詩的關鍵，恰恰也是人們很容易因為它是「廢話」而「閑置」的前提，因此，它成了我寫這本小書的思路起點，也是我命名這部書叫《漢字的魔方》的原因。

　　把天才的感悟和印象的描述，當作複述詩歌手段和引導閱

讀途徑，這個傳統很長，長到可以追溯到「言不盡意」的提出時代。它一方面得到「無心是道」之類古代道理的支持，顯得境界相當高妙，一方面得到賞析者的喜愛，因為這樣才能表達出自己「不可言說」的體會。可是，這種很超越的方法雖然能啟發「上根人」的心絃，卻對一般閱讀者的理解相當有傷害。我以為，這些印象式的感受對一般閱讀者，遠不如像王力《漢語詩律學》那樣，能提供給閱讀者理解、分析和欣賞的「底線」和「基礎」。不過，出自語言學家的這些講詩詞格律的著作，又太多停留在語言形式上，那些「語法」「詞彙」「修辭」「結構」等等，似乎絕不願意進入詩歌審美領域，因此，我才決定要寫這麼一本小書，這本小書可能也是中國大陸較早用語言學方法分析詩歌的著作。

總想着把傳統文學語言和現代分析手段互相溝通，好像是想把青銅鼎熔化了放進現代模具重鑄成標準件，但是，「橘逾淮則為枳」，移植總是要截枝傷根，無論是圓枘方鑿，還是方枘圓鑿，始終是有些不合的。特別是畢竟自己不是當行專門，仍然是「花臉反串花旦」，所以，只好找個取巧的辦法，選取一些來自古典批評的現成詞語，借了現代語言分析方法作現代的詮釋，仿佛「新瓶裝舊酒」似的討論了詩歌的「意脈」「詩律」「典故」「虛字」「對偶」等等，最後，由於有着歷史癖好，便加上了一個「從宋詩到白話詩」的尾巴，表示自己的討論「有始有終」，算是把古典接上了現代。

很多年過去了，回憶那個寫書的年代，真是有很多感慨。

那是一個充滿了激情和烽火的動盪歲月，我白天能在人群中體驗着現代的抗爭和激情，晚上卻也能回到陋室沉浸在詩歌之中不再有任何喧囂，人居然可以這樣生活，這真是一個奇妙的體驗。也許，現在身心俱疲，年歲漸老，已經不再能全身心地擁抱激情，也很難心如止水似的回歸到詩歌中了。

2007 年 7 月 29 日

2016 年版序

　　這是《漢字的魔方》第四版了。復旦大學出版社總編輯孫晶女士認為，這本四分之一世紀以前出版的小書，還有再版的價值。在她的鼓勵下，我重新看了一遍此書，根據讀者的反應和意見做了一點兒修訂，更正了少許錯字，補充了若干註釋，增加了一篇書評《語言學批評的前景與困境》作為「附錄」，但沒有作大的改動。之所以不作大的改動，一方面是年歲漸老，早就沒有了舊時的才情和勇氣，一方面也是為了留存一些往事的記憶。儘管歲月荏苒，它仍能讓我想起 1989 年「烽火連三月」的情景。

2015 年 4 月 12 日

後記

1990 年版後記

　　用匈牙利人發明的玩具「魔方」來比擬中國古典詩歌實在出於無奈，不過，我確實找不到更合適的比喻了。一個由二十七塊小方塊組成的大方塊，可以任意組合，變幻出種種不可思議的形狀，但又總是保持着它「3×3×3」的立方體，這與中國古典詩歌特別是近體詩歌的語言形式太像了，單音節、具有視覺性、意象自足性的若干個漢字，在一定的框架中千變萬化，組合了多少令人着迷、充滿魅力的詩歌！

　　可是，不知為什麼人們總是對中國古典詩歌語言形式的美學意味視而不見，卻熱衷於在水中撈鹽似的尋找詩歌的「言外之意」「絃外之音」。也許這是從老莊佛禪玄學理學那一路積澱下來的直覺思維習慣，也許這是從詩話、詩註那一路傳承下來的印象主義傳統，也許是對「形式主義」由來已久的深惡痛絕，雖然我一直懷着最大敬意向這種習慣與傳統立正，但我始終害怕這種習慣與傳統會害得我們詩歌閱讀者染上信口開河、憑空臆測的毛病，把「內心獨白」甚至是夢囈臆語當成詩歌解釋學的通則，就像孟老夫子「以意逆志」與後人「詩無達詁」這兩句話常常成了不負責任的詩歌教師的遁詞一樣。遠的不

說，就是近年來很是熱鬧的各種「鑒賞詞典」「鑒賞集」，又有哪幾篇不是以閱讀者的個人體驗來代替詩歌的美感內涵？又有哪幾篇不是越俎代庖地把自己的想像當成了詩歌的內容，害得人不是讀詩而是讀「想像者」的文章呢？

於是我希望從詩歌語言形式出發建立一個新的詩歌閱讀規範，儘管我知道「規範」有時是閱讀的基礎，有時是閱讀的桎梏，但詩歌畢竟是語言文字按一定形式組成的，就像劉勰說的那樣「因字而生句，積句而成章，積章而成篇」，何況中國古典詩歌尤其是近體詩本身的形式意味就很強烈呢！在這種語言形式基礎上理解詩歌雖然不免有些拘束、刻板，但總比漫無邊際、隨心所欲的想像來得準確，這就是我寫這本《漢字的魔方》的最初動機。

可是，這本小冊子並不盡如人意。這一方面是因為把期望樹得太高、框架鋪得太大，所以力不從心，左右一看，幾乎沒有多少可資參考的書，這使偷懶的念頭落空而偷懶的習慣卻依然存在，所以只好左右支絀，現出捉襟見肘的窘相；另一方面則由於我歷來奉行寫書得讓人愛看的原則，總想把文字寫得輕鬆些，可這部小冊子卻由於它涉及的問題很少有人論述，所以迫使我不得不重建許多生澀的概念並不得不一一解釋，所以想輕鬆的輕鬆不起來，想俏皮的變成了油滑，想深入淺出的變成了夾生飯，特別是今年初生的一場病和五六月裏發的一場燒，使我耽擱了很長時間，最後不得不匆匆趕寫，所以使得夾生飯又串了煙，很多地方由於心急火燎而寫焦枯，很多地方又由於匆匆帶過而顯得生硬。

好在問題都攤開了，也許能給人一點啟發。

1989 年 6 月 19 日於北京

1998 年修訂版後記

在我自己撰寫的各種書中，我對這本關於中國古典詩歌語言的《漢字的魔方》有些偏愛。在中國，古人常有老來「悔其少作」的說法和舊作「用覆醬瓿」的故事，但是，前者常常成了欲蓋彌彰的掩飾而後者常常成了並不真誠的謙詞，我沒有這樣的想法。寫於 1989 年的這本書，總是讓我想到那一年，當時輾轉在人大附中的一座小樓和恭王府的九十九間半樓上，沒有自己的住處，但一直在寫，而且似乎是很用心地在寫，興趣盎然地寫，白天心裏牽掛着外面的世界，但一到晚上寫作的時候就只有心裏的世界，終於寫出了這本書。八年以後再來看，雖然毫無疑問地看出了當年不可避免的草率和疏淺，但也感到它有現在已經不復存在的敏銳和機智。不過，現在再來修訂此書，倒並不是借了往年的著作追憶那一段已經逝去的時光，而主要是因為這本書出版於香港，在大陸卻很少有人看到，當本書的部分章節在各種大陸學術刊物上陸續發表的時候，當一些朋友讀到關於此書的評論時，他們常常會寫信詢問，這本書在哪裏可以買到？

修訂再版《漢字的魔方》，還有一個原因是關於詩歌語言尤其是古典詩歌語言的研究在中國內地至今還並不算很多。順

便說一件小事。就在今年，有一次看到某大報刊登的一則報道，據說有人「創立」了一個理論，說中國詩要從漢字出發研究，似乎是前無古人的一大發明，真是讓人哭笑不得。其實這個意思我在這本書裏已經說得很明白，而我說得很明白的意思也不是我的發明，本世紀頭二十年的中國文學史在敍述文學史時常常要先追溯文字之起源，本世紀初西洋人費諾羅薩（Ernest Fenollosa）已經說到漢字與詩歌的關係，但是本世紀初的中國人和西洋人也不擁有這個發明的專利，因為古代中國的文學家也曾說過「因字積篇」的道理，而古代文學家說過，也不是什麼大不了的事情，因為這只不過說的是一個最簡單的事實，「漢詩是由漢字寫成的」。可是，由於這最簡單的事實沒有成為不言而喻的研究起點，所以會有人覺得陌生，會有人覺得新鮮，當然也就有人會覺得自己有了一個大發明。1988年，我在一份並不重要的雜誌上曾經發表過一篇題為《關於古典文學研究的隨想》的小文章，在這篇文章中我曾經預言語言研究可能成為古典文學研究的趨向之一，慚愧的是我的話並沒有應驗，至今傳統的文學史教科書的觀察角度、敍述方式、章節結構仍然籠罩着古代文學的研究，大而無當而且並不可靠的背景批評仍然挾着決定論的餘威引導着考證與評判的思路，沒有準確內涵的感受和印象式的表達仍然是文學研究的慣用套數，不過，也正因此，我自以為這本《漢字的魔方》尚有修改的餘地和再版的意義。

　　當初寫作的時候，有的章節寫得草率而且膚淺，這是我的責任，當初出版的時候註釋被刪去不少，這是出版社的需要，

此後幾年中我又陸續對這一領域有一些想法，我希望一起發表出來。去年，我向香港中華書局提出在大陸再出修訂版的請求，同時又承蒙遼寧教育出版社允諾出版，於是就有了這個修訂本。這個修訂本刪去了原香港中華版中的《楔子：中國詩是中國字寫成的》《漢字與詩歌：一種天然的詩歌質料》兩章，增加了《背景與意義 ── 中國古典詩歌研究中一個傳統方法的反省》《語言與印象 ── 中國古典詩歌語言批評中的一個難題》《論虛字 ── 中國古典詩歌特殊語詞的分析之二》三章，對原有的各章進行了文字上和論述上的修訂，把大多數引文都作了較規範而且詳細的註釋。

　　修訂的時候，時值據說是 1943 年以來北京最漫長的一個酷暑，在圓明園畔的寓所中，我揮汗如雨地到處翻書，在桌上把已經許久不看的文學書籍攤開，一一補入各種文獻，可是，時間畢竟已經過去八年，人的記憶力總有限，很多資料和文獻，現在重新來查找，有時會很難，偶爾也有乾脆查不到的時候，這時自己就會責罵自己，當時為什麼不記下來，天氣的炎熱加上心情的焦躁，讓我更加汗流浹背。好在終於修訂完畢，在我寫這篇後記的時候，窗外下着入夏以來最讓人期盼的一場雨，也許，雨下過後，天氣會變得稍稍涼爽些。

1997 年 7 月 19 日於清華園